章，他筆下的名人都不知道給人寫過多少千百回，不好意思，未見過如Fabian般寫得細膩精緻透徹獨到動人心弦的！本來貪心是不好的，但於Fabian，我巴不得他貪得無厭，拜託請繼續貪下去，我會自備眼藥水，雙眼多乾多累也會享受下去。

二〇二一年十一月十五日，香港

劉天蘭 Tina Liu

形象指導・服裝造型總監・寫作人・香港電影美術學會副會長

推薦序

Fabian、尊龍、曼玉、朝偉、范俊奇

／鄧達智

「……這世上總有一個人，當你最終忍不住回過頭去，恰巧看見他移動著心事重重的肩膀，漸行漸遠，在你的視線裡漸漸模糊成一條細線——而你恐怕不知道，山水蹒跚，風沙撲面，他其實窮其一生，不過是趕來認識你之後，正式與你分離……#我不是張小嫻#」

他，當然不是張小嫻。

他，是小王子。

他，是Fabian范俊奇。

很多、很多年前馬來西亞一本著名生活雜誌，先給我做了個專訪。之後共我媽再遊大馬，出其不意在吉隆坡也為我媽做了訪問。

極之平實的母親在此之前也曾被不同媒體「愛屋及寶」訪問過，那些年大家似乎還有點興趣自我媽的話語側面讀我。

事情發生在吉隆坡，顯得與衆不同，之於我媽特別窩心……

上世紀三〇年代下南洋行醫的大伯公、大馬首家華人醫院同善醫院、一百年前吉隆坡出生的大伯娘、榴槤、鹹甘桔、Batik、胡姬蘭，甚至吉隆坡出生後嫁去新加坡一生未曾回來過香港新界故鄉的堂姑姐、還有曾祖父平生只此一次海外遊到南洋探望長子……疊疊南洋往憶，潤色了母親下嫁元朗屏山鄧族之後的新生活，也豐富了我們童年聽長輩訴說的故事；吉隆坡是我們姊弟、也可能是我們家族父輩童年首個認識的海外地方的名字。

以上家族前世今生深刻了母親在吉隆坡被訪的印象，母親離世後，親自代她執拾故物，棄、留、選擇，花了好些心思；枕頭旁，床褥下有陳舊雞皮公文紙袋裝載滿滿過去我被訪問的小部分剪報，亦有完好保留當年媽媽在吉隆坡被訪問的雜誌。細讀文字，感恩曾經偕同母親遊歷世界各地，包括她前半生耳熟能詳的馬來西亞，且於當地留下圖文並茂的紀錄。

那些年范俊奇三字並不經常出現於我們的交談，都愛用西文名字Fabian，曾經是我爲雜誌撰稿的編輯，那些用原稿紙或A4紙以筆書寫，然後fax到吉隆坡的所謂稿子；雖未曾在我面前抗議過我的鬼畫符字體，借用一度紅透半邊天惜已物換星移的《姊妹》雜誌前總編輯施盈盈曾仍如此調侃：

讀簡而清（前輩）的稿子需服一粒Panadol，讀鄧達智的稿子……必須用上兩至三粒！

很多年之後，自臉書Facebook重新跟舊識掛鉤，發現Fabian Fom之外，刊登於《星洲日報》的專欄「鏤空與浮雕」，作者「范俊奇」三個字，在愛好閱讀華文的跨國讀者圈子裡漸成風氣，近年更演變成被追捧的對象。誰說華文文章，尤其每篇隨便五千至一萬字，深層浪漫風格無市價？

范俊奇現象老老實實給他刮三巴！

從專欄到書籍，《鏤空與浮雕》到即將出版《鏤空與浮雕II》，范俊奇漂亮演繹依達、亦舒、張小嫻……作者像明星般吸粉的現象，而他的文字更非用到言情冬戀垂死天鵝家明玫瑰與A級的女人。

范俊奇筆下人物從泥土沈從文到空中小王子，從星光燦爛王菲、張國榮、陳百強、張曼玉、梁朝偉……到製造星光燦爛張藝謀、侯孝賢、關錦鵬、Coco Chanel香奈兒……太久沒有如此能耐的作者刻劃以精雕細琢、且字數多若抬頭星宿。

范俊奇每次文章刊登過《星洲日報》，即轉載到臉書Facebook，再被以百計粉絲轉載到不同社交平台，中間又怎會缺少了一個我？

篇篇大珠小珠落玉盤，星呀，星呀，星星呀……讓我們對死心塌地或沒那麼心儀一眾星星多幾分透視；當中又特別鍾意朝偉、曼玉、尊龍的故事。

當今華人演員，要揀一名男性偶像，首推梁朝偉；曾被千萬字寫過，透過好萊塢Marvel系列《尚氣與十環傳奇》重新Revamp，要揀一篇朝偉導讀，必選范俊奇。

曼玉便是曼玉，張曼玉從來在我眼中未曾暗淡過，憎人富貴厭人貧跟紅頂白娛樂圈娛記與粉絲至現實，不踩多兩腳算萬幸；伊人休息整頓了好長一段日子，范俊奇筆下依然關愛，好不叫人感動。

更叫人感動，范的筆下人物叫尊龍John Lone，連藝名都用上Lone，脫自Alone、Lonely、Lonesome的Lone，自《末代皇帝溥儀》一度紅透半邊天，放棄了《霸王別姬》演「程蝶衣」；縱使與金像影帝Jeremy Irons演對手戲，可惜「蝴蝶君」返魂乏術，自此星途浮沉。范俊奇沒有離棄這樣一個悲劇傳奇人物，讀來如飲水冷暖點滴上心頭。

Fabian Fom范俊奇是陳年老友，也是我的文字偶像，落筆認眞寫他，隨時亦也五千字；無奈先在這兒打住！

二〇二一年十一月十一日，香港

鄧達智William Tang

著名時裝設計師・跨媒體工作者・旅行達人

台版序

有人隔窗朝我揮手

／范俊奇

說來荒謬。疫居期間，我唯一上手的技藝，竟然是將自己對孤獨感的感應，仔細地做出了類似條碼讀取的設定。長長的被疫情軟禁的十八個月裡，發呆，變成了我精神上的高級料理。但我獨居的廚藝，一點也沒有因此而突飛猛進，倒是駕輕就熟，學會了對不同風格不同質量的孤獨做出反射性的評估。

甚至，你恐怕得相信，我開始替什麼樣的孤獨會在什麼樣的特定時刻自動打一個噴嚏；或什麼樣脾性的孤獨，總會宿命似的一走進廚房就必定以摔破一隻什麼樣的碗碟作爲結束，統統做了小小的紀錄。當然到最後，那純粹都是留給將來的自己作爲參考。參考如果我將一直戴上口罩不再隨意對陌生人通過利索的臉部表情表達善意；參考如果我原本拿捏得特別精準由深到淺因人而異的微笑度數都將漸漸的開始疏於練習，我想，我應該是時候爲自己設定一個專屬的孤獨掃描感應，才可以和日子過得張燈結彩的人群把界限劃清，不驚擾流年，不刮傷歲月，也不抗拒風塵——像一條岔開來的窄河，利用斷裂來成全自己，在完全見不到同類的山溝，恬噪而歡暢，安靜地澎湃著我自己。

況且，每個人的人生都免不了被親近的或不相干的人誤讀。誤讀是社交的必須，也是探索的樂趣。而這一種必須，主要來自距離。我崇尙人與人之間的距離。距離表示禮貌，也表示彼此之間因此保存了光與暗的對比，更預留了互相美化和淡化的餘地。所以我從來不介意被誤讀，也從來不會因爲被誤讀而做出任何淩厲的反應。就好像鏤空一個人，是回過頭去看他走過的路，用我自己調校的目光，也許偏頗，也許袒護，去追索情節的種種可能，然後在浮雕一個人的人世之後，我喜歡那湧上來的，徑自環顧，漸有淚光的感觸，我在他們的故事裡，興許加入了我對不同切面的人生的想像和期許，然後歲月訇然倒地，我們這群圍觀的人終必一齊往後退開去，以見證那一個人和他背後的時代，卓然而立——生命的破碎和完整，都是命運和際遇一退一進的半曲探戈。細節上的每一個螺紋，每一個弧度，都經歷過考驗，一丁一點，一波一步，像灼熱中鐵錘每一個敲打和撞擊留下的痕跡，等到冷卻下來，就是手工技藝最珍貴的標識。也因此我是那麼的明白，所有殘破的印象和碾碎的記憶，那些曾經糜爛過風華過凋零過的青春殘局，都需要我們親自蹲下身子，裝著若無其事地一件一件清理乾淨——因爲每一次情感的枯萎，都是一截眞理的完成。包括識穿一件事。包括認清一個人。

但我還是喜歡人。而且，還好有人。藏在字句背後孑然孤立但悵然若失的人。隔著窗口友善地朝我大力揮手的人。到現在我還是覺得恍惚，還是覺得不可思議地必須感激，第一部《鏤空與浮雕》在疫情剛引爆開來的時候推出，並且馬來西亞版與台灣版一前一後，都收獲兩地讀者的善意，特別是台灣——因爲蔣勳老師的推薦，也因爲有鹿的引介，我放膽將文字放牧出去，讓它們去闖蕩去見識，去飛到我到不了的地方，也去和陌生的初相識的喜歡文字的人懇切地接近，而它們最終能不能夠闖進誰的世界裡稍作逗留，其實都是它們自己的造化，其實都是我控制以外的事。

我曾經說過，文字是因果，讀的人和寫的人，都有一定的夙緣。而身在南洋，我們基本上都是文字的遊牧民族，書寫是一種思想上的偷渡，而如果沒有台灣懇摯的接納和包容，也催生不了第二部《鏤空與浮雕》，讓我在被鏤空的生命當中，繼續浮雕人物背後的故事曲線，並且，這兩本書都是在全球近乎停擺以致人心難免惶惶直至世界就算慢慢復甦慢慢解封但也很有可能永遠回不到昔日常態的疫患期間完成，在意義上，等於拋下了一支鐵錨，穩定了我在疫內和大家所經歷的一樣的焦慮和抑鬱。

而《鏤II》所浮雕的另卅位對象，在意識上，我還是藉由文字的牽引，和我喜歡的人物或隔空對話，或坐下來，面對面虛擬敍舊，並且大膽地假設在某些情理的處置上，如果我閃身進入當時的場景，我看到的和推測的，會不會更接近後來他們被記錄下來的？就好像，我想要探索和眞正感興趣的，不是他們對生命的執行，而是這一截人生完成之後，他們停下來，背著光叨一根菸，我在他們掛下來的表情和垂下來的眼簾裡，看見了一些什麼？

餘溫比光芒重要。痕跡比經歷重要。這是我一直相信的。生命必須等到它完全靜默下來，接近結束的時候，才傳達得出它們最誠懇的告訴。我們習慣在別人的故事裡航行，卻從來沒有在自己的孤獨裡好好紮營，而書寫，無論成品如何，已經在某程度上彌補了這一份虧欠，都是自己給自己痛快的懲罰，也都是自己替自己脫胎的修行，而欣慰的是，或鏤空或浮雕，其實都是切割歲月的動作，都是穿行在人世間色彩與溫度的歷險，但我十分肯定，有人隔窗朝我揮手——友善地，用力地，揮了又揮，他們的手。

目次

輯一　鏤

輯二　空

輯三　浮

輯四 雕

輯一

鏤

舒淇

Shu Qi

舒淇不美

舒淇不美。眞的不美。兩隻眼睛生得太開；嘴脣太厚；鼻子太塌；門牙的牙縫太大；而且臉上的雀斑不上妝的時候總是吱吱喳喳，表現得太過雀躍——但不知道爲什麼，我喜歡舒淇不美。很少女明星可以藉「不美」來重新定義「美」，除了舒淇。而舒淇的不美，是當她把臉哭花了，那糊掉的煙燻妝，和那脫掉一半的口紅，讓她突然看起來就像半截被劈開來斜立在巴黎拉丁區那座叫水管圍起來的裝置藝術，美得讓你好像被誰當場賞了一記耳光，呆呆地怔在現場，夾在手指的香菸因此羞愧地掉了滿地的菸灰，然後你才慢慢對自己審美的壞品味，泛起一種無地自容的況味——舒淇的美，容得下一個江湖的險惡，並且舒淇會不自覺地彎起嘴角，斜著眼，對世俗作出調皮的鄙視，你若違心，就不配覺得舒淇美。

我見過舒淇兩次。兩次都是驚鴻也似的就那麼一瞥。但那一瞥，到現在回想起來，還是驚魂未定，還是餘韻未了——我其實必須承認我算不上對美女毫無見識，但舒淇的美，絕對不止於一般的見識，而是隱隱有一種很深邃的故事感，介於滄桑與豁然之間，介於撒開與收攏之間，然後單刀直入，將刀口抵在你的心口上，讓人禁不住心頭一緊——啊，銷魂其實也可以是一種暴力。而且舒淇的美從來不是「行走處暗香細生，坐下時淹然百媚」。她沒有這一份表面矜重，實則「弄煙惹雨，媚體藏風」的能耐。她的美是挑戰世俗，是顛覆規範，是自成一格；沒有技法，沒有匠氣，沒有鋪陳，面無懼色地以一臉桀驁，狠狠將全場制伏。並且舒淇最厲害的是，她絕對不是水鏡無瑕的美人胚子，沒有千帆過盡的豔色，但她的美，是每一次出現，都像一串滾過平地的驚雷，轟然乍響，對酒會裡的衣香鬢影，施展她充滿侵略性並且風情萬種的冒犯。於是因爲舒淇，女人會趕緊收緊小腹並提高警惕，於是男人則挺直腰背而心猿意馬，「舒淇」這兩個字，根本就是最狂妄最蠻橫最明目張膽的堂號，在寂靜中響起無邊的喧譁。我偶爾在想，既然美麗是一種門面，舒淇應該不會介意用她的美麗當作一份見面禮，來裝飾我們所嚮往的虛榮——

而恐怕有好多年了，舒淇上一次來吉隆坡是爲義大利高級時尚品牌 Emporio Armani 主持新店開幕。當時她的身分是亞洲區代言，被大批的媒體和群衆逼到攝影牆前面，寸步難移，動彈不得。但舒淇終究見慣了世面，她輕咬著下唇，在眼看著人群就快因爲她的美麗而暴動的時候，一邊靈巧地對群衆派發水漫金山的微笑，一邊巧妙地左右回眸，以滿足攝影師飢餓的鏡頭——奇怪的是，我到現在還記得當晚舒淇唇膏的顏色，那麼深不可測的暗紅，而那是那時候風風火火流行著的唇色，再加深一號就接近紫了，因此整個晚上舒淇看起來就好像在嘴裡叼著一朵失血過多的玫瑰，故意美麗得有點詭異，故意美麗得不那麼刺目，純粹是讓行內人一眼就看明白，舒淇的美麗，必要的時候，也可以機關算盡。

另外一次是在巴塞爾腕錶珠寶展，她穿一身的綠，像一尾剛被春雷吵醒的青蛇，時尚設計師 Elie Saab 在那一身綠上頭還意猶未盡地讓它爬滿了黑色的直條紋，機伶地拉長了舒淇不算特別高䠷的身形，而舒淇心不在焉地笑著，琢磨是時差的關係，多少看起來有點累，司儀在台上千方百計逗她多說兩句，可舒淇的外語能力應該也就還好而已，所以推說喉嚨不舒服，就一個勁兒地全程微笑，側身，昂頭，並且十分稱職地時不時舉起戴著鑽石精錶的手腕讓大家拍照，完美地示範了波光粼粼的東方美——而東方之美，其實有時候就好像一手好字，練得久了，練得深了，就飄逸了，就奔放了。所以我尤其羨慕身邊字寫得特別好的文人雅士，他們都懂得把書法的藝術精妙地人格化：「輕快中見謹嚴」、「繁複裡現明淨」。因此舒淇的美，竄流於氣韻與氣度之間，恐怕就是「險折中顯平易」了。

可不知道爲什麼，我偶爾還是會想起舒淇說的，說她有一次站在香港的路邊等劇組的車子接她去片場，然後有一輛敞篷貨車打她身邊經過，車上的司機大大聲地對她奚落，衝著她喊：「脫——星——」，舒淇抬起頭，輕輕地報以微笑，臉上一絲被傷害的動靜都沒有，但她知道，有一股冰冷的淒涼正慢慢地漫過她的全身，所以才會有後來舒淇回到台灣上蔡康永的節目，蔡康永問她，「舒淇妳這幾年在香港當演員的生活過得好嗎」，可能是因爲回到了台灣，可能是因爲終究還是覺得台灣親，所以才會一時沒忍住所受的委屈，在鏡頭面前，哭得渾身哆嗦——因此我後來每一次看舒淇，都在她的美麗當中看見她在逆境中反敗爲勝的痛快淋漓，也看見她年輕時受過的鄙視和叛亂過的青春如何在她體內注射令她的美麗因此更加倨傲更加生動的激素。

這是個蓬勃向上的時代，也是個荒誕扭曲的時代，卻恰巧都給舒淇趕上了，她雖然同時賠上了無時無刻不處於驚慌狀態的童年和沒有好好體驗過青春的陣痛就草草凋謝的少女期，但卻兌換回來同等分量的自由和自尊。現在回頭看，年輕時候的舒淇並沒有遇上波瀾壯闊的愛情，她的生命也沒有特定的命題，她年輕時候唯一的渴望就是從家裡逃走然後自食其力地生存下來，舒淇的壯大，是她焦慮不安還有搖擺不定的人生換回來的——如果生命是一個問卷，少女舒淇是用斷裂來拯救她自己，她根本不需要詩也不需要遠方，她只需要一間可以逃離家人的房間，一瓶廉價的啤酒，以及一粒香味可以從塑膠包裝袋的封口傳出來而她不捨得一下子吃完的麵包——那時候的舒淇，在沉淪中自得其樂，並且在重重的人格分裂當中，拼湊出她最喜歡的她自己。

我記得好久好久以前，香港的時尚才女黎堅惠還沒離世的時候，她主編的《變形蟲》（*Amoeba*）最愛把腳尖踮在潮流的懸崖上，鋌而走險，去挖掘去定義各種不一樣的美的種種可能，有一次她訪問張曼玉，談起對時下新進的女明星有沒有特別的印象，張曼玉馬上脫口而出：「舒淇吧。舒淇挺好的。如果是舒淇，我毛遂自薦幫她做造型給你們雜誌拍封面。」舒淇是極少數可以輕易贏得同性莫名好感的女明星。她不矯情不造作，到現在還到處告訴大家她當年的偶像不是林青霞而是葉玉卿，她給自己五年的時間留在香港，如果把衣服都脫了還是沒有辦法紅起來就回到台灣隨便找個人嫁掉算數，她很清楚她要的是什麼，也很明白可以讓別人從她身上拿走的又是什麼，所以她的性感從來不故作深奧，不玩弄心機，而且那時候因爲年輕，臉上偶爾還會透出一種台灣女孩子專有的，看上去就好像把臉貼在雪地上，晶瑩的，乾淨的，有條有理，山明水秀的清純。

甚至連林青霞，其實也對舒淇格外偏心。那時林青霞和邢李新婚，知道老公旗下的公司打算針對年輕市場，推出新的化妝品牌，馬上就把舒淇推薦過去，也不完全因爲舒淇碰巧也是台灣過來的新人，而是舒淇實實在在有一張上了妝之後讓人目不暇給的臉，看上去有如閃亮的笠貝貼在海島的岩石上，散發出青春的耀眼光芒，特別適合當彩妝品牌的代言人。而那時初到香港發展的舒淇，其實就像一顆游散的螺絲釘，迫不及待地想將自己和這個城市鎖得緊緊的，產生最嚴密的銜接——如果沒有記錯的話，那個後來漸漸式微下來的彩妝品牌，名字好像叫 RED EARTH，而且因爲這支廣告代言，舒淇在形象上被林青霞善意地拉了一把，成爲一張被香港人接受，並且從此登堂入室的臉孔。

另外我記得特別牢的是，一九九三年吧，香港《號外》雜誌爲了配合其中一期的主題特輯，介紹「星一代」之類的，把舒淇和梁詠琪給一起找來，讓兩人合作拍封面，主題就叫作「淇」逢敵手——而我對小家碧玉玉女型的梁詠琪其實完全沒有意見，卻還是忍不住輕輕地皺了一下眉頭，「不會吧，梁詠琪怎麼跟舒淇比呢？」不是梁詠琪不好，而是那時候舒淇鋒利的魅力已經成形，已經開始風風火火，已經開始見人就咬，梁詠琪的靜態美跟她一比，實在顯得太過溫吞，太過小家，太過輕慢，多少是要吃虧的。

而舒淇最讓我心折的地方是，她一點也不害怕吃虧。事業如是，愛情亦然。我記得爾冬陞找她拍《色情男女》，有一場戲要她對著鏡頭活生生剖開自己的身世，她問爾冬陞：「我可不可以說著說著就變成了國語啊？」爾冬陞點了點頭，於是舒淇轉過身就對著鏡頭說：「小時候家裡窮，我什麼都不想，只想賺很多錢，改善家裡的生活，讓爸爸

媽媽的生活過得好一點——」她一面說，一面吸了吸鼻子，眼裡有一層薄薄的水氣，那神情又倔強又委屈，卻又怎麼都不肯讓自己在別人面前哭泣，爾冬陞後來說：「我看了那場戲，就知道如果我報名，那一年最佳新演員獎就是她的了。」結果舒淇還真爭氣，一口氣把最佳女配角也一併贏了回來——

不害怕吃虧的女人，天生有一種強悍美。比如舒淇。就算接二連三被喜歡過的人從愛情的馬背上摔下來，舒淇也沒當一回事，認為沒有付出過怎麼好意思說是愛情呢，所以對往後撞上的愛情，舒淇依然誠懇得讓人吃驚，即便是對當年大她十六歲把她當作一小段輕鬆的過門音樂的第一個同居男友，舒淇也一樣，拉開門走出去之後，由始至終一句難聽的話都沒有。既然愛情來來去去，該疏散的就疏散，該了斷的就了斷，該不捨的，那就放在心裡依依不捨——她甚至不介意大大方方地在她喜歡過的張震的婚禮上流淚，然後接過張震太太有心丟給她的花球，淚眼模糊地半開著玩笑對張震說：「可你最後還不是一樣娶了別人。」亦舒說的——人們愛的是一些人，與之結婚生子的，又是另外一些人。張震是個聰明人，愈是聰明的人，愈是對太過月圓花好的事，愈是敬而遠之，輕輕笑著退開一步，看得格外分明。

不知道爲什麼，有時候望著舒淇，我會沒來由地走了神，聯想起張鈞甯。張鈞甯算是近幾年台灣頗端得出去的女演員，出身書香門第，父親是國立台灣大學社會系教授，母親是著名兒童文學作家，父親和母親是在民風特別嚴謹，並且在理性得不可理喻的德國生下她和姊姊，而張鈞甯本身也是國立中央大學的法律系學士，她這一生一帆風順得連帆都開始對她有點不耐煩，而她這一生唯一的挫敗，不就只是她明明偏好數理科，考大學時卻偏偏把她編進歷史系，以致她一接到入學通知書就哭得整個人幾乎休克下來——我聽著聽著，於是就皺起了眉頭，就算最不入流的編劇，也應該提不起勁把這樣一個角色寫進故事裡。完美不是罪過。但一個不費吹毫之力，興致高昂地把完美人生一次又一次在實境生活裡公開巡迴演出的女演員，我比較擔心的是，她最後欠缺的，會不會是最基本的，不幸跟命運耗上時，如何左閃右避，或如何正面交鋒的生存技能？

有一次張鈞甯用溫婉得接近甜膩的語氣在接受訪問時對記者說：「每次旅行，我都會帶一雙跑步鞋，每天清晨一定要出去跑步，我要把快樂的足跡留遍世界每一個角落。」當時第一個行雷閃電般劈開我腦袋的反差畫面是，十六歲的舒淇化著濃濃的妝，穿著很短很短的裙，然後腳下踩著廉價的七彩繽紛的高跟鞋，搖搖欲墜地走在新店區的街上，以爲可以利用誇張俗氣的打扮來掩飾她的入世未深，興高采烈地在家裡附近的一家錄影帶租借公司打假期工，然後果真吸引了所謂的模特經紀向舒淇靠過來，壓低聲音問她：「小妹，妳想不想當模特兒？就走走天橋拍拍照那種？」舒淇知道，市面上哪來這麼多的玻璃鞋？就算有，也不是每個女人的腳板子都擠得進玻璃鞋。但那時候的舒淇，多麼希望可以馬上脫下腳下的那一雙廉價的塑膠鞋。

我完全沒有揶揄張鈞甯的意思，她學歷高情商也高，而且她的漂亮，是那種太平盛

世，丹鳳朝陽的漂亮，整個人完美得讓人感受到什麼叫作風和日麗，什麼叫作身心舒暢。有人問張鈞甯，有沒有覺得自己什麼時候最性感？她側過頭想了一想，然後說：「認眞的時候吧，我認眞思考的時候最性感。」而我一聽，多麼想站起來告訴張鈞甯，同樣是女演員，在終於可以把衣服一件一件穿回去之前，舒淇的性感是水深火熱的性感，是光著身子和男演員互動之後被男演員大大力摔倒在牆角，然後導演喊「卡」，劇組的場記隨手把一條毛巾用力丟到一臉驚恐的舒淇身上，舒淇抬起頭來，盡量讓眼神看起來平靜而堅定，一閃淚光都不可以有，然後默默用毛巾裹住身子爬起身——那時候舒淇的性感，才眞正是千軍萬馬，有血有肉，震動了男人們每一條神經線的性感，因爲她的性感背後，沒有爲了袒露自己的身體感到自責的愧疚感，而她生命的內容，從來不期待外人對她做出任何的包容。

我喜歡舒淇，那喜歡背後，並不排除敬畏的成分——因爲舒淇一再讓我看見她如何掰開上帝的手掌，把上帝原先不願意給她的，一點一點的自己拿回來。包括別人對她的尊重，包括愛情對她的補償。她應對生命豁然開朗的遼闊感，很多很多年以後看上去，還是那麼的鋒利，還是一點也不生鏽蝕，像一條窄河，自由的流暢的，澎湃著她自己。

而我一直喜歡聽別人聊往事，包括舒淇，聊著聊著，就把別人的往事聊成了自己的心事，我一直在想，適當的放不下的往事，到了最後，其實是它讓一個人終於有了往下沉墜的重心，並不是一件太壞的事。

另外，也不知道爲什麼，我老認定舒淇其實有兩個父親：一個是她小時候一聽見摩托車「叭叭叭」回到樓下的聲音就會嚇得四處找地方躲的父親；一個是當她回到台北就會約她吃飯，然後什麼都不說，什麼都不問——就算聽到關於她的什麼謠言都不會開口去問的侯孝賢。沒有謠言可以改變侯孝賢對舒淇的疼愛。好幾次侯孝賢說起舒淇，那口吻和那音調，完完全全就是一個父親在親友面前提起嫁到香港去的女兒，「有一次在香港，我和她一起參加電影金像獎的一個活動，她一到場，大家都蜂擁而上，大家都認識她，大家都喜歡她，我看了心裡就特別踏實，特別高興。」而且侯孝賢說，舒淇也不年輕了，他自己的女兒和舒淇差不多年紀，都已經有兩個小孩了，但現在的舒淇，其實才是她整個人由內到外的狀態最穩健的時候——「時間到了，聶隱娘那種鋒利得會割手的內斂，自自然然就出來了」。不過侯孝賢還是拉了拉他白色的鴨舌帽，很坦白地說：「和舒淇也大概還有兩部片可以一起拍吧，再往下走就眞說不上來了。」因此我想起小津安二郎和原節子，那種導演和女演員之間張弛有度的親密和惺惺相惜，其實就是十分動人的情節，彷彿一路拍著拍著，也許就拍足一輩子了。

我記得侯孝賢說過，那年他把《刺客聶隱娘》的劇組帶去坎城，頒獎儀式就快開始了，整組人還沒有接到走紅地毯的通知，大家心裡大概都知道，侯孝賢花了整整十七年才拍成的電影恐怕就要鎩羽而歸，周韻第一個沒忍住，淚眼汪汪地跑進洗手間準備卸妝，而舒淇握著酒杯的手微微顫抖，她需要酒精來鎮定自己，後來電話響了，侯孝賢接到通知，因爲評審僵持不下，一直到頒獎典禮前兩個小時才確定名單，後來成績出爐，侯孝賢獲得第六十八屆坎城電影節最佳導演，舒淇坐在位子上，哭得鼻子嘴巴都歪掉了，簡直不成個樣子。而舒淇哭，是因爲她記起第一次來坎城也是侯孝賢的《千禧曼波》把她一起帶過來的，頒獎典禮後的慶功派對上，侯孝賢像一個父親，不厭其煩，一個一個將評委會成員指給舒淇看，要她記住這些名字，將來他不在身邊，舒淇可是要自己飛過來參加這些國際電影節的。

而且侯孝賢說過，他看中舒淇，看中的就是舒淇的烈和走投無路之後對運命做出一連串的反擊和怎麼都不肯妥協，舒淇其實可以走得很遠很遠，走得更遠更遠——而且舒淇年輕時候那種動不動就砸椅子飆車子玩命子的性子，特別特別的嗆，也特別特別的有勁兒，侯孝賢也特別特別的喜歡，因爲這樣子的舒淇，在玉女密布的台灣電影圈子裡，畢竟還眞的是不多見。但舒淇心底下是怕侯孝賢的，那種怕，就像三毛說的，「膽小的孩子怕老師，怕成逃亡的小兵」。舒淇怕自己入不了戲，又怕自己太過入戲結果到最後出不了戲，她說：「所以拍《最好的時光》那陣子我特別壓抑，患上了輕微的憂鬱症，每天晚上又喝酒又吃安眠藥，可睡不著就是睡不著。」

但每個人其實都是一樣的，你一旦決定了往深處走，就注定了沒有辦法去閃躲孤獨，因爲孤獨很多時候比影子還要粘人——那處境之荒涼，就好像聶隱娘，你必須進入一個完全沒有同類的世界，才會完整地看見別人看不見的你自己，而那一種深刻背後，每一道朝自己身上砍下去的刀痕，都是無量次的色相的生滅輪轉，也都是千百回救度本眞的六道輪迴——因此卽使聲名從天而降，聚光燈無時無刻不懸掛在舒淇的頭頂上，對她承諾著榮寵和繁華，可到頭來舒淇知道，生命不過是風塵閱歷，不落愛憎，這道理她懂得，打十六歲她第一次爲了擺脫貧窮擺脫原生家庭對她造成的成長傷害而離家出走，等候命運差遣的時候，就已經比誰都懂得。

劉德華

Andy Lau

我哭一下就出去

有一陣子我常發同一個夢。夢裡頭一直有響個不停的電話鈴聲，一直一直的在響，就算把我響得從夢裡乍醒過來坐直身子，那鈴聲還一直不停地在響。而我很肯定的是，那電話鈴聲不是我手機設定的鈴聲，也不是我老家那台電信局發配的家用電話因爲被調低了聲響而憋著嘴巴委屈地發出的嘟嘟聲——我坐起身，夜色已經深到無法再深，只要往前再深一步，恐怕就要掉進井裡去了，我拉開落地窗站到露台上，夢裡頭和夢以外的世界都一樣潮濕，因此我漸漸生疑，我會不會是有了輕微的精神衰弱症？

後來爲了寫王家衛，我按鍵重看《阿飛正傳》片段，看到劉德華穿著警察制服，在下著雨的晚上心事重重地巡更巡到中環半山的麻石橋底的一座藏青色電話亭，聽到那電話亭裡的電話準時響起，而那鈴聲，很低很沉，很固執很倔強，和我在夢境裡聽到的根本一模一樣——我整個人頓時怔住了，就好像你曾經夢見過的一個地方突然有一天活生生地矗立在你面前，而你竟在亮澄澄的日光底下好像被誰推進你三番幾次夢見的場景，可是——爲什麼是劉德華？

其實我不打算這麼快寫劉德華。不打算，是因爲有居心，總覺得劉德華可以等——有些男明星可以等，有些不可以。比如張孝全可以等，范植偉不可以；比如余文樂可以等，陳冠希不可以。有些男人青春的時候太狂放：霸道，跋扈，頹廢，不羈，然後歲月一個巴掌掃過去，擄掠回他的青春卻又拒絕給他留下一些什麼，於是你看見他驚愕而尷尬地站在逐漸破敗的青春現場，燈光師把燈熄了而導演老早就走了，他始終還是不明白，青春的殘局很多時候還是需要你自己去清理——而劉德華，劉德華是那種你瞅了他一眼，心裡就打了個底，知道他是個靠譜的男人，你根本不用著急，只需要袖起手，等時間慢慢把他風乾，直到老來的時候，秋天悠悠吹颳起掉了滿地的樹葉，這樣的男人，恰好可以下酒。

我記得在《阿飛正傳》裡頭，劉德華送張曼玉回家，對張曼玉說，「不是人人都這麼幸運的，做人千萬不要比較」——而我後來把這句話和劉德華後半段的人生銜接起來，才發現電影多麼神妙，原來有些電影真的可以一開始就預告了一些人的未來，比如劉德華，又比如他和梁朝偉之間「既生瑜何生亮」的感慨，以及這兩個男人在眾目睽睽之下互相膠著於必須相濡以沫卻又終須相忘於江湖，在互相敬重的同時，其實也互相傷害，就好像《無間道》最讓人回味的道理在於，成就你的，往往是你的敵人。到後來真相終於大白，原來時間在外貌的基建上似乎偏愛劉德華多了那麼一點點，可僅那麼一點點，就把兩個即將耳順而無所違礙於心的男人，微妙地分出了高下，拉開得好遠好遠——梁朝偉曾經的文雅曾經的俊逸意外地剝落得太過迅速太過厲害，以致他站在鏡頭前面多少流露出一種說不出口的侷促和訕然，而劉德華，劉德華雖然然也被歲月挫走了好大一塊英氣，但他畢竟還是穩住了一個明星應有的貴氣和自覺性的傲氣——特別諷刺的是，劉德華最終讓他看上去依舊氣宇軒昂的，是他曾經被導演們嫌棄太過張揚的明星味，因爲當他那一張俊朗得猶如伊瓜蘇瀑布般壯觀的臉一擺到鏡頭面前，其實已經把所有導演們細心經營的角色深度和人物特質都一併給沖散了去——

我偶爾在想，常常在想，未來的香港電影圈誰也不敢預測會走到怎麼一個晦暗潮濕的境地，可我腦海裡一直有個畫面，劉德華終究會是那一個站在香港最高級的奢華精品酒店無邊際泳池旁，穿著剪裁合身的 Hugo Boss 名牌西裝戴著 Cartier 方形名錶，不屈不撓，把明星的氣派發揮到最後一分一秒，然後舉起香檳，給香港的夕陽敬一杯的香港明星。

「斜陽無限，無奈只一息間燦爛，隨雲霞漸散，逝去的光彩不復還」——劉德華說過，梅艷芳某次告訴他，說這是她最喜歡的一首歌，歌裡面寫的唱的完全是她一生的縮寫，當時劉德華聽了，隱約嗅到了話裡頭的道別意味，禁不住鼻子一酸，微微別過頭去，並且默默把這句話擺進了心裡頭，然後梅艷芳逝世十年的思念音樂會，劉德華特別要求群星一起合唱〈夕陽之歌〉向梅艷芳致敬，現在想起來，劉德華終究是個重情重義的人，即便他沒有辦法抱緊三番幾次在他眼前幽怨守候徘徊不去的梅艷芳，但我相信他心裡面到底有個窗明几淨的角落把梅艷芳安置在那裡，就好像到現在我們想起香港，想起曾遇上幾多風雨翻的香港，想起紛擾波折一彎又一彎的香港，我們都一直不捨得抹去香港在我們心裡留下的珍珠一般璀璨的印記，我們其實都還想回到燈火閃亮的香港去看一看，看一看香港是否安好如昔？看一看香港是否還守著滄海桑田不變的尊嚴？而劉德華——你可以不喜歡他，但你找不到一個堂皇的理由否決他，他的努力他的勤奮他的顧全大局他的奮不顧身，還有他的道義和情誼，都證明了劉德華絕對是一個可以在每個人的心中活上一輩子並且永遠都不會過時的名字。

我記得阿城說過：「江湖是什麼？江湖就是人情世故。」特別是在娛樂圈。什麼樣的人都有，怎麼樣的居心叵測都不出奇，能夠應付其實已經太不容易，更別說什麼面面俱圓了。但劉德華是絕對可以在江湖裡來去自如甘之如飴，把人情世故當作生活裡的一帖清補涼一劑廿四味，散熱解毒清躁鬱，就好像他一聽說葉德嫻老年生活過得不太安穩，馬上拍拍胸口：「沒事，我會養她一世。」另外還有，我一直特別記得劉德華說過，朋友之間的情誼必須和愛情一樣，是盲目的，是衝動的，如果你今天在街上看到劉德華被人圍毆，而你還要停下來先了解誰對誰錯，才決定要不要出手幫忙，那麼這不是

朋友，他不會稀罕——眞正的朋友是我錯了，你還是會撲上前來幫我，還是願意用身體擋在我前面保護我，然後背過身把我拉到一旁問清楚狀況才來教訓我責怪我，這才叫義氣，這才稱得上朋友。而且劉德華小時候住貧民區，父親原本是農民，勞動對劉德華的父親來說，是天正地正的一種應分，後來才輾轉成爲第一代到機場工作並且懂得說英文的工人，因此劉德華書讀得不多，唯一的學歷就是他的江湖經歷，他常常蕩開一臉燦爛的笑紋笑著說，他從來沒有遇上眞正的壞人，他和大部分的香港人一樣，寧可和自己過不去，也不願意和

際遇過不去，他說：「公司因爲不續約所以不肯讓我做韋小寶，把我拉下來當配角演康熙，那又有什麼所謂？我就演一個到現在大家都還津津樂道最靚仔的康熙。」

大家都說，劉德華是一個沒有天分但特別勤奮的演員，這其實對劉德華是不公平的——勤奮本身，其實就是一種天賦。更何況劉德華正能量之飽滿，不是一般的飽滿，而是異於常人的飽滿，他碰的每一根釘、遭遇的每一趟滑鐵盧、吞下肚的每一拳打擊，都當作是社會專門替他補的一堂課。因此我常常想起劉德華演過的五億探長雷洛，雷洛說過一句話，「你上了這條船，卻連船邊都不肯抓住，我看你一定會掉下水裡去」。劉德華從來不覺得他比別人幸運，他只是比別人更有毅力，在別人都熬不住的時候，他說他不過是比別人多熬了一分鐘——偏偏就是這一分鐘成就了劉德華，也就是這一分鐘傳奇了劉德華。

偶爾身邊有好一些朋友笑著揶揄，從來沒有見過一個明星當天皇巨星當得好像劉德華那樣，他看上去就等如剛加入一間小型企業公司每天力爭上游的員工，演戲唱歌拍廣告開演唱會，都像個莊敬自強的小主管那樣遵守條規，不逾矩不跳脫不放肆，七天二十四小時都處於備戰狀態——於是我不置可否地笑了笑，也不著急替劉德華護航救駕辯護，倒是想起以前劉德華當上某國際名錶代言人，因爲品牌投放了廣告，於是我主編的時尚雜誌特別安排了一個書面專訪，其中就設了一道關於劉德華和腕錶之間的關係是如何建立起來的問題，我當然不可能天眞地期望劉天王親手一字一句回答，但讀到香港傳回來的回覆我很肯定，劉德華確實十分認眞地去篩選、去聆聽、去思考、去回答每一道問題，因爲他的答案裡頭有畫面有細節有痕跡，我甚至在答案當中看到劉德華，也聽到劉德華——我到現在還記得他說，他之前有個習慣，每天晚上臨睡前都會把心愛的腕錶放在床邊，因爲他特別喜歡尖起耳朵聽腕錶的秒針滴滴答答轉動的聲音，而每晚他一邊爲腕錶上鏈一邊聽著時間滴答流逝，那一個時刻，他說，就是他難得完全放鬆下來的時候——只是後來不知怎麼的，他珍藏的腕錶都被偷走，他於是就中止了這個習慣，轉而把收集回來的名錶全都收進保險箱裡，因此他特別懷念那時候他爲了同時幫好幾塊手錶上鏈，就兩隻手都戴上不同的手錶在家裡走來走去，走來走去緬懷他年輕時也投奔怒海也天若有情也旺角卡門，也有過飛沙走石的阿飛時光。

奇怪的是，不知道爲什麼，我一直覺得王家衛對劉德華心有不甘——雖然《阿飛正傳》裡頭的阿飛擺明是旭仔是張國榮，可是菲律賓那幾場戲，則又分明是王家衛光明正大塞給劉德華的一張曖昧的字條——王家衛一直都耿耿於懷，《旺角卡門》他差點就抓住了劉德華一閃而過的元神和精髓，所以他一直都在找機會想要還回他替劉德華藏起的那隻杯子，那個一藏就藏了三十年的杯子。我不知道劉德華最終有沒有找到王家衛藏起的那隻杯子，或者他根本就已經不再需要那一隻杯子，我只記得在菲律賓拍攝《阿飛正傳》的時候，劉德華告訴王家衛，再不拍隔天他就要走了，他給王家衛的期已經滿了，香港還有好幾組戲等著他，於是王家衛瘋了似的，滿眼紅絲，安排了一場張國榮拿了美國假護照之後和劉德華在屋頂上亡命逃避追殺的場面，然後鏡頭一轉，他們兩人坐在長長的火車，車廂內的光影時明時滅，劉德華對著落魄得猶如斷了一隻翅膀的張國榮咆哮，「你知不知道，你只是我在唐人街撿回來的酒鬼而已」——而美術指導張叔平把王家衛眼裡如何熊熊地燃燒著劉德華全都看見了，全都記下了，於是他讓劉德華穿上一件青灰色的格子襯衫，紐扣全打開，露出裡面的白色背心和單薄的肌肉，而汗水完全濡濕了劉德華的胸膛，而這樣子的劉德華，其實比張國榮的阿飛更阿飛——後來劉德華說起，他其實曾經在九龍城寨給《阿飛正傳》拍過十幾天的戲，而且那是一個沒有對白的長鏡頭，他穿著警察制服，在人造雨灑下來的夜晚走來走去，走來走去，走來走去，王家衛只告訴他，你必須心事重重，你必須憂心忡忡，他自己其實也挺好奇，那整整七分鐘的戲最後到底流落到了哪裡？王家衛對劉德華一直都不肯放棄，一直想從劉德華身上再挖出一些什麼讓他日後可以寄意，甚至，《春光乍洩》的何寶榮第一個考慮的是劉德華，而不是臨陣易角換上的張國榮，年輕時候的劉德華，俊美得像東方版的大衛雕像，而我們都是他背後的米開朗基羅，都依照各自不同的遐想雕塑出一人一個劉德華，所以誰敢說劉德華不是盤絲洞裡的同志眼中最滋補的唐僧肉？但王家衛拍劉德華，畢竟不像王家衛拍梁朝偉，偶爾還是會有耐不住性子的時候，在片場拔開喉嚨朝劉德華吼過去：「你可不可以不要學劉德華那樣子走路啊？」

這恐怕是眞的。因爲我想起劉德華自己也說過，當年他拍陳木勝導演的《天若有情》，杜琪峯是監製，戲裡頭劉德華一脫下頭盔就很自然的用手整理頭髮，每次都讓杜琪峯氣炸了跺腳大罵：「爲什麼一脫下頭盔就一定要整理頭髮，就因爲你是劉德華嗎？」開始挨罵時劉德華死命忍住，可拍沒兩下劉德華老毛病又犯了，又忍不住伸出手去撥弄頭髮，因爲那個時候的劉德華眞的已經是天王，已經是明星，已經是偶像了，他的一張臉就是票房，他的巨星形象也已經針尖落地亦巨響，曾經劉德華很自信地說：

「我想很多演員都希望最後都能夠成爲劉德華。」的確，誰不想成爲翻手爲雲覆手爲雨的劉德華？那時候梁朝偉賣埠，片商還會追問，女主角是誰，故事說什麼，但劉德華則搭誰都可以，不搭誰單單賣劉德華更加好。要成爲劉德華，除了要十分勤奮一份運氣，還要人情練達，還要義蓋雲天，還要淡定通透，至少要贏得絕大數人的欽佩和支持才可以。

我忘了在哪裡聽過陳可辛談起劉德華，他說劉德華總共用了二十年的時間，不斷的接戲，不斷的拍爛戲；不斷的拚命，不斷的不要命；再加上全身上緊發條，堅持了再堅持，才會愈拍愈紅，才會愈演愈精，把所有不喜歡不相信劉德華的人最終都給說服了。而且劉德華雖然演慣史詩式的英雄，但他壓根兒不推崇個人主義，特別害怕派頭，尤其遇上出個門，保安馬上跑到前面開路什麼的，他看了就壓低聲音說，不要不要，千萬不要，太難看了，太難看了。因此我從劉德華身上終於明白下來，眞正有派頭的人，其實一點都不需要派頭。

好像還有那麼一次，我記不太清了，劉德華在演唱會中途突然躍下台，然後一支箭似地跑前去阻止對熱情歌迷動粗的保安，擔心歌迷受到無禮的對待和傷害，如果你認爲這是劉德華的形象配套，那麼你未免太小看劉德華了，所有在情急之下做出的反應才是一個人最眞實的反應，劉德華不是鬥士也不是紳士，這兩者他怎麼做都不完全，但他有自己的良知信念、道德標準和價値判斷，他比誰都懂得珍惜從別人手中贏回來的每一張票根。

我不是劉德華迷。從前不是。將來也更加不可能是。他們都說，喜歡梁朝偉的就不會欣賞劉德華。這話也對也不對，我也沒有爲誰平反的意思，只是我特別尊敬劉德華，有時候，尊敬比喜歡扎實。特別是在娛樂圈。太多跟紅頂白要兼顧，太多利益與現實在衝突。要獲得媒體們打從心底一致的支持和喜愛根本不是件容易的事。但我聽過兩個關於劉德華和媒體間的小故事，因此讓我相信記者跟明星之間原來也可以肝膽相照，原來也可以風雨同路——

劉德華說，千禧年那一年，他已經是好幾次獲得提名香港金像獎最佳男主角卻從來沒有一次衆望所歸，那些支持他的香港媒體朋友擔心他那一年恐怕又得失望一次，於是集資找人鑄造了一個仿金像獎獎杯給他，結果那一年他贏了，歡天喜地的捧著眞的獎杯去慶功，然後把假的獎杯也一起拎回家，到現在——劉德華說，那兩個獎杯還一直並排

擺在家裡，假的那個比眞的那個更讓他開心。

另外一次是台灣有個娛樂記者和劉德華是好朋友，他們兩個人差不多同一時間入行，因爲識於微時，竟眞的交上了朋友，那記者對劉德華說，他要看到劉德華拿下金馬影帝才退休，結果劉德華當上金馬影帝之後，那娛樂記者也眞的隨後就離開媒體界。後來劉德華發唱片，電視節目把劉德華最要好的媒體朋友請上節目聊一聊劉德華這個人，那媒體朋友雖然離開了娛樂圈，但還是被邀到節目上來，當天他送了一份禮物給劉德華，劉德華打開來，裡面竟然是那年金馬獎頒獎台上宣布劉德華奪得影帝的頒獎卡，通常嘉賓頒完獎回到後台就順手把那卡給丟了，可他在節目結束後特地跑到後台找了又找，把那張卡片給撿起來，因爲他知道劉德華很重視這個獎，他要把這張卡鄭重其事地送給劉德華——而那當然是後話了。聽說劉德華拿著那張卡，一聲不響地在節目中途休息回到後台化妝間，把自己反鎖在裡面結結實實地哭了好長一段時間，助手因爲擔心，不斷敲門，不斷叫喚，劉德華抽搐著說，「沒事，我哭一下就出去」，然後他眞的隔一下子就推門走出來，展開他典型的全港三十二巴仙居民願意投他一票投選他爲香港特首的笑容走到攝影棚去——劉德華眞專業，專業得可以隨時壓下自己所有的情緒只爲了流暢節目的拍攝，而劉德華當了三十多年的偶像和天王，什麼獎項沒拿過，什麼禮物沒收過，竟然爲了一張卡片泣不成聲？因爲一個藝人最豐饒的收穫是他知道，原來他釋放出去的柔軟、退讓、謙和、擔當，終於讓他長得像棵柏樹，一直青翠茂盛地活在一些人的心裡頭。

而我其實很想找個機會告訴你，我挺喜歡劉德華的書法，他的字也許沒有意境，也許就空有一股蠻勁，但筆畫卻認眞得嚇死人，於是看上去也就有了一股拔地而起的霸氣，而好幾部電影海報如果不說，很多人都不知道那墨寶其實就是出自劉天王手跡，比如《墨攻》，比如《殺破狼》，比如《江湖》，然後從劉德華的字，想起劉德華這個人，漸漸的我對劉德華如何走到今日的境地也就釋然了，長得好看是一回事，肯拚肯搏又是另一回事，書法到底是講規矩的，如果規矩不足，如果修養不夠，再怎麼努力，也實在不容易寫出有格局有氣魄的字。至於劉德華，不管你喜不喜歡他，他不可能只是一個素昧平生的普通人，他是記錄一個時代的明星，我想起艾略特的詩有那麼一句：「他衣袖上的灰塵，全都是燒過的玫瑰留下的灰燼」——而劉德華陪我們一起走過的日子，就好像陽光抖落青春的枝葉和花瓣，每一次的枯萎，其實都是一截眞理的完成。

鍾楚紅 Cherie Chung

致我們終將逝去的

之後我看見鍾楚紅眼睛裡的光一點一點的熄滅了。她站起身。不再嬌憨嫵媚。不再理直氣壯地美麗著她肆無忌憚的美麗。就好像她原本把朋友們招待到家裡來，忙進忙出的，時不時轉過頭來，露出她一綻開笑臉就好像碎鑽撒在了地板上倏忽一閃一閃的梨渦，興高采烈地打開筆記型電腦，想要把她婚後的幸福通過畫面製成短短的影片一幕幕地打到螢幕上，預備告訴大家他又把她帶到哪裡哪裡去吹山風去看海景了，可不知怎麼的，先是音效發生了故障，畫面裡她甜蜜地依偎在他身旁，嘴巴嘰哩呱啦地在說著些什麼，偏偏我們一句都聽不清楚，然後我們看見一片金黃色的一望無際的沙丘飛旋著撲過來，風沙颳得好大好大，畫面完全沒有先兆地被切換，鍾楚紅突然落了單，怔怔地瞪大著眼睛，成千上萬的馬兒的腿在漫天的風沙裡奔騰——隨卽鏡頭一黑，就什麼都看不到了。

後來鍾楚紅說，她在丈夫的靈堂說的話是認眞的，而不是爲了草草打發記者，胡亂編幾句話敷衍過去：「他給了我廿年特別豐富、也特別幸福的生活，將來不管再遇上誰，恐怕都沒有辦法給我想要的，所以我從來不覺得一路單身下去是對不起我自己。」於是我聽了，禁不住將手掌交握，拱成一條橋，輕輕地按壓在眉心，原來我一直低估了鍾楚紅對愛情的虔誠，也原來我一直誤會了一個美豔的女明星的內心其實也可以爲一個心愛的人草木萋萋。我記得亦舒寫的《流金歲月》，朱鎖鎖有一次對蔣南孫說：「誰會笨得去嫁一個自己深愛的人呢？」偏偏現實生活卻恰恰相反，眞正肯在愛情裡循規蹈矩，肯爲愛的人綠肥紅瘦的那一個，竟然是朱鎖鎖，而不是蔣南孫——張曼玉從來不會放棄任何一個爲愛情勇往直前水裡來火裡去的機會，而鍾楚紅卻意外的總是對愛情溫柔哀惜，對鍾楚紅來說，愛情是一條線索，不是一條導火線，不應該劈哩啪啦燒過了就算數，她要的是可以緊緊握著的同一條線索，輪迴往返，尋找的都是同一個和她生生世世相認的人。

我記得吳宇森說過，他比誰都相信愛情，他的電影其實一直都以浪漫爲基調，常常第一個在他腦子兜轉的，不是廣場前飛起的白鴿，不是小馬哥兩隻手各持一支手槍，一路走一路向兩邊掃射的槍林彈雨，而是一個女人表面上風卷雲舒，暗地裡卻張羅著要如何在心裡挪出一小塊方寸來同時安置另一個男人——因此我特別喜歡吳宇森拍的《縱橫四海》，根本把當時整個香港最漂亮最風流的人物都拍了進去，他讓兩個男人同時深愛鍾楚紅卻又各自假裝其實隨時可以放手不愛，他說：「無論外面的世界有多麼大的變化，大家遭遇的人生有多麼始料未及的曲折坎坷，最終不會變的，永遠是一份眞誠的愛情。」

所以拍《縱橫四海》那一陣子，吳宇森一直躲在鏡頭後面，一邊看鍾楚紅左右爲難的在周潤發和張國榮之間擺渡，一邊靜靜地流著眼淚，害怕驚動了愛情，也害怕驚擾了演員。我始終記得裡頭有一場戲，鍾楚紅把長髮盤起，穿件白色低胸晚禮服，美麗得就

像剛剛睡醒的巴黎，正伸展著春天的懶腰，而她倨傲的鎖骨和娟秀的肩頸，簡直就像是一座萬劫不復的懸崖，驚險但綺麗，沒有一個男人會不願意失足掉下去——吳宇森特別安排鍾楚紅和坐在輪椅上的周潤發跳舞，因爲吳宇森年輕時也很愛跳舞，而且吳宇森有一隻腿其實短了一點點，但跳起舞來一樣的靈活，當年他就是這樣單手搭在太太的肩膀上，在舞池裡跳了一整夜的華爾茲，最後跳呀跳的，終於和太太一路旋轉著舞進了結婚禮堂——不同的只是，吳宇森的太太沒有鍾

楚紅標誌了一整個時代的美麗，我們必須承認，不是每一個女人都可以擁有如鍾楚紅一般，和一個時代共同進退的美麗。

而美麗，說得殘忍一些，到後來幾乎都是女明星們的懺悔錄。那些杯盤狼藉的風光，那些「滿庭殘葉不禁霜」的風華，當觀衆漸漸轉身散去，當聚光燈慢慢收弱光束，她們都得慢慢蹲下身子，放低身段，找個時間一件一件收拾。我們永遠不會知道一個因爲美麗而呼風喚雨的女明星，到底要穿過多麼陰險的峽谷和多麼深遠的隧道，才能重新遇見曾經被遺棄的她自己。我記得八卦雜誌拍到一組照片，朱家鼎的葬禮上，鍾楚紅戴著一對珍珠耳環，一副造型特別時尚的墨鏡，穿一件式樣簡單的鬆身黑色連身裙，步伐蹣跚，神情哀戚，但她偶爾還是會不自覺地掠一掠頭髮，偶爾還是會微微地昂起下巴，那些女明星的架子始終還在，也始終不能說丟就丟得開，後來好不容易挨到辦完解穢酒從「香港仔鄉村俱樂部」走出來，鍾楚紅這才虛弱地撲倒在她在圈子裡除了張國榮之外最好的異性朋友周潤發身上，周潤發一把將她接住，另外一隻手馬上伸出去擋開蜂擁而至的攝影鏡頭，在那一刻，我想起了《秋天的童話》。（編按：台灣片名《流氓大亨》。）

——「或者我唔走呢？」十三妹說。

——「唔走咪——一齊望住個海咯。」船頭尺一時難掩心頭喜悅。

其實我們都應該慶幸，慶幸曾經活在一個把情話說得吞吞吐吐的時代。兩個對未來都沒有十分把握的人，一張口就把情話說滿了，其實大家都心虛都愴惶。愛情最美的地方是，給彼此留個餘地，就算你走，就算你不留，將來兜了好大好大一個圈再碰頭，你當然已經不可能是原原本本的那個你，我也已經沿途丟失了好大一截的自己，然後際遇就會悄悄湊過身來，調皮地撞了撞你的手肘，向你擠眉弄眼，暗示眼前的那個人其實一直沒有放下過你，於是你抬起頭，訕訕地把手插進褲袋裡，至少那個時候你知道，你們之間還有半截沒有說完的情話可以駁回去，還有一顆沒有按下去的句號偷偷握在彼此手裡。

我一直很喜歡《秋天的童話》。喜歡周潤發的船頭尺像一條跳上舢板的金槍魚那樣滑不溜手；喜歡鍾楚紅明媚如斜陽的十三妹，她的美麗跟紐約的黃昏一樣，總是拉得那麼長，又總是那麼叫人低迴惆悵；喜歡那間在海堤架起來的餐館，名字就叫SAMPAN；喜歡兩人再見面時周潤發問，「table for two」，然後嘴脣忍不住微微地顫了又顫，望著眼神裡千帆過盡的鍾楚紅；喜歡導演張婉婷後來說起，拍攝當時資金相當

吃緊，劇組的伙食很差，剛巧張婉婷把一個大學同學拉來當劇照攝影師，順便給當時紅得雷電交加的周潤發拍了好多大頭照，請周潤發在照片上簽名，周潤發二話不說，接過筆，草草在照片上「飛一飛」，然後拿到紐約唐人街去賣，賣完了大家就可以到餐館吃一頓好的。

後來電影報捷，票房一把火似的，熊熊地燒開來——而八〇年代的香港，整座城市趾高氣揚，歌舞昇平，驕傲得不得了，街上擦身而過的香港人，每一個都走路有風，每一個都鵬程萬里，那時候的香港人尤其喜歡看周潤發搭鍾楚紅，因爲他們兩個人在銀幕上投射的，從來不是郎才女貌的明星們開著跑車喝著香檳的愛情故事，而是隱隱透現出香港低下層堅忍不拔的拚搏精神，以及一整個時代的香港人如何不屈不撓，讓自己的夢想欣欣向榮的志氣，而且那個時候的明星，有誰不是從草根裡冒出頭來？比如在南丫島長大的周潤發，比如獲選港姐之後還跟家人一起住在「重慶大廈」的鍾楚紅，他們都是最讓香港人引以爲傲的人設和標誌，對他們總有一種說不上來的親，那些出了名刁鑽的香港人也特別的疼鍾楚紅和周潤發，當時大家最愛掛在嘴邊的是，「發？你發得過周潤發？紅，妳紅得過鍾楚紅？」一可現在回頭看，我僅想起那首歌，「何地神仙把扇搖，留下霜雪知多少」，香港的大時代和好日子都過去了，日漸破敗的香港，就只剩下一個空洞洞的軀殼，所有的是非與爭論被扭曲在陽光底下盤繞，剩下來的只有焦慮和猜疑，不會再有傳奇，就連床畔的蝴蝶，也早就飛走了。

而或許是樸素的出身和單薄的背景吧，鍾楚紅不怎麼懂得使用流暢的手段和圓滑的世故，也不怎麼特別牙尖嘴利，有一次上黃霑倪匡還有蔡瀾主持的《今夜不設防》，他們明顯醉翁之意不在酒地擠在她身邊，盤問她的擇偶門檻，我記得鍾楚紅戴了個誇張的幾何圖案耳環，說話的時候晃呀晃的，而鍾楚紅常常話說到一半，就會機靈地將慢慢往下滑的無肩抹胸連身裙往上拉，到底跑慣了江湖，她懂得在必要的時候適當地保護自己，我倒是記得比較真切的是，她說過：「我要找的男人是值得我仰望的，他不一定要很富有，也不一定要什麼都懂，但至少和他在一起，我看到的世界和思考的方式，基本上和一個女明星平時接觸到的和可以想像到的有很大的不同。」也因爲那一席話，我開始喜歡上鍾楚紅應對人生時「無目的的合目的性」。既然美麗對她來說如魚得水，渾然天成，那麼名和利也都應當相對的隨遇而安，特別是當她必須在娛樂圈刀光劍影的人際關係裡穿身閃過的時候，她總是禮貌地拉開人與人之間的距離，對每一個人都周全都寬容，即便接待生命裡發生的每一件事，無論是大喜大悲，也都謙遜有禮。後來鍾楚紅全面退隱，偶爾接受美容品牌或時尚派對邀約，她一站出來，整個人散發的還是一種極其強烈的年代感，雖然她明顯已經沒有興致再施展跟美麗較勁的鬥志，可就算一個時代消失了，鍾楚紅的美麗到底還是大江大海，勾起我們對港片全盛時期的美好回憶，她昔日的萬種風情，一直都和香港當年風發的意氣連接在一起，也曾經和我們終將失去的青春，那麼親密地共飲一瓢沁心的江水。

至於當年鍾楚紅常常讓男人們如遭電殛，呆呆地劈倒在原地的美色，徐克就曾以男人的標準說過，「她媚，但不妖；她豔，卻不俗」，簡直如同一波又一波的驚濤駭浪，拍打著八〇年代每一個少年的春夢。連一向自豪自己長得比女明星還漂亮的張國榮也禁不住驚歎，香港怎麼會有一個女人可以把皮褸穿得那麼好看？那種遊刃有餘的風情，可以梵谷，也可以莫內，「她太美了，美得做錯什麼你都可以原諒。」有一次鍾楚紅穿上《意亂情迷》的戲服，領口開得好低、好低、好低的一件式黑色比基尼，爲香港版《花花公子》拍攝封面，就算事隔經年，到現在還是會感覺到鍾楚紅當時那讓人渾身焦灼的性感——她舉起手，輕輕拂開臉上的髮絲，波浪似的蓬鬆及肩長髮偶爾撥向一邊，蜜糖色的皮膚，薔薇色的嘴唇微微張啓，眼神夢幻而迷離，還有標誌性的大耳環，以及手腕上一口氣戴上十來個造型獨特的手鐲，整個人散發出一種熱帶雨林的誘惑：慵懶的，神祕的，危險的，而那組照片的震撼性，就和站在地鐵出風口用手捂住翻飛的裙裾的瑪麗蓮．夢露一樣，風韻流芳，風情永繼，是那麼的對同性殘酷，又是那麼的對異性恩賜，緊緊地扣壓住少男們靦腆而羞澀地上下滾動的喉結——

結果那雜誌據說在一天之內就售罄。雜誌所賣的，當然不單單只是鍾楚紅咄咄逼人的「鍾記」風情，而是所有年輕男孩們在「女神」這兩個字還沒破殼而出之前，讓他們渾身發燙的集體回憶。我特別記得，那時候鄰居有位當木匠的大哥哥，喜歡交筆友，喜歡看雜誌，個性特別內向文靜，可他那一回卻赤裸著瘦削的上身，不動聲色，把鍾楚紅的拉頁海報索性從雜誌上撕下來，貼在小小的潮濕而光線幽暗的房間裡——第一次那麼明目張膽地對外張揚他體內因鍾楚紅而分泌旺盛的雄性激素，而往後在他人困馬乏的人生或一敗塗地的婚姻裡，至少他偶爾會記起，在他還是青春中人，困在青春的泥沼裡，也曾經以青春的名義，領受過鍾楚紅沒有經過剪輯，沒有經過混音和配樂，如山洪傾瀉的美麗。

（本篇入選九歌109年度散文選）

章子怡

Zhang Ziyi

見天地見衆生見子怡

當時章子怡懷孕五個月了，可她誰也沒有驚動，臉上淡淡的，漾開一抹瞭然於心的笑。這樣的笑，要是切割開來，放到心理學的辨證台上去剖析，基本上和幸福感沒有太直接的關係，章子怡只一心知道，她距離自己想要啓動的生活模式，一個母親，一個妻子，而不單單只是一個明星，終究又靠近了一些。「如果成為一個完整的女人也是一種野心」，那麼章子怡說，「我認了」——至於娛樂圈第一個從章子怡口中知道消息的，我擔心你恐怕會猜錯，不，不是張藝謀，不，也不是李安，而是王家衛！

王家衛是個流氓！奇怪，我老想起這句話，老想起陳丹青第一次和王家衛見面的時候嗤之以鼻，說他是個招搖撞騙的流氓。但後來陳丹青仔仔細細看完所有王家衛的作品，終於肯稍稍改口，補上一句，「他雖然是個流氓，但他有才氣，他拍出來的電影，有一股很濃烈的江湖氣」——江湖本身，本來就有一定的文學性。倒是王家衛，這個流氓，騙張震學了三年的八極拳最後卻把他的鏡頭統統剪光只留下兩場戲；這個流氓，騙梁朝偉說他的角色是個到阿根廷尋找父親情人的兒子而不是一個極度壓抑的同性戀者並且還把梁朝偉的護照一併和張國榮的都給扣押住讓他們回不了香港——

尤其我們怎麼也猜不到的是，這個流氓，卻是眾多和章子怡合作過的導演當中，最疼章子怡，最一眼看穿章子怡，也最懂得機關算盡，借用外來的壓力把章子怡的潛力完完全全給擠壓出來，也完完全全給引爆開來——他讓章子怡拍《2046》的時候每天在蒸汽桶裡蒸上一個小時才讓一個六十多歲的老師傅花三個小時給章子怡做頭髮畫眼線上妝，然後不聞不問，把章子怡丟進一個一句廣東話也聽不懂講不出的語境裡自生自滅，他要章子怡像戲裡勾引梁朝偉上床然後把梁朝偉的皮都磨破了並且鐵了心要把自己的下半生交給梁朝偉的交際花白玲那樣，在愛情裡微微地弓著背，驕傲地卑微著，也卑微地驕傲著；他一邊暗中留意章子怡《三重門》花邊新聞的進展一邊斜眼看著章子怡被緋聞醜聞鞭屍聞抽打得遍體鱗傷之後，才不徐不疾地伸出手，把章子怡領到「人世間所有的長途跋涉都只是爲了返璞歸眞」，一邊承受著榮寵和繁華卻一邊避不開在愛情裡大雪紛飛的境地——

到後來吧，章子怡才幽幽地說起，拍《一代宗師》的時候，因爲被負面新聞追打拷問煎熬，整個人又焦慮又憂鬱又委屈，情緒繃得好緊好緊，緊得像一片在高溫底下烤著的琉璃，不知道什麼時候就要應聲爆裂開來——於是有一天收工的時候她把王家衛請到化妝間來，告訴王家衛，她想放個假，無論如何，她得離開一陣子，要不她可能撐不下去了。王家衛聽了，二話不說，站起來抱著她，「行，妳什麼時候願意回來，我什麼時候都等著。」章子怡一聽，眼淚就簌簌地流下。我記得王家衛形容過，張曼玉是青衣，章子怡是花旦，兩人是沒辦法並攏在一起比的，而這麼多年下來，眞正聲色藝俱全的女明星，王家衛只承認，之前有林青霞，現在也就只剩下一個章子怡了。因此章子怡到現在說起王家衛，總是袒護的時候多，譴責的時候少，她說拍《一代宗師》，合約明明寫著就只能給王家衛五個月的檔期，王家衛拍不拍得完她都得走，可五個月之後，王家衛還在反反覆覆，根本沒想好也沒打算這麼快就安排要在什麼樣的場景讓宮二與葉問相遇——於是這一拍，就拍了三年，她說：「不知道爲什麼，王家衛就是有這種魅力，莫說三年，就算再拍多三年，他一開口召喚，我們還是會聽話地回去——梁先生也一樣。」

而我開始挑起眉毛對章子怡另眼相看，有一小部分，是建立在章子怡實在是個有分有寸的人。她懂得克制。她也懂得不隨便把自己的情緒和盤托出。她把梁朝偉稱作「梁先生」，客氣之餘，其實也在劃清界限，請別人適時止步，也時刻警惕自己留在自畫的圓圈裡別去招惹江湖事。也許是娛樂圈領了教訓，也許是情愛裡磕破了頭，章子怡對誰都客客氣氣——客客氣氣地拉開距離，客客氣氣地保持友善，客客氣氣的，臉上對誰都沒有一絲煙火氣，把客氣，包裝成一份又體面又得體又輕便的武器。因此像章子怡這麼一個剛毅得近乎不可理喻的女明星，身邊沒有特別談得來的朋友，似乎是順理成章的事。如果朋友的意義是建立在一個人要另外一個人對她臣服逢迎，或一個人純粹把另外一個人當作水兵來差遣來壯大聲勢，我猜章子怡會微笑著站起身，一句話也不說，拉開椅子，轉身就走——妳誰啊？妳憑啥？我欣賞章子怡，是她的韌性裡藏著任性，是她的剛烈裡裹著暴烈，她不介意砸爛自己的攤子，甚至這一整個世界她其實都得罪得起也賠得起——我想起陳沖在經歷過一山過一山的痛苦和考驗之後，唯一想對少女時期的自己說的一句話是，「沒事，沒事，傻孩子，能有多大事呢？」一切都會過去的。而一個女人最難得的是，老練之後，還能毫無芥蒂，在接下來的人生裡擁抱天眞。

所以章子怡一直都將她在她自己人生裡建立起來的主角感咬得實實的，所有她演過的林林總總的水裡來火裡去的角色，遠遠不及她演好一個現實中的章子怡來得讓她自己感動。尤其章子怡是北京人，北京人個性裡的精通世故和豁達大度，她都有一些，也都一直擔當著一些，怎麼都不肯罷棄，反而上海女人那種叫男人骨頭都酥了去的白、糯、軟、甜，一步三搖，裊裊繞繞顫巍巍的風情，她卻一點都沾不上邊。就連名字，章子怡這名字看似小家碧玉，沒有「周迅」的俐落大氣，也沒有「湯唯」的娟秀文氣，暗地裡卻還透出她坦蕩不雕琢的傲氣——就比如你問章子怡，妳姓章是哪個章啊，我想她會告訴你，不是「立早」章，是「音十」章——樂盡爲一「章」。音樂停了，本應告一段

落，但因爲她是章子怡，所以唱臂會再輕輕舉起，自動移到黑膠唱片的第一軌位置，並且唱針慢慢地慢慢地又落下去，章子怡的故事，永遠還有下一章，永遠還會再循環再延續——

我記得周迅有一次啞著嗓子和朋友提起章子怡，也禁不住要佩服章子怡的毅力，她說章子怡那時候剛進軍國際，「她竟可以一邊化妝，一邊聽英文老師教課，一邊還要看劇本背台詞」，周迅自認她做不來，「沒這股拚勁，也沒這麼刻苦」。章子怡後來聽說了，還特地隔空回謝迅哥，習慣性地把所有的揶揄都當作讚美。還有范冰冰。范爺說章子怡眞嬌小啊，顯得她自己在章子怡身邊魁梧得像個漢子似的，每次見面都升起要保護章子怡的衝動——言下之意，不外是暗示她一站出來怎麼都比章子怡明豔而大氣。可章子怡從不把這些小眉小眼的事往心裡去。在女明星圈子裡，她還是一貫的：客客氣氣地和和氣氣。誰都可以是朋友，誰都可以不是朋友，她是那種沒有朋友一樣可以把日子過得無枝無椏卻依然山清水秀的人。唯一她一直不允許自己忘記的是，只要攝影燈高高架起，只要鏡頭又重新設起來，她對鏡頭的敬畏馬上就升起，因爲她知道，名聲從天而降，紅毯妳也走了，獎妳也拿了，名啊利啊妳都攬盡了，不論在什麼時候，一個做演員的，終歸要有一定的演員道德，半點也敷衍不得。就好像到現在還有些觀衆看章子怡，眼神總還是不懷好意，總還是充滿輕藐與揶揄，淨咬住她如何坐在影壇大哥的腿上餵對方吃葡萄這花邊不肯放，可怎麼也看不見章子怡怎麼因爲拍《十面埋伏》一場「仙人指路」的舞蹈場面必須長時間吊鋼絲而導致左腿韌帶永久拉傷；怎麼也不願意關切章子怡拍《臥虎藏龍》的武打場面整片指甲被劍削了去痛得渾身打顫卻連吭都不敢吭一聲繼續把戲拍下去。

章子怡好強。她不允許自己丟人，而這多少和章子怡的家庭教育有關，父親是電信局的一名幹部，母親是幼兒園教師，父母對孩子的管教都特別嚴厲，無論章子怡做得多好站得多高戲演得多厲害，他們是連一句肯定的話也不肯隨便說的，章子怡苦笑著回憶，印象中父親就只在她十一歲那年考進海淀區的專業舞蹈學院才開心得什麼似的，還把所有親戚請到家裡來吃了一頓飯，「那是第一次，我看見父親因爲我而笑得這麼開懷。」所以如果說章子怡是被野心推著走，還不如說她是被無邊無盡抓摸不著的緊張和焦慮推著走。尤其在千人萬人硬擠著要攀上去的這座通向名利的明星天橋，聚光燈懸在她頭頂，她一直都走得如履薄冰，也一直都走得戰戰兢兢，她怕自己狼狽地摔倒，也怕自己一個不留神被推拉下來，她始終覺得當一個只有美貌也只能依靠美貌去征服觀衆的女明星是一件又可憐又危險的事。

既然說到美，章子怡的美，不是范冰冰那種燈光一打下去就讓人眼花撩亂，美得機關重重，美得千迴百轉，美得像名牌時裝和攝影師碰撞之下生產出來的一組時裝大片——不。我沒說誰膚淺。只是有時候美得太過張揚，太過囂張，太過霸氣，把人都逼到牆角上去，難免會滅了讓男人回過頭細細回味的興趣。我特別愛看章子怡在鏡頭面前泰山崩於前而聲色一動也不動的美。美得高深莫測，美得氣若蘭蕙，意態嫻靜，也常常美得讓人心生敬意，像一座歲末寒冬埋在豐年大雪裡的故宮，你望著她那一院子精緻的眉眼和鬢角，永遠不知道到底還有多少我們不知道的事兒藏在裡頭？我想起《一代宗師》裡頭有那麼一句：你知道刀爲什麼得有鞘，因爲刀的眞意不在殺，在藏。章子怡的美，美在她懂得藏。就像刀鋒回鞘前濺開來的一道光，一閃即逝，隨後發出噹啷一聲輕響，那輕響和那閃光，特別讓人念念不忘。

可惜章子怡的美，落在李安眼裡，始終還是美得太過鋒利，太過跋扈，不夠嬌柔，不夠纖細，不是李安所要的玉嬌龍。因此章子怡加入《臥虎藏龍》劇組裡頭，因爲只有舞蹈底子而沒有武術基礎，所以只能拚了命強迫自己去練，一刻都不敢放鬆，而且剛剛投入劇組的頭兩個月，李安還是一看見她就眉頭深鎖，並且每天都還在面試不同的女孩子，每天都在期待著另一個更符合他要求的，嬌縱但又同時狂妄的玉嬌龍——章子怡說，那種隨時被撤下來換掉的擔憂，讓她整個人焦慮得不得了，夜裡常常是哭著睡過去，然後半夜又哭著醒過來。章子怡哭，不是因爲委屈，而是因爲好強，她知道自己的機遇或許比其他人來得好，一拍完《我的父親母親》，這邊李安專程飛過去美國就只爲了見一見正在拍《玻璃之城》的舒淇一面，另一邊張藝謀就拿起電話撥給李安，說要把章子怡推薦過去，所以她怎麼都不能夠讓賞識她的人面子上掛不住——後來正式拍攝，李安在片場從不當面鼓勵章子怡，幾乎每次一拍到章子怡的戲他就鎖緊眉頭抽悶菸，把章子怡嚇得整個人僵在那裡，就算明明聽到導演已經喊卡，她還是動也不敢動，隨時做好準備再來一個。我想起王家衛說過：「演員有兩種，一種需要被鼓勵，另一種只需要壓力。」章子怡明顯是後者，你愈是對她擠壓，她愈是順應你的擠壓給你更多更清冽更澎湃的反應，一次比一次強烈，一次比一次有力。

我記得張藝謀談起章子怡，說章子怡天生有股狠勁，喜歡折騰自己，他找章子怡演《英雄》的時候，丟給章子怡的第一個考驗就是，她在戲裡演的只是梁朝偉的婢女，戲分遠遠不及張曼玉，但必須打得狠，必須打得眞打得漂亮打得俐落，而且戲裡頭耍的武器是雙刀，不似《臥虎藏龍》舞的是劍——劍比刀輕盈得多，也溫柔得多。但章子怡一聲不吭就接了下來，每天上四小時健身房舞刀練體力，《英雄》前後拍攝半年，而章子怡的戲分其實就只有一個月，但她跟張藝謀要求，讓她全程搬張凳子跟著劇組跑，她要仔仔細細地看張曼玉和梁朝偉是怎麼演的戲。張藝謀疼章子怡，這事其實是眞的。他一聽說章子怡在《臥虎藏龍》的演出很是奪目，就開心得什麼似的，因爲他擔心又是文戲又是武戲，加上兩位大明星周潤發和楊紫瓊左右夾攻，章子怡應不應付得來？所以章子怡憑《臥虎藏龍》在海外影展大放光彩，張藝謀那個開心勁兒，就和自己的女兒以一等榮譽考進海外大學沒兩樣。

前一陣子，我反覆看章子怡，抽段看章子怡，從「宮二」到「白玲」，再從九門提督的女兒「玉嬌龍」到藝伎「小百合」，甚至還有《十面埋伏》的牡丹坊盲眼舞伎到《我的父親母親》的農村少女，老懷疑是不是燈光的緣故呢，燈光師打的燈，似乎都特別寵幸章子怡，把章子怡拍得像漫山遍野撲面而來的春光，有時空曠幽靜，有時靈動輕盈，卽便她的電影裡頭最愴惶最落魄的時候，也還有一股靈氣在滾動著，讓人目眩神迷。因此我也一樣的憂慮，如果有機會見到章子怡，我是不是應該一開口就問她最喜歡自己演過的角色是哪一個？因爲這終究是最直接犁開一個演員戰戰兢兢的過去和小心翼翼的未來的一道問題。而我其實多麼希望章子怡答的是「宮二」，又多麼希望章子怡答的不是「宮二」。

我尤其記得《藝伎回憶錄》的導演羅伯．馬歇爾第一次見到章子怡，嘴巴微微張開來合不回去，覺得章子怡的臉型很小，眞小，「這樣的臉型，特別上鏡」，而且他覺得章子怡有一種丹木煒煒的魅力，下巴精巧但堅毅，連走幾步路，也給人一種淩繞飛騰的曼妙輕盈。實際上羅伯．馬歇爾可能不知道，章子怡因爲受過正統舞蹈訓練，雖然沒有一副很「雲門」的身體，但她的肢體語言和所有在「雲門」跳舞的女孩兒們一樣，有一種俊朗的神氣——我記得有一次林懷民在接受訪問的時候說起，舞蹈的語言和舞蹈的動作只是媒介，其實舞蹈的原料是身體，就好像寫小說，故事怎麼樣起承轉合都無所謂，是語言決定了一切——章子怡有一副讓人們願意讓她領著去攀山越嶺的身體，所以她在電影裡頭，身體的詞彙總是特別豐富，就算安安靜靜地站著，她的身體望過去，彷彿都有表情，也彷彿都在絮絮地說著話語。我記得章子怡說過，她十一歲開始習舞，以爲可以藉跳舞改善她瘦小的體型，但後來章子怡發現她的條件其實並不好，她的軟度，她的協調性，樣樣都不夠，怎麼比都不是班上最亮眼的那一個，於是她就下了課偷偷跑回練功房苦練，而其他同學根本不必怎麼練，輕而易舉地，腰也窩了下去，劈腿也劈了下去——可章子怡則得重複下叉，提起腿，抵著一幅牆用盡全力壓上去耗自己的軟度，好幾次，章子怡在練功房裡把燈全關了，練完累極躺下來，眼淚就溫熱溫熱地流進耳朵，那時候的章子怡，練得整個身體茫茫然不知所措，這一份茫然，遠比她腿上撕心裂肺的

疼痛更痛——

後來在畢業典禮上，章子怡把頭髮盤起，站到舞台，一個人，動作又粗野又大大咧咧地獨跳一支苗族舞曲，那動作那節奏，全是小伙子的豪邁，半絲女孩子的嬌柔也沒有，並且她緊緊地貼著馬嘶聲和擊打竹竿聲，不停地轉圈，不停地來回跨步，生動而歡快，每一個動作都隱隱看見一個舞者的氣魄和教養，以及一個文化的塑就和傳承，還有就是章子怡那一臉的色如春曉，春風十里，都不及她清純秀麗——可我發現舞蹈裡的章子怡其實把自己的身體當作一個工具來驅使，而電影裡的章子怡，則是把她自己攤開來迎上去，義無反顧地走進角色。而專業舞蹈學院臨畢業前夕，章子怡快滿十七歲，拍了她人生中最青澀的第一支廣告，結果一領到所謂的廣告明星費，馬上就把同學們全請到學校門口的餐廳吃一頓好的，章子怡說，那時候學生們都清苦，零花一個月就只有那麼十塊錢，平時實在不捨得把錢花在吃一頓飯上，而吃完了那頓飯，章子怡收拾細軟，帶著一副隨時備戰分秒警惕的身體，隨後考進中央戲劇學院，就像驕蠻而任性的玉嬌龍，準備縱身躍入角色和角色相互撕裂、人格和人格彼此角力的電影世界裡頭去。

而說到愛情，愛情對章子怡來說是一種順勢療法，她必須在自己的愛情舊患裡排解自己，救贖自己，調理自己——就好像汪峰說的，就因爲他和章子怡都各自經過了必須經歷的情感上的顛簸和打擊，這之前所有的坎坷和曲折，其實都是他倆各自的慈悲的收穫，成就了他們在遇見彼此的時候，提前磨合了對婚姻的抗拒和不信任，也省略了試探和考驗——愛情多詭異，只要在對的時間碰上對的人，其實連指紋也不必核對，就已經知道這一宗完全沒有破綻和嫌疑的愛情懸案，其實可以結案歸檔束之高閣了。

平日的章子怡，甚少提及愛情，愛情對她來說，是不做任何有違內心的妥協，把自己安置於一種安穩而平靜的狀態，甚至具體的對象是誰，其實都還是其次，因爲章子怡太知道——有些男人頂多就只是個蘆葦瘋長的河岸，連碼頭都不是，更別說是港口了，碰巧因爲小船愛冒險撞上了岩塊穿了洞，需要找個地方把船身補一補，所以才逼不得已半途停靠。況且，誰沒有過任性妄爲的青春呢？之前談過接連好幾場下場狼狽的戀愛，其實也不能夠全怪章子怡太好高鶩遠，而是應該怪這個世界太花太巧太會布設陷阱，存心在衆目睽睽之下絆了章子怡一腳，要她吃點教訓嘗一嘗愛情的狡猾，並且明白下來，男人那永無止境對新鮮的愛情勇往直前的探索感。

我如果說特別喜歡章子怡，未免言重了，我對於章子怡，大部分僅限於欽佩和欣賞——欽佩她原本可以日日花團錦簇卻選擇把生活過得條理分明；欣賞她每一次的出現都讓自己莊嚴得像一場正在進行中的儀式。時代激烈地動蕩，其實每個人都被裹挾其中，包括章子怡。章子怡「惜命」——珍惜她的藝術生命，也珍惜演過的每一部電影和每一個角色，因爲電影裡頭的角色教會了她，所有的精神性和物質性，最終都收歸於人性。人生不疾不徐，所有的愛別離苦，總會經歷，終會過去，只不過有時候，時間總愛故弄玄虛，非得讓你摔上一跤才發現——原來不過如此，大不了也就如此。我們都和章子怡一樣，必須對曾經錯誤估計的愛情善後，也必須在所剩無幾的時間裡爲沒有辦法重來的遺憾企圖扳回一局——而一哄而散的青春，歲月遼闊，所有得不到的，就像對著窗口冥坐不語，手裡握著從誰的衣服上扯下來的一顆扣子，給自己留下一場草木荒荒，不含一絲目的性的念想罷了。我常在想，生命的本質，其實避不開對殘缺的依戀，然後在明知不可能圓滿的人生，我們剩下來可以做的，除了對留下來的遺憾偶爾悼念，也就只能對尚未枯萎的未來，進行溫柔的試探，看看有沒有逃脫的鴿子，特地飛回來向我們報信——人世間所有的相遇，其實都是久別重逢，而我們，我們不都是一直互相虧欠，虧欠彼此一次久別重逢。

胡歌

Hu Ge

儂好胡歌

胡歌安靜下來的時候，是眞的安靜。像什麼呢？像最深的嚴冬，夜裡靜靜落下來的雪。聽過和他同組拍戲的演員形容，胡歌一走出鏡頭，整個人就「嘚」的一聲，自動把渾身的光芒熄滅了去，然後慢慢的背轉身，往燈光照不到的地方走去——於是我想起北京。北京一下雪就變成了北平。北平的雪下得特別兇，兇得可以把胡同裡的喧鬧和動靜都掩蓋下去，而那靜，靜得連故宮都一眨眼就變成了紫禁城，紅牆宮裡萬重門，那紅門遠遠望過去，出奇的溫柔，出奇的嫻雅，隱隱帶著少女的嬌羞。我也想起胡歌演的梅長蘇，因爲患有火寒毒，常年撐著單薄的病軀，在寒冬裡抱著炭盆，坐在窗台前，憂患著家國的憂患，而死亡其實離梅莊主很近很近，近得彷彿就在積著厚雪的門外靜靜地守候，梅莊主只要一個大意把門打開，祂也就一臉冷峻地竄了進來。

後來胡歌說，出事之後，他發了一個夢，夢見了那位和他一同出車禍然後不幸離世的同事，夢裡頭，他把對方送到機場，大家沒事人一般，說說笑笑的，然後對方轉過頭來，告訴了他航班的時間，隔天胡歌醒過來，酸酸楚楚的把那夢回味一遍，赫然發現，那航班的時間，其實就是哀悼會的時間——於是胡歌把臉埋進手掌，肩膀抖動得像一隻僥倖躲過獵人子彈的松雀鷹，原來死亡曾經靠得那麼近，近得像是被誰在臉上吹了一口氣，甚至那撲面而來的氣息，胡歌到現在都還記得清楚。他記得本來是他坐在副駕駛位置，那同事說：「胡歌你坐到後面來，睡起來舒服點。」那時他們趕完通告，從橫店開車回上海，胡歌累得全程都在車上睡癱了，因此當他終於知道跟他換位子的同事已經因車禍去世的時候，整個人嚇呆了，又內疚又自責又傷心，哭著對瞞住他的經紀人叫喊：

「不管怎樣，我一定要飛回上海出席葬禮。」經紀人聽了大聲叱喝：「怎麼回？從香港回上海的夜機已經飛走，就算明天一早飛回去葬禮也已經結束了，而且你現在臉上還纏著紗布要怎麼出境？還有你眼皮還腫著，不許哭，不許流眼淚——」那一刻，胡歌整個人徹徹底底崩潰了，慢慢蹲到地上，然後把頭低下來，好讓眼淚可以一滴一滴地往地上掉，不會傷害到剛在香港動了手術，把整塊眼皮都割掉，然後將耳朵背後的皮膚移植過來的那隻右眼——當時胡歌那委屈我懂，委屈得像個最好的同學突然轉校離開了可卻又傷心得不敢在老師面前哭出聲音來的孩子，原來在生離與死別面前，命運的樓板掀了開來輕輕響動，我們除了用盡氣力的傷心，其餘的都無能爲力。

我突然想起金宇澄談起《繁花》的時候，回到了江蘇黎明里的祖宅，然後搬了張椅子坐在破敗得像個荒園的屋子裡望出去，剛好望見一棵娟秀的老樹，枝葉晃動得像金線一般，金燦燦的，很是漂亮，金宇澄說：「這是棵野生樹，小鳥吃了它的果子，飛到這兒來拉屎就長出來了，江南特有的樹。」而人生誰不都是這樣呢？不管你長在哪裡，到最終落了下來，就好像一張樹葉一樣，飄走了，就什麼都沒有了——這道理當然胡歌都懂，胡歌比誰都懂，生命如果不是那麼脆弱，我們又何苦那麼驚慌焦慮？我記得胡歌說

過，人的一生或長或短，都不必太計較，這一生來不及完成的事情，就寫進墓誌銘吧。而他唯一沒有放棄的是，既然活了下來，就把自己活成一個堅毅的、寬容的、赤誠的男人，給未來留下一點什麼，而且肩膀也不必太寬，擔得起人生的波瀾就足夠了。其實我何嘗不是那樣？特別抗拒把十年或廿年拉過來設定成一個年限來評估自己活出了一些什麼。在命運面前，歲月太單薄，十年廿年算得了啥，可能明天發生的一件事，就足以把經年累月累計下來的一切都崩解了，都改變了——「就好像一根羽毛，風吹過來，它就跟著飄走了」，而胡歌這感慨，不知咋的就和金宇澄說的給對上了，兩個不同時代的上海人，在上海飽滿的風月當中，不約而同地，一眼看穿每個繁華時代的背後，其實也陰晦，其實也貧乏。

也可能是因爲那場車禍吧。胡歌臉上結結實實地縫了一百多針，整張臉差點毀了，胡歌醒來之後，爲了不讓大家擔心，他渾身裹著紗布讓護士從手術室推出來，還故作輕鬆地沙啞著聲音說：「瞧，這是我最新造型。」然後他看見經紀人神色凝重地背過臉去，這才把吃力舉起的包紮著石膏的手緩緩地放下來。之後醫生到病房替他上藥，拆掉了臉上的紗布，胡歌隱隱發現大家的眼神有異，開始覺得不是太對勁，於是央父親把鏡子遞過來，父親多番推搪，怎麼都不肯，後來胡歌藉故要進洗手間，在鏡子面前看見自己的臉腫得比原本的大上兩倍，顯然是大大的破了相，而且肌肉組織很多都移了位，傷得最重的是右眼，腫得根本張不開，幾乎自己都認不出自己來了，可他當時的第一個感覺竟然是如釋重負，回過頭來對父親說：「太好了，終於可以不用當偶像了，終於可以不用當演員了。」父親聽了，以為兒子受不了刺激，盡說些癡話，難過得不得了，眼眶紅紅的，但當時胡歌是真心的，當偶像壓力太大，大得讓他開始想逃想避，就算今天問起，胡歌還是會說，「如果可以把光環都褪掉，那我肯定會更舒服更自在一些」——於是我想，這和金城武是多麼的相似啊。明明兩個都是天生必須在強燈之下戲耍風流的男人，卻偏偏想方設法不把自己的風光當一回事，而且所謂偶像，不外只是光環，不是志向，不是職業，至於帥哥——帥哥怎麼能算是一種藝術成就呢？

記得嗎？「既然活了下來，便不會白白地活著——」《琅琊榜》裡的林殊逃過劫難重生，化身梅長蘇之後這麼說過，胡歌於是也一直把這句話懸掛在心口。尤其是，角色有主次，但人生沒有，每個人都只公平地分配到一個角色，每個人也都是自己人生唯一的主角，並且最終也都只能活上那麼一次。因此一旦決定了繼續留在演藝圈，胡歌第一件事就是必須丟掉古裝小生和螢幕偶像的包袱，於是他重回上海戲劇學院上課，於是他遠走紐約放空自己，於是他表達了想要上台演話劇的意願，於是他並不介意角色的主次，爭取參演賴聲川的《如夢之夢》——而賴聲川的話劇，主張的是一種依賴靈性激發的創意體系，所以常常在他的話劇裡頭，從舞台的氛圍和設計，故事的主幹和布局，還有隱藏的枝椏和線索，都埋伏著人生的體悟，而往往演員在演完之後，在對生命的思考上，漸漸都有了深刻的改變，尤其是胡歌——在某種程度上，胡歌和《琅琊榜》裡的梅長蘇有點相似，都經歷過浩劫，都毀過容，都在涅槃之後重新再活上一次。最特別的是，賴聲川的《如夢之夢》，每一年年底都安排在北京上演，意卽是今年這一天的晚上八點，胡歌在戲台上說出這一句台詞，明年這一天的晚上八點，胡歌也會回到北京的戲台上，說回同樣一句台詞，胡歌感慨地說：「這兩個點的距離，感覺就好像只隔了一天從同一張床上醒來，可實際上卻間隔的整整一年，一年裡頭的遭遇、經歷和生活，其實更像是一場長長的夢」——生命是循環，總有長短，也有圓缺，而在無常裡頭，我們都希望可以守住同樣的循環，守得緊緊的，守得牢牢的，所以我們才都愛說，「年年有今日，歲歲有今朝」，其實我們忽略了，今夕是何年根本不重要，愈是像夢一樣的，才愈是眞實的人生。

胡歌是個聰明的演員，他的演技，不狂妄不輕浮，總是收的時候比放的時候多，最好像人生的眞相，眞相是不見端底的，總是要到最後一刻才恍然大悟——啊竟然是這樣，啊居然是那樣。人如是。戲如是。所以胡歌用他自己的歷練，壓抑了梅長蘇的感情線，豐富了角色的孤獨感，有些人的人生，是必須經過不斷的否定自己，不斷的推翻自己，到最後才能慢慢地重新建立起自己。我喜歡胡歌，是喜歡他居然在這個粉絲可以兌換成貨幣的「新粉絲經濟時代」，一再千方百計地撲滅身上的明星光芒，把自己從明星退化成一個演員，然後再從一個偶像，「破帽遮顏過鬧市」，恢復一個演員最純粹的本質，這對胡歌來說，終究才是他最樂見其成的反其道而行的進化方式。胡歌說過，他是一個簡單的人，簡單是他的葉綠素，「有時候演了一場很牛的戲，我自己就會沾沾自喜，樂上好幾天，而這種樂，比起摘掉影帝或視帝什麼的，更加讓人開懷愜意。」無論演員還是明星，顯然都是趕熱鬧的行業，因此胡歌總是盡量在精神上讓自己傾向於「貧困」，而胡歌的貧困，是一層層的壓抑，是一步步的排斥，以及一些些人爲的刻意的疏離——胡歌本身已經具有太強烈的存在感，他需要的反而是化繁爲簡，是返璞歸眞，是從喧囂的螢幕中退下來，扭轉頭，從表層鑽回內在，然後適當地給自己一種撕裂——胡歌老愛說：「我眞正想要討好的，到頭來不外是在心裡頭經常給自己進行告解的另外一個胡歌而已。」

我隱約記得胡歌好幾年前已經開始在讀《繁花》，很有禮貌地稱金宇澄爲金老師，

那時候他輕描淡寫，談起他讀的書，談起余秀華，談起村上春樹，也談起《蘇菲的世界》，把《蘇菲的世界》當作哲學入門書，長期帶在身邊，邊走邊讀，然後說：「慚愧啊，到現在都還沒讀完呢。」也是在那時候吧，我開始覺得我應該喜歡他，喜歡他的不自戀；喜歡他對名利寵辱不驚；喜歡他帶點憂鬱和哀傷的自負；喜歡他明明是明星類型化最早的受益者，卻也是最快自覺性擺脫被明星類型化捆綁的明星；也喜歡他和金城武一樣，總是一逮到機會就轉過身把明星的光環都拆除都摘掉——

而胡歌在上海出生，說得一口正宗的上海話，聽上去特別的風流，一種隨時隨地和談話的人在調情的風流，我記得他說，他對一九六〇到一九九〇年的上海總有一絲念想，「當時上海的物質可能還挺匱乏，可精神世界卻很精采很豐富，我特別嚮往能夠經歷那樣一個年代。」然後王家衛開拍《繁花》找上了他，說是因爲他說得一口漂亮的上海話，但造型照一曝光，我心裡靈光一閃，胡歌出場時華麗而迷離的氛圍和造型上的耐人尋味，看上去竟和張國榮的阿飛有太多的似曾相識——都自戀，都憂鬱，都俊美得不容逼視；不同的只是，張國榮的阿飛難免太輕浮太跋扈太傾向自我毀滅，而胡歌的實總，是大上海溫文爾雅但工於心計的商賈，可兩個人都同樣的對人對感情，對命運的起落和跌宕，有著太多的遲疑和不信任。

胡歌是個愛書人。據說他刨書刨得近乎出神入化。常常劇本念熟了，在劇組等其他對手進入情況的時候，他就順手把書給抽出來，能匆匆忙忙給瞄上幾段也是好的，他最開心的莫過於，能夠來來回回在一段給他衝擊最大的文字段落裡徘徘徊徊，對他來說，也就是心滿意足的一件事了。我記得有一次他在內地得了個最有影響力的男演員什麼的，記者要他說出他心目中最能代表這個時代的人物，他特別配合地說了——我一聽，當場就呆呆地怔住了。因爲我眞的是天打雷劈都沒有想到他會說余秀華，並且還面不改色地說：「如果沒有這些詩，余秀華不過是一個身體有缺陷的普通農民，但讀過她的詩，就知道她的靈魂原來這麼自由，其實已經飛到很高的地方去了。」胡歌懂詩，佐以他的俊色，端到我們面前來，怎麼說都是一件性感的事。

更驚訝的是，胡歌說他這一生的第一根菸是爲村上春樹抽的。那時他還在念著高中吧，陰差陽錯地讀到了村上的《挪威的森林》，被男主角極度頹廢的氣質給吸引住了，於是讀著讀著就禁不住推開門走到街上買菸去了，而且他還很記得，那是十七塊錢一包的大衛杜夫，價錢還眞不是普通的貴。所以我常常在想，不讀書胡歌照樣可以像其他明星一樣喝喝紅酒穿穿名牌日子過得挺好的，但或許是因爲胡歌擔心一不讀書就會讓自己處於一種內心沒有著落的狀態，空空的，虛虛的，因此他需要書本來支撐他自己，讓自己看起來不像是個只識得在鏡頭面前背對白的行屍走肉，而且書本開啓的世界和提供的養分，從來沒有讓胡歌失望過，他笑著說：「書本擊退了我的焦慮，讓我不再搖擺不定。」而我想說的是，在劇組偷時間讀上兩頁好書，然後從書裡抬起頭來恍如隔世的胡歌笑起來眞好看，讓我想起木心說的：「風啊，水啊，一頂橋。」胡歌是一頂溫柔的橋，情深款款，和河道依偎在一起，讓人禁不住想走到橋心去站一站——站一站就好，站一站其實已經很好。

王菲 Faye Wong

何以笙簫默

王菲蹲在地上，長長地吸進最後一口菸，然後捻熄菸蒂站起來——因此我看得特別清楚，王菲眞瘦，瘦得像遠遠望過去，半隱於霧霾裡一管娟秀的煙囪，我想起Bjork說過，她喜歡的自己是，「茁壯生長，以隱士的風格，留著一道鬚，攜著一支直菸管」——這樣的Bjork，跟王菲有著詭異的重疊和相知相似，也難怪王菲承認，她常常在Bjork的音樂裡，和久違的自己恍如隔世。

而王菲和Bjork的聲音，如果純粹說是空靈，也未免太過敷衍，她們其實是在音樂裡製造一種時空感，稀薄了情感的質量和密度，讓我們在無法一語道破的人生當中安靜的明白下來——距離，是一種必須。尤其是生命的幅度愈長，我們愈是需要認清楚和這個世界相處的默契和模式，然後一個人坐下來，在王菲和Bjork猶如溪水蜒流敍述的歌聲裡，把手伸出去，將三番幾次狠下心想推開又推開不了的年輕的自己，重新擁入懷裡。

——然後車子從機場慢慢開進北京。王菲坐在車子裡，北京的天空一如既往，被污染得面目全非，煙囪愈高排煙愈濃，就顯示北京愈來愈繁榮，但王菲的神色卻一寸一寸地，慢慢溫馴下來，而印象之中，似乎沒有什麼可以讓王菲如此毫無懸念地溫柔——尤其是我眞忘了，上回咱倆碰面，陳芝麻爛穀子地亂嗑亂聊，好像也聊起了王菲是吧，我是不是告訴過你？王菲不喜歡香港，非常不喜歡。年輕的時候，她爲了圓滿音樂夢想，爲了給自己找一塊跳板，才不得不選擇了香港，可她一有機會就跟香港唱片公司的藝人保姆要求：「妳安排什麼樣的工作我都可以配合，可完成之後好不好讓我放個假，我想上回去幾天。」

那時候的王菲還叫王靖雯。王靖雯放不下北京的王菲，而北京的王菲壓根兒就離不開北京。好多好多年過去了，有人再問王菲，最喜歡和最想落地生根的城市是哪？王菲翻了一記優雅的白眼，然後頭也不抬地回答：北京。對王菲來說，北京就是她的天壇，是她祭奠愛情是她祝禱夢想的地方。如果她要選擇一座城市見證她人生裡最值得紀念的幾件事情的儀式感——包括愛情和婚姻，包括音樂和事業，那一定是北京。

香港不同，香港怎麼同？卽便有陣子移居香港，王菲當時在香港的身分只是一件還沒有正式標價的產品，一台把所有公關丟給她的名牌試了又試的衣架子，以及一個很會唱歌但操作起來有點生硬的機器——所以那時候有沒有前途會不會紅受不受歡迎拿不拿得到白金唱片從來都不是王菲特別熱衷的事——「不開心頂多不唱了」，她說。而她惦念的，是那個在北京的王菲。因爲在北京，她可以在後海的酒吧平淡無聊但心高氣傲地過日子；因爲在北京，愈是躁動的地下音樂愈是讓她心安理得，何況——王菲 in Beijing，她留下許多到現在依稀還燈火闌珊著的情，而那時候的王菲，特別喜歡晝伏夜出，晚上隨著樂隊到鄉鎮走穴，站到台上奮力搖滾，一穴趕完再趕一穴，唱得滿臉通紅，唱得通體舒暢——

我想起《北京樂與怒》裡的舒淇，一個又叛逆又善良的伴舞女郎，從初期對搖滾純粹好奇到漸漸的把自己和搖滾貼在一起，然後舒淇在戲裡嗤之以鼻地說了一句，「有人說，愛情背後沒有祕密，說這話的人，既不明白愛情，也不明白祕密」，於是這抓在手裡會割傷手指的句子，我一直記到如今——多奇怪啊，我喜歡的那些特別有個性的女人們很多都喜歡搖滾巨星。你看看凱特．摩絲你看看張曼玉和王菲。她們把和搖滾巨星談戀愛當作是穿上Comme des Gar ons充滿實驗性和前鋒精神的繩結長裙，是件很時尚的事——

而這恰恰都是香港給不了王菲的。香港那時候除了時髦，除了剛巧占了一個面向國際的有利位置，除了是大量生產明星的工廠，對音樂的感應其實就只有極爲膚淺的兩個字：商業。包裝商業。歌手商業。創作商業。連情懷也商業。誰夠商業誰就是白金巨星。所以香港人初初對王靖雯並不友善，一聽到公司簽下王靖雯，連負責跑宣傳的同事也拉下臉，「什麼？簽了個大陸妹？那以後送唱片上電台打榜的事你們另外找人做吧。」王菲後來輾轉聽人說起，只把眉毛提了一提，一點受傷的感覺都沒有，因爲她自己也知道，她討厭當明星，卻又希望惹人注意，這些都是事實，而漫天是非的香港娛樂圈，壓根兒就沒什麼事能讓王菲滿意，偏偏王菲又是那種聲名和盈利都可以放下，唯有脾氣和性情放不下的明星，於是她開始討厭那個留在香港既自卑又自欺的自己，她要的只是一條出路，一條音樂的出路，一條愛情的出路——

當然最重要的是，那時候王菲已經和竇唯走在一起。竇唯對王菲曾經也有過春風十里的溫柔，那溫柔像香氛的調製和萃取，分成好幾個基調和層次：倔強的，搖滾的，吶喊的，暴烈的，但那結合起來的溫柔都是視死如歸的。而那時候竇唯擔任主唱的「黑豹樂隊」其實已經發了第一張專輯，也算得上氣勢如虹，甚至還被邀到香港開演唱會，可有一次樂隊出發到海南演出之前，竇唯突然剪掉了他那頭象徵搖滾的長髮，溫和地微笑著，用行動告訴大家，他要離開樂隊了，「我在音樂上有了新的想法，我想要一個人出去走一走」——其實眞正的原因大家都清楚。竇唯愛上了王菲。而王菲曾經是「黑豹」鍵盤手欒樹的女朋友，如果他留下來，難免會影響樂隊內部的團結，在愛情和音樂之間，僅僅那麼一次，竇唯因爲愛情，鬆開了對音樂的執著——而竇唯離隊之前也答應下來，往後他將不會再唱「黑豹」時期的歌，也不會把樂隊一些不打算公開的事兒往外

說，甚至也同意在創作路數上會和「黑豹」背道而馳——這一切不成文的契約，其實都是爲了保護失去竇唯的「黑豹」可以不那麼辛苦地往前走，並且印證了一件事，竇唯眞的是一個君子，搖滾的君子。

而單飛對竇唯來說，未嘗不是件好事，他又自信又自負，從來不利用音樂去換取獎項和名利，也不屑用音樂去討好任何人，成爲獨立音樂製作人或許會讓竇唯更舒服。王菲的御用製作人張亞東，到現在說起竇唯，臉上總還釋放一種近乎虔誠的敬仰，他說，「認識竇唯是生命中一份很珍貴的禮物」，而竇唯在張亞東心目中，就像仙人一樣，飄渺，但實實在在地存在著，而且不論高低跌宕起伏，竇唯從不願意打擾別人，也極不願意被別人打擾，有一股離地而脫俗的仙氣，這樣的竇唯，被當時的北京搖滾界公認爲最神聖的標誌，他的音樂修爲，已經不是一種層次，而是一種境界了——

然而我不知怎麼的聯想起黎明有一次上內地的一個節目，提起心目中的女神，幾乎毫無懸念地就選了王菲，黎天王說，「王菲不是最美，但她內在的性格加起來，令她有一種混合性的美」，而我特別明白黎明想說的，王菲氣質上的養成，比如融化在個性裡的沉潛和深邃，比如穿梭在歌聲裡的乾淨和輕盈，其實都是從竇唯身上潛移默化而來的。竇唯和王菲身上，一直都有一股晃動的靈氣，很容易就在人群裡將對他們多看了一眼的人抓住，他們愈是對群衆滿不在乎，群衆卻愈是對他們窮追不捨，連第一撥搖滾之父崔健也說，在中國如果眞要談音樂，除了竇唯，其他免談——竇唯才是眞正的音樂藝術家，竇唯的境界，已經進入無人之境。

因此寫王菲，你總得坐下來先聽我說一說竇唯——不說竇唯光寫王菲，我恐怕不是那麼樂意的。或者乾脆把話說白了吧。我其實喜歡竇唯多過喜歡王菲。從來都是。一直都是。我到現在還常常想起某次有個朋友給我說起竇唯而我的眼睛頓時亮了起來，說竇唯家教很好，父親是個玩民樂的，他從小就是個特有禮貌的孩子，可我沒有想到竇唯竟彬彬有禮成這個樣子，某次酒吧裡坐了一桌子玩音樂的人大家互相介紹，他居然一一站起來給每個人握手問名字，態度誠懇得像個剛剛被調職派到小鎮來的中學老師要大伙對他多多指教，頓時把那些左手夾菸右手灌酒的搞地下音樂的都給嚇得愣了一愣，訕訕地笑著，全都有些不好意思起來。並且他告訴我說竇唯有輕微的潔癖，上唱片公司談事情，看見桌面上有張廢紙他一定會順手疊好或乾脆丟進字紙簍裡，然後一見菸灰缸稍微有點滿了，他一聲不響就馬上替你給倒了去——

我記得那人還說，那時候竇唯常領著「黑豹樂隊」到不同的鄉鎮走穴，無論多小的演出，他都要求風塵僕僕地演出前先去看場地看設備，並且爲了節省路費食宿費，常常白天出發晚上趕回來，可竇唯總是不吭一聲，爲了確保演出時在台上不失誤，再辛苦他都還是願意的，而正式演出的那一天，竇唯永遠是最早到現場的那一位，然後隨手把一棍掃把抓過來，將舞台來來回回掃乾淨，甚至再仔仔細細地拖上一遍他才甘心。

還有我想說的其實是，我喜歡竇唯的不善言辭。不知道爲什麼，也許是平時見多了舌粲蓮花的人，身邊的每一個人都企圖用話語權來說服另外一個人或掌控另外一個人，反而那些一個句子整理了老半天都吐不出來的，對我有一種說不上來的吸引力。而每次竇唯坐下來接受訪問，據說他所說的話，比王菲還要少很多很多。我記得有媒體提起，曾經一口氣準備了二十多道問題給竇唯，可全給他三言兩語就打發掉了，但竇唯眞的很有禮貌，記者把問題問完了可時間還長著，竇唯就說，「要不我們先吃個蘋果吧，一面吃一面想，看看還有什麼你想問的」，然後就眞的拎起刀子給記者削起蘋果。而那畫面該是多麼暖心啊。至於我一向比較願意親近口齒不那麼伶俐的受訪者，背後多少有種鋤強扶弱的心理，因爲一個人愈是天花亂墜地說得愈多，很多時候其實就愈是企圖把自己藏得愈深，然後漸漸就主導整個訪問場面，巧妙地分散注意力，阻止自己被觀察被挖掘被審視，就只想讓人看見他希望被看見的——

也因此我想起第一次見王菲，那時是九〇年代初，她第一次到新加坡開迷你演唱會，頭髮剪得很短很短，並且把瀏海故意剪得高高的，還染了挺誇張的一個顏色，我還記得因爲群訪的地點被安排在室內體育館一間類似休息室的房裡邊，並且剛剛經過打掃，王菲可能對清新劑的味道敏感，穿著一件廣袖闊裾的衣服，一進來就把鬆鬆長長的袖子拉下來掩著鼻子說，「什麼味道啊」，用的當然是廣東話，因爲那時候的王菲還是香港新藝寶時期的王靖雯，她整個人看上去怯怯的，但又有一點初初走紅的意氣風發，很明顯的，後來被她發揚光大的冷與傲在那時候都還沒有成型，可王菲那時候已經惜字如金，說話已經是一句起兩句止，訪問的內容談些什麼我早就忘得一乾二淨了，而我對王菲的第一個印象是——她臉型長得眞好，長中帶方，這臉型將來也特別不顯老，而且我喜歡她一蹴而就的下頷，像刀鋒一樣凌厲而俐落，這樣的臉型側著臉拍照，攝影師也不需要花什麼心機就會是非常鋒利的一幅風景。

而到現在我還一直在想，有些愛情，就算到最後不得不離散，可因爲曾經彼此抵達，有如涅槃之花，豔極而凋，所以那形體上的分開，是不是只是換了一種相愛的形式？不知道爲什麼，我到現在依然相信王菲對竇唯深情如織。我想起那時候王菲剛紅起來，在香港開演唱會，她排除萬難，跟唱片公司拉下臉，堅決得讓竇唯在舞台上打十分鐘的鼓，一心要把竇唯的音樂才華介紹給香港認識，但香港當時是個只膜拜天王的時代，根本不在乎竇唯這內地多麼少見的一個人就懂得二十多種樂器的音樂才子有啥了不起，因此很多人都趁竇唯打鼓的時間溜出去抽根菸或輪流上廁所，但王菲一點也不介意，一點也不，她看著台上專注在音樂裡神遊太虛的竇唯，滿臉漾開的，都是盈盈笑意，於是我知道，竇唯不單單豐富了王菲的音樂素養，也豐富了王菲對愛情的認識，不一定每一段愛情都需要花好月圓才修成正果，有時候逾越常規，鑽進一條拮据的漸收漸窄的胡同，也可以是一場和自己最值得憑弔的外遇。

至於後來的竇唯和王菲，我只想說的是，既然琴瑟起，何以笙簫默——那結局終究還是讓人惋惜的。記得嗎？王菲自己也唱過的，「可算命的說我們的婚姻並不那麼如意，說你到四十歲的時候會有外遇」，多少預示了她的運命和她的憂慮。而愛情畢竟是沒有辦法被解釋的，但凡解釋得了的，就只是可以提控可以撤訴的個案，而不是愛情了。我喜歡竇唯，是喜歡竇唯是個有文化的人，他平時盡量把修養和墨水都斂著，沒必要動不動就向無關緊要的人張露。我記得後來他鬧了好大一件事，因爲不滿報社記者撰寫他與第二任妻子高原還有王菲第二任丈夫李亞鵬的花邊與事實不符，一時情緒失控，在報社樓下點火燃燒報社一名編輯的轎車，結果上了頭條，闖下大禍，而出事的前一個晚上，竇唯和朋友喝酒，他激動地對朋友說：「這事就像顧城寫的詩——『我把刀給你們，你們這些殺害我的人』，現在是這些寫報導的人，他們拿著刀，一把給我，一把給李亞鵬，要看我們兩個互相殺害啊。」於是我有點感動竇唯是個懂得體恤詩人的人，要不然不會在極度憤怒與張狂之下，仍然會想起顧城，以及顧城寫過的那些在命運面前我們其實誰都無力反擊只能束手待斃的詩句。

竇唯不是僧，但他心裡面的那座南山，很遠，很深。他後來創作的那些其實根本不是爲商業市場而製作的音樂，聽多了，整個人會愈走愈遠，漸漸回不到這煩囂的都市，裡頭很多曲名和專輯名稱，比如〈蕩空山〉、〈山河水〉、〈竹葉青〉，名字都美得讓人心神一晃鼻子一酸，然後竇唯通過音樂闡釋時間、空氣、山水和人生，也表達他對人生的懸念、漫流和戲謔，音律簡樸而溫婉，連封面設計，都只是採用氤氳淡漠的水墨，盡量不去驚動世俗紅塵裡的人，彷彿他的音節和心界，全心供養著的是一尊佛，他只是把他正在修的功課拎出來，和有善緣的人分享，他說，「當歌詞不能再表達心裡想說的話，那就應該把它們都摒棄」——就好像寫小說的人，實在沒有必要把情節當作負擔，沒有故事的小說，誰說就不會是一部好小說呢？而王菲在她的實驗性專輯比如《浮躁》中用音節和吟唱代替歌詞，其實也是受了竇唯的創作理念影響，並且這些都和崔健曾經說過的，「語言到頭來都是障礙」不謀而合，他們仨都在音樂的某一條河口上不期而

遇。

我還記得好些年前，竇唯推出一張偏靜偏文學性的民樂，名字取得特有詩意，就叫《入秋》，專輯的主角是來自紐約的吉他手畢龍，以及竇唯的老父親，一位曾經在民樂裡風流倜儻的笛子手竇紹儒——而你實在應該聽一聽竇唯父親吹的笛子，那笛音像一陣風，安安靜靜地吹過水田，安安靜靜地吹進聽歌的人心裡，安安靜靜地掏走了一些什麼，然後又安安靜靜地離散而去——那水一般清新的靜，把你經歷過的滄桑都給淘洗乾淨，鑽進耳朵裡，總會把人們的眼淚禁不住給引出來。而竇唯在那專輯裡只是專注地擊擊鼓，彈彈瑟，有一下沒一下地穿梭來去，閃一下又滅去，閃一下又滅去，而這張娟秀的專輯，相比起以前的竇唯，顯然安靜得多了，而我合共也只特地找來聽了那麼一次，可因爲我喜歡竇唯，所以這專輯明明聽起來平淡之極，只有意境沒有情緒，空有音樂的景觀而沒有音符的表情，猶如入秋的空氣，又淡，又薄，又涼，又讓人惆悵，對我來說終究還是好的，就像低迴的天籟，隨一記閃電散開來，精緻而幼滑，如果你再用心一些，也許眞的可以聽見音樂裡有春草抽芽，有秋花凋零——

而這樣偏向宗教的心靈音樂，最艱辛的往往是歌詞，以致竇唯找來女兒竇靖童以及父親竇紹儒一起合作的《瀆何吊》，裡頭竇靖童吟唱的部分，僅聽得見人聲，卻分不清詞意，所以竇唯唱片的曲目和名字，很多都直接從漢字組成的意象化符號得來，看上去就是把甲骨文挑幾個擺列在一起而已，猶如字謎，猶如神諭，十分神祕，卻又不失美麗，慢慢地也成就了竇唯的一種風派。

同樣的，我不是太確定王菲背得動多少首唐詩宋詞？王菲認不認識辛棄疾？王菲會不會喜歡莒哈絲多過喜歡李淸照？可王菲天生有很靈巧的詩性，你聽聽她給自己寫的歌詞就知道了，三言兩語，就把大家猜不透摸不淸的王菲給勾勒了出來，像一匹馬奔過平原，鑽進河對岸蘆葦瘋長的竹林，而在竹林最深之處，有風瀟瀟。

而王菲本來就不是一個太有企圖心和上進心的歌手，她沒有趙薇擴展版圖的國際視野，也沒有劉嘉玲壯大財富的事業野心，更沒有那英一統天下的進擊霸氣，她身邊的好朋友所專長的所要攬進懷裡的，她一點也不感興趣，她只是碰巧喜歡唱歌，然後願意為她自己喜歡的事情多做一些什麼而已。更何況，許多人處心積慮去經營的，落在王菲手裡，彷彿一切都是水到渠成，比如唱歌，比如演戲，比如穿衣的格調——有多少人還記得王菲其實是模特兒出身？但可惜王菲沒有千錘百鍊的衣著品味。她不是張曼玉，可以把衣櫃裡奄奄一息的衣服隨手搭配就讓它們臨死之前再復活一次。王菲只是骨架好，什麼樣的剪裁都撐得起，並且她壓根兒也沒興趣把時間花在經營衣著品味，她寧可坐在麻將台面前大聲呼喝著和劉嘉玲林靑霞張國榮劈啪劈啪地打上個十六圈，在俗世的愛好當中讓自己活得更接地氣一些也更開心一點，她有一次跟張國榮說，「你說我歌唱得不好我認了，你若說我牌打得不好，我跟你拚了」。因此她一點也不擔心招人詬病，從北京飛到香港，這頭剛出席張國榮的葬禮，那頭就出現在中環逛名牌店買衣服，她從來都不會爲了保護形象而勉強自己，張國榮比誰都懂得王菲這個人的脾性。並且王菲最厲害的地方是，她明明做的是嚴重刮損天后形象的事兒，比如被狗仔們拍到她捂著鼻子素顏鑽進北京胡同裡的公廁，結果卻逆轉爲最成功塑造個人特性的公關煙花，喜歡她的人還是對她不棄不離，因爲她從來不矯飾她在人間煙火裡燒得劈啪作響的那一面。

王菲也不是李健。李健給人的感覺就是一個靦腆羞澀、喜歡獨處、不喜歡熱鬧的吟唱詩人，李健對被自己喜歡上的人十分虔誠，有一次上《我是歌手》，他竟眞的帶著Leonard Cohen的詩集上台，然後風度翩翩地對著麥克風，每一句他唱出來的歌詞，就好像在吐露著他只對你一個人說的隱祕。但王菲不是。她在《春晚》唱了李健寫的〈傳奇〉，就純粹只是她喜歡那首歌而已，背後並沒有什麼特別的動機。唱歌對王菲來說，「不就只是一份職業嗎」，歌唱完了，把麥克風架回去，人就走下台來，音樂只是她生活的一部分，但不是全部，她不會把唱歌當作人生唯一的主題。更何況，漫不經心地處心積慮，駕輕就熟地做回自己，這樣的王菲才是我們認識的王菲。而每次聽王菲唱林夕寫給她的歌，即便是光天化日人潮洶湧，還是禁不住感覺到歲月荒荒，那些她在歌裡對自己傾訴的，我們卻集體聽成了是給我們自己的。

我記得張亞東嘆了一口氣，說起王菲有一次某一首歌的某一個音唱破了，張亞東就攔下她，看看要不要補一補，王菲聽了，眼也不眨，隨口丟下一句，「沒事兒，走吧，誰也聽不出來」。如果說這話的是其他女歌手，歌迷馬上臉色一沉，群而憤起，覺得被侮辱被輕忽，可因爲是王菲，因爲是王菲，於是我們都欣然接受下來——偶爾的不完美在王菲身上，才顯得她更完美。

連張亞東也說，很多時候王菲原本上來錄音室玩啊跳啊聊天啊探班啊什麼的，然後隨手拿起樂譜即興哼一哼練一練，結果說唱就唱，說錄就錄，常常就一氣呵成，感覺抓對了，甚至讓製作人都忘了是在錄音，以爲在爲演唱會收歌選曲，因爲平素那些歌手們，錄音都是東截一段西截一段，錄得大家都奄奄一息都疲了，終究還是錄不著製作人要求的。在張亞東眼裡，王菲渾身都是捉摸不定的音樂性，有極其敏銳的感悟能力，對音樂下的判斷更是嚇壞人的精準，直覺比誰都鋒利，她對張亞東和對林夕都是一樣的，隨手丟給他們一大串的鑰匙，他們打開什麼樣的房間，她一走進去，就抓到房間裡要她表達的音樂情緒。

應該是郎朗說的吧，音樂是天賦，可天賦之外，也需要很大的努力，一定要努力到了一種地步，你才可以承認，其實天分才是最重要的——王菲的不費吹毫之力，其實也是一種功力，她唱的每一首歌和每一句歌詞，能滑進每個人的腦海裡比自己經歷的回憶還要根深蒂固還要盤旋不去，其實就是最好的說明。

而且對很多人來說，把自己駕輕就熟地演好，其實是最艱難的一件事，特別是在鏡頭前面。可王菲演戲從不注入太多的感情，她的隨心而至就是最好的演技。王家衛出了名是個特別有機心的導演，他會利用不同的手段，去安撫、去誘發、去箝制和他合作的女明星，然後拿到他所要的畫面和意境，比如鞏俐的霸氣，比如林青霞的好勝，比如張曼玉的倔強，比如劉嘉玲的欠缺安全感，對於王家衛來說，都易如反掌地任他掌控，唯獨對於王菲，王家衛常常束手無策——王菲從來不賣王家衛的帳，王菲知道，「我只是王家衛手裡的一顆棋子」，所以又何必太認眞，她不會天眞地以爲整部《2046》是爲了成就她自己。王菲不是李嘉欣，她在鏡頭前面沒有任何包袱。李嘉欣拍王家衛的《墮落天使》，單單是一場用叉子把麵條叉起來送進嘴巴裡的戲，她就來來回回拍了十幾廿次，每一次都緊張得整張美麗得零瑕疵的臉孔都在抽搐，搞得杜可風忍無可忍大喝一聲，李嘉欣這才怯怯地說，她擔心把麵條送進嘴裡的動作不夠美麗。

但王菲根本就不需要導演教戲，她自己會輕車熟路地混進角色裡去，她從一開始就向王家衛表明，她沒有興趣演別人，她在每一部拍過的電影裡都只是不同程度地演回她自己，所以王家衛才會舉起雙手，投降著說自己拿王菲一點辦法都沒有，甚至乾脆讓王菲在《2046》的角色就叫王靖雯，讓她心無旁騖地演回一個她最熟悉的自己，而戲裡採用王靖雯這名字，你或許會好奇背後是不是藏有王菲找不回來的失去的記憶？其實沒有。眞的沒有。王菲演誰導的戲都總是雲淡風輕，在角色裡進進出出，在劇情內走走停停，完全依靠她身上晃動的靈氣彌補她演技上的不足，我記得梁朝偉稱讚過《重慶森林》的王菲，「阿菲是特別聰明的演員，懂得避重就輕」，但梁朝偉說少了一句，王菲的輕——比重更有分量，比重更擲地有聲，也比很多女明星太過用力的演出都更秀麗。

說到底，我們其實都離王菲太遠，而王菲其實又對誰眞正親近？我們熟悉的王菲，就只在她的歌聲和音樂裡，我們對王菲的印象，也就只是全盤音符化的記憶而已。我比較好奇的是，王菲經歷的每一段愛情，男人們的路數其實都不一樣，竇唯尖銳的才氣，李亞鵬平庸的市井，還有謝霆鋒帶點狡猾的玩世不恭——我在上海見過謝霆鋒也訪過謝霆鋒，謝霆鋒的聰明太露痕跡，並且對每個人的客氣裡有很明顯的輕蔑，而王菲是如何在不同的男人身上昇華她對愛情的執迷和不悔？

愛情就是過日子，我們在煙火人間裡過著自己的小日子，不招搖不喧譁，其實就已經很好。別人家的愛情，就像掛在門邊的掛聯，我們也許會覺得別人家的掛聯，怎麼好像掛得有點不對稱好像掛得有點不周正，其實那全是因爲我們看別人的愛情都只是輕捷如飛的瞟上了一眼而已，並沒有眞正住進別人的愛情裡去，又怎麼能夠斷定別人家的愛情是「隨機性大過目的性」？是「沒有經過火花的灰燼而不是沒有灰燼的火花」？

人煙緋緋，王菲所有愛情上的似是而「菲」，也許是她一早就把繁枝茂葉的風景都看透，任由沙沙作響的歲月暴露它自己的笨拙，而王菲依然不爲所動，一臉怡然自得，回到和自己初戀的樸境，一切都好，一切其實都好，唯獨缺了煩惱。

周潤發

Chow Yun-Fat

發哥又爬山去了

「所有星星都到齊了，天空於是劈下一刀閃電，把中間的位子留了給他」——可惜周潤發不讀詩。肚子裡猜想也沒擱上幾本詩。十歲那年，他隨母親從南丫島搬到九龍，有口飯吃已經是很了不起的事，怎麼還敢奢望進學校讀書念詩？可好萊塢電影《加勒比海盜3》有一幕卻安排他用廣東話念了李白的〈關山月〉，其中有兩句，「戍客望邊邑，思歸多苦顏；高樓當此夜，嘆息未應開」，那詩面隱隱約約，藏著周潤發當時在好萊塢發展並不特別順遂的心思，而這一首詩，據說是周潤發建議的，也是他難得喜歡並且背得出來的一首詩——

我常想，不讀詩的人，活得比較健康豁達，比較神清氣朗，也比較不會有隔夜的憂愁，而這其實也是我後來細細慢慢的、來來回回的、反反覆覆的觀察周潤發而開始相信下來的一件事——不讀詩的周潤發，永遠有一種特別接地氣的吊兒郎當，他好玩，他愛鬧，他喜歡裝糊塗，要是別人一眼拆穿他的糊塗根本是裹著一層又一層的精明裝出來的，他就更加得意了，笑得眉眼齊開，眞像個老頑童。因此夏天不爬山的日子，周潤發幾乎每天早上都搭地鐵到處走：到街市買菜喚賣魚的老闆娘「靚女」；擠進小小的餅鋪硬是要等香港人愛吃的核桃糕新鮮出爐；到水果店霸氣地央求老闆把剛從馬來西亞運過來的榴槤都打開請周圍的街坊吃一核——而且周潤發的人緣好得不得了，整個香港根本就是他的家，每一條街道都聽過周潤發朗朗的笑聲，每一站路牌都熟悉周潤發走路的拍子，而周潤發的嬉皮笑臉和吊兒郎當，我總是在想，莫過於兩種可能：一是他眞的敞開了笑看人生的氣度；二是他其實在逃避面對他自己，把自己當成了「周潤發」三個字的局外人，帶著一種轉身和過去的自己訣別的「自決」精神。

一般當演員的，幾乎都有一套和自己相處的莫名其妙的方式，古怪的，神祕的，不可理喻的，都有，都有。而我一直認為，從好萊塢撤退之前的周潤發並不快樂，過去的他，是他自己身上的一顆腫瘤，不見得是惡性的，可一旦割除之後，他整個人果然就舒坦了，就清明了，就把名啊利啊偉大的演員啊史詩上的名字啊統統都看得透透徹徹都剔得乾乾淨淨了，他告訴魯豫，《臥虎藏龍》裡頭李慕白說過一句話，「把手握緊你什麼也沒有，把雙手放開你擁有的是一切」。這道理其實很淺白，淺白得但凡把雙腳插入過江湖的人都懂，但要真正做到眼睛眨也不眨地把手放開，恐怕很多演員都做不到——劉德華肯定不行，梁朝偉也未必，更別說成龍了。周潤發把這句話原原本本地往心裡頭去，不是因為學歷所限而這剛好是他對哲理的領悟所能抵達的唯一高度，而是因為他明白，時代會過去，明星會黯淡，周潤發再怎麼呼風喚雨再怎麼在不同的年代給香港電影留下何等讓人緬懷何等叫人激動的經典角色又如何，周潤發終究會成為一個歷史名詞——

每一個當演員的都曾經和周潤發一樣，接到一個比較認真的大製作或比較像樣的角色就興奮得渾身發燙把整張臉漲得通紅，太把自己當回事，以為只要自己把那個角色風

馳電擊地拿下來就可以改變整個世界了——其實不。其實眞的一點也不。所謂經典，不就只是一個六十秒的鏡頭？可眞眞實實的人生卻是一落接一落，得慢慢地慢慢地往後過下去。

我想起韓寒有一次接受訪問的時候說，他和作家王朔一起上電視節目，結果整個過程他一句話都沒說，任由王朔翻江倒海天花龍鳳，而他只是微笑，點頭，附和，之後還特地寫了一篇文章稱讚王朔，因爲他覺得，「送別老朋友，你總得說一兩句好話，畢竟他的時代其實已經過去了」。這話說得多好。韓寒的氣度和品格馬上就燃開來了。

就好像香港的電影沒落了，香港的明星們熄的熄滅的滅，港產電影風靡亞洲的時代最終像舞台上厚重的帷幕，終歸還是垂落了下來，再也沒有誰會懷念穿著風衣戴著墨鏡抓著雙槍從樓梯扶手滑下來然後左右掃射面不改色的小馬哥，但周潤發——周潤發卻意外地留了下來。像一顆焚不化燒不掉的舍利子，色澤晶瑩光潤，一直被懷念香港電影傳奇的人們，在心裡頭長長久久地供奉著。而且每個人幾乎都有各自不同的懷念周潤發的方式，或靜或動，或詼諧或莊重，從電視到電影，每一個階段的周潤發，其實也記錄了每一個時代的香港的光輝與掙扎，也記錄了每一個時期的香港影迷的高昂與迷惘——尤其感慨的是，香港的明星爲了名利爲了市場爲了生存下去，一個個好像道士下山，從俗了，放低姿態了，不再爲圓滿電影夢想修行了，而周潤發則恰好相反，不再惦記票房不再眷戀明星光環不再執著自己還有沒有號召力，拂拂衣袖，反其道往山裡走，一身輕便地爬山去了。

發哥爬山去了。也因此我們特別懷念當年叱吒風雲的周潤發。懷念有周潤發在銀幕上拔雙槍掃射有周潤發拔開喉嚨對警官喊「我大聲講話不代表我沒禮貌」的香港電影——每個人心裡都有一幕周潤發。至少一幕。他的悲情阿郎他camp camp地的八星報喜他偷渡到菲律賓華埠的胡越的故事——而我懷念周潤發，懷念的是他從來沒有流露過半絲倦怠的笑容。不知道爲什麼，到現在周潤發都六十好幾了，在他臉上吊兒郎當地蕩開來的笑容，還是天生有一種讓人沒有辦法對他動氣的淘氣和孩子氣。你有沒有發現，周潤發有個得天獨厚的脣形，笑起來的時候像一顆心，誠懇的、帶點稚氣和土氣，我總是覺得周潤發的嘴脣就好像劉德華的鷹勾鼻和林青霞的凹下巴，其實都標識著一個時代的明星印記，香港電影的前途眼看著逐漸進入冰冷的嚴冬，而這些明星們的容貌和神氣，卻是香港人在回憶裡端出來款待我們的拳拳盛意。我永遠記得，周潤發在《秋天的童話》如何用他顫抖的雙脣在演戲，一忽兒表露船頭尺對愛情的嚮往，一忽兒表現他因爲擔心砸碎了十三妹的前途而失意，而周潤發演起在愛情裡失魂落魄的情緒，絕對可以把觀衆的心扭得緊緊的並且遲遲都不肯鬆開來，就連梁朝偉深不見底的憂鬱和胡歌滿山滿谷盤旋的落寞，也遠遠不能相及。

至於愛情，我始終認爲，縱然舉案齊眉，到底還是意難平，很多時候，兜兜轉轉，愛的是一個人，一起生活的又是另外一個人，大家都一樣，都一樣。我想起一首詩，

「擣麝成塵香不滅，拗蓮作寸絲難絕」。走了個陳玉蓮，來了個陳薈蓮。無論身邊是哪一朵蓮，他對留在身邊的女人都疼都敬都珍惜，也只有在眞正的愛情面前，周潤發才會收起他的吊兒郎當，收起他的玩世不恭，他是寧可失落自己也不願意委屈愛情的古板男人，滿肚子都是深情，一腦子全是固執的看不得自己心愛的女人受委屈的牛脾氣。

可奇怪的是，年輕時候的周潤發長得很挺拔，雖算不上特別硬朗，但眉目精靈俊秀，偏偏就缺了點時尚感，我記得他在若干年前當過德國時尚名牌男裝品牌的亞太區代言人，隨後品牌在北京舉行的大型發布會上臨時架起一道天橋讓周潤發走出來，不知道爲什麼，那時候已經五十七歲的周潤發穿著剪裁合身的棗紅色亮絨西裝，氣派有了，自信有了，征服全場的魅力也有了，但就是感覺上有點被名牌欺負了，那些品牌強調的優雅和矜貴，周潤發不是拿不出來，而是看上去有點格格不入，有點勉爲其難，和周潤發的原生氣質有太大的衝突，完全看不出他是那一個連李安都說，「周潤發是氣場特別強大的一個演員，必須把一場戲不斷地重拍了一次又一次把他的銳氣磨掉才帶得出李慕白的失意」——所以那一刻，我特別懷念剛剛出道還和陳玉蓮戀愛著的時候戴頂漁夫帽穿件鬆垮垮的牛仔吊帶工人裝特別快樂特別自在地登上《明報周刊》封面的周潤發——一半是青春無敵，一半是愛情無價，那絕對是周潤發最翠綠的歲月，而那時候周潤發的好看，是心裡面一片山明水秀，看山是山，看水是水的好看。

當然也有例外的時候。連我自己也很驚訝，周潤發居然在電影裡頭教會了我，原來筆挺的西裝也可以殺氣騰騰，原來米色長風衣的衣角也可以暗藏殺機，而且當殺手混黑幫，竟然可以是一件很浪漫的事，因爲我只知道，時尚和黑幫，在某種程度上，本來就藏著一種神祕的關係，甚至後來周潤發走紅後好長一段日子，因爲江湖片的槍林彈雨，因爲警匪片的四面包抄，周潤發簡直就是黑墨鏡、白圍巾和長風衣的代言人，他的悲劇英雄形象，竟成爲香港電影最瀟灑的一道風景，也成爲香港電影造型最風格化的一種造型。

我突然想起，八〇年代周潤發，除了《郁達夫傳奇》，其實也演過和詩人很接近的一個角色，那恐怕是他第一次也是唯一一次和林青霞合作，拍了區丁平導演的《夢中人》，他在戲裡演個音樂指揮家，穿越時空，和兩千五百年前的妻子在現代重逢，我特別記得的是，他和林青霞在戲裡的造型和髮型眞好看，尤其是林青霞——林青霞演的珠寶設計師把頭髮削得特別特別的短，短得雲雀隨時會飛過來停在上頭滴溜溜地轉著小小

的頭顱啁啾一個早上，有一種很爽利的春天感。而我記得那片子的美術指導是張叔平，阿叔瞅了瞅周潤發，然後一聲不響，走過去和髮型師嘀咕兩句，回來就給周潤發換了個髮型：中分，略長，瀏海的長度剛剛好覆蓋在耳輪，完全顛覆周潤發在江湖片裡不修邊幅的落魄，因此周潤發在兵馬俑的展覽廳初會林青霞，兩個人都吃了一驚，怎麼對方和自己在夢境裡頭見過的人那麼相似——於是林青霞嚇得轉身就跑，周潤發在後頭緊緊地追著出去，而在大步追逐的時候周潤發的

頭髮彷彿長出羽翼，一彈一跳，完全有了自己的主張，看上去特別的巴黎，特別的頹廢，也特別的時尚——鬱鬱寡歡的頹廢，其實也是一種時尚。

另外我也想起周潤發在《傾城之戀》演范柳原，西裝革履，頭髮攏得油亮光滑，卻常常在愛情裡頭神不守舍，臉上時時泛起一抹沒落公子的惆悵與恍惚，卽便是說著情話，那情話本身也是玩世不恭的。周潤發也應該不愛讀張愛玲的吧我猜。甚至也不怎麼花時間去讀許鞍華交給他的劇本。原因是周潤發是祖師爺專門把飯留下來端過去給他吃的演員，周潤發演戲，靠的不是劇本，而是天分。因此他演范柳原，風流倜儻的外形有了，玩世不恭的神氣也有了，只是周潤發在鏡頭前面，身體前傾，直勾勾地望著白流蘇對她說，「妳穿著綠色的雨衣像一個藥瓶，妳就是醫我的藥」，然後燈光師把調好的燈光打下去——你其實已經知道，眞正的范柳原在周潤發運用他的演技小聰明的時候已經溜走了。多麼可惜啊。周潤發身上缺少的，就是雅士的底蘊和紳士的氣韻。

偶爾跟相熟的朋友談起周潤發，我們都喜歡他的木嘴輝，喜歡他的許文強，喜歡他的船頭尺，喜歡從他背後望過去看整個香港的輝煌與沒落，而且那喜歡的成分，多少帶點不是太理智的袒護和盲目，我們甚至禁不住相視一笑，不約而同，原諒了周潤發後來的油膩和圓滑，因爲我們都知道周潤發再怎麼走下去，也不會是另外一個馬龍白蘭度，香港導演難得請得動周潤發拍戲，卻永遠只會要他演出智商不足的賭神，怎麼都不會丟一隻貓給他，讓他一邊坐著擼貓，一邊盤算著如何把下一個人像抹掉清晨窗櫺上泛起水蒸氣液化的水珠那樣，不著痕跡地解決掉，演一個在溫柔與殘暴之間讓貓如沐春風的教父——還好，我們現在偶爾想念周潤發，至少還可以想念他如何戴墨鏡燒美鈔點香菸，然後用手輕輕甩熄火苗，想念狄龍問他，「你信不信神？」他如何咬著火柴棒回答，「我信，因爲我就是」——其實我們誰都看過不一樣的周潤發，他在鏡頭面前的意氣風發，他在角色裡頭的厚積薄發，但我記得周潤發不止一次說，他不覺得當演員是多麼了不起的一件事，跟一般的民工其實沒啥兩樣，他說，那時候還是新人，在電視台日以繼夜趕拍下個星期就要出街的電視劇，夜裡超過十二點就搭不上渡輪回九龍了，所以他常常抱著隔天要穿的戲服縮在服裝間草草地睡一覺，就算後來當上了影帝，他還是很喜歡吃飯盒，因爲他說，「有飯盒吃，即是表示有工開，是好事來的」，從來不掩飾他的草根氣。

只是現在，半退隱的周潤發，已經將自己活成不再把劍耍得虎虎生風的李慕白，像個遲暮的英雄，寬容了，慈悲了，也已經是近乎在江湖上匿跡的俠客，光芒散盡，隱忍不發，他不再稀罕在銀幕上煉金，他只想在生活裡難得糊塗，因爲周潤發說過，人生很長，但他對名利造的夢境很短，翻個身就醒了，他比我們都明白，光年和因果以外，一切必失，如同虛空；唯有自在，如影隨形——周潤發不讀詩，但他用他的人生歷練，給詩勾勒出另一個輪廓，也替詩雕刻出另一個若隱若現的江湖，更清澈，更淩厲，更深刻。

張艾嘉

Sylvia Chang

——以前忘了告訴你

偶爾還是有人提起那一碗粥。

提起，也許是因爲在歲月裡觸了礁；又也許是因爲在愛情裡扭了腳，但都總是在說著、說著的時候，禁不住順手推開回憶的門扉，替那掖在心口上，漸漸蔫了下來的遺憾，澆上幾瓣滄海桑田的微笑——

每個人的回憶裡，都曾經有過一碗微微冒著白煙的清粥。就好像每個人的心頭上，難免要養上一兩段心事，難免要栽上一兩椿遺憾，好讓將來有一天掉回頭去，活過的日子才迂迴，才婉約，才闌珊。

張艾嘉也一樣。情歌慢慢老了，七零八落的老了，但張艾嘉沒有。她笑了笑。我特別喜歡張艾嘉的笑。她的笑一點也不明媚，但非常暖和，像太陽就快滑落山頭，一日將盡，裡面隱隱約約，藏著一份攪拌均勻的包容和體諒，她說：「我其實沒有一把好聲音，除非和我個人經歷有特別關係的歌，否則我實在唱不出感情。」這當然不是眞的。這怎麼可能是眞的？整整一個時代，如果沒有那一碗粥，很多人的愛情恐怕都靠不了岸，很多人和他身邊的那個人，到後來恐怕都結不成蔭。而張艾嘉的歌，就好像在我們心裡結下一根草繩，用來替我們計算歲月，用來讓我們記認青春——

尤其在那個還聽著卡帶的老好時光，記憶是老被歲月一口緊緊咬住不放的磁帶，在磁盤裡磨得沙沙作響，但我們其實誰都沒有忘記，打從張艾嘉還被大家喚作「小妹」，穿著喇叭牛仔褲在電視上不知天高地厚地低唱光陰的故事，我們就一路陪著她爬山涉水，一路陪著她在閃亮的日子傷痕纍纍，一路陪著她行色匆匆地開箱關箱然後乘搭七四七飛向異鄉，一路陪著她，在忙與盲的奔跑與停頓之間，偶爾感慨，偶爾嘆息，也一路陪著她，紅顏難免多情，我們竟也都和她一樣，始終不去計較，愛一個人到底要付出什麼樣的代價，最終更一路陪著她，慢慢成爲她最想要成爲的那一個人——

不知怎麼的，有一次讀到村上春樹說，「當人們目睹一場美麗的盛宴消逝，反而能找到安心感」，頓時想到了張艾嘉。曾經，張艾嘉不也是我們共同的青春盛宴？我們在她身上，看見自己竟然爲一個後來連擦肩而過都波瀾不興的人「心動」，也看見自己爲一段擱不下的愛，兜兜轉轉，心心「念念」。而張艾嘉其實不知道什麼時候，已經不動聲色地閃身而入，成爲和我們一同盛放、一同凋謝、一同因爲懂得憐憫懂得愛，而在侘寂的秋末的暮色裡漸生物哀，心境上一同漂洋過海的異路同謀。

我沒有見過張艾嘉，有好幾次，我都錯過了和近在咫尺的張艾嘉見面的機會，但我完全沒有遺憾，因爲我常常靈光一現，「看到」張艾嘉——之前爲了把李安寫得更生動一些，又重看了一遍《臥虎藏龍》，看到最後俞秀蓮在窯洞裡對玉嬌龍說，「妳要記住，這輩子妳不管做什麼，妳都要誠實地面對妳自己」——我第一個想到的依然是張艾嘉。現在的張艾嘉，把頭髮削得短短的，貼在頭皮上，乾淨，清爽，自信，她常常把腳步放緩，故意讓自己落在李心潔後面，把最強的鎂光燈和最美的角度，都留給她一手栽培起來的門徒，她只是溫和的微笑著，像一尊你曾經在某一座窮鄉僻壤的土廟裡打過一個照面的觀音雕像，有一點點記不太起來的面善，和一點點說不太上來的和暖。

但年輕時候的張艾嘉根本不是這樣的。年輕時候的張艾嘉，活脫脫就是現代版玉嬌龍，一直都很有邏輯地不合邏輯，叛逆著，驕縱著，反抗著，常常一言不合就和自己大打出手，隨時都可以爲了愛情縱身躍進瀑布和深谷，她上大陸一個淸談節目，笑著告訴主持人許知遠，「那時候啊，就因爲裙子愈穿愈短，男朋友愈換愈兇，母親於是下令把我從美國召了回來。」說完還洋洋得意，笑得特別開心，那眼角下綻開來的魚尾紋，乍看上去，就好像她當年在美國過著半嬉皮士的生活，頭上戴著花環，赤腳走到紐約的中央公園唱歌，朝著自己擠眉弄眼的青春。

倒是現在的張艾嘉，活得愈來愈像一把有分有寸的秤砣，平定地把曾經在生活裡受過的驚嚇和委屈，反手擰乾，然後「啪」地一聲，晾到欄杆上去，讓所有過不去的過去，都攤開在太陽底下，隨風搖曳——所有的乖和野，所有的自我壓抑和奮不顧身，張艾嘉都淋濕過，也都烘乾過，她從來不指望也不奢求將來人們如何堂皇地談論張艾嘉這個人，因爲她特別自信，張艾嘉這個名字背後，絕對不會只是一個中港台電影史上作品空寥的詞條，而是一個以不譁衆取寵的敍事方式，對當代電影進行一次又一次誠懇地反叛的愛的主義的實踐者。

就好像李安特別信任張艾嘉，金馬獎眼看著青黃不接，沒人願意接手辦了，他就嘆口氣，給張艾嘉撥個電話，「那就妳來吧」。張艾嘉聽了，也不推搪，二話不說就捋起衣袖，接下金馬主席的職位。她從不考慮自己是不是做得來，她只問自己是不是應當扛下來。她很年輕的時候就知道，她不是一站出來就渾身金光燦爛的女明星的材料，她沒有削鐵如泥的美麗，她也沒有千軍萬馬的魅力，她有的只是對電影傻乎乎熱騰騰的熱愛，她對魯豫說，「我一入行就特別嚴肅地看待電影，並且把電影當作終身職業，我拍電影不是爲了風風光光地嫁入豪門」。而張艾嘉的電影從來沒有人性和神性的拷問，有的只是愛的鋪陳和收成，像一個微服出行的愛的修行者，通過電影展示愛的眞實面貌，一把奪走那些只懂得把愛緊緊勒在懷裡卻不肯把愛輕輕放牧出去的人對愛所抱持的童眞。

何況印象中的張艾嘉從來不是一個願意安靜下來的人。她喜歡尋找。也喜歡通過尋找，把自己更深刻地印刻下來。我記得她拍《念念》，其中有一幕是把三個主角都安排在一間書店裡，但三個人都各懷心事，不斷地東張西望，不斷地翻箱倒櫃，不斷地在尋

找一些他們也不確定是不是存在的東西——張艾嘉說，不一定是愛讀書的文化人，即便是最草根的那一階層，大家的一生都是爲了尋找一些什麼而顚簸折騰，至於找不找得著，已經不是我們掌控得來的事。就好像我們都知道，每一個人的出生，如果不是爲了遇見另外一個人，就一定是爲了成就某一件事——一世人不見得有多長，很多時候，就只長得剛剛好足夠去認識一個人，去了結一件事。

我記得九〇年代開始吧，香

港同志先鋒林奕華，陸續給香港大學開通識課，其中一堂題材取得特別踴，特別譁衆取寵，就叫作「成爲張艾嘉」。當時學生們的第一個反應就是把眉毛挑了起來，爲什麼不是林青霞？就算不是林青霞，至少也應該是張曼玉或鍾楚紅，爲什麼是張艾嘉？當時林奕華跟張艾嘉還不算太熟，把張艾嘉請過來當嘉賓，開了一場講座，張艾嘉剪了一頭伶俐的短髮，眼神狡黠，她坐到台上，用那時候剛剛五十出頭的女人的智慧，落落大方地自嘲著說：「美麗是一種限量配給的天賦，不是每個人都可以成爲傾國傾城的林青霞，但只要你對自己有要求，你就可以成爲張艾嘉。」而我喜歡張艾嘉，很多時候更甚於林青霞，甚至於常常覺得，如果林青霞是一幅懾人心魄的山水畫，那麼張艾嘉一定是畫裡頭潺潺流動的那一道溪水，是一直往前奔流，也一直把粼粼的水光反覆折射，是靈活的，是生動的，是食盡人間煙火的。

林奕華後來補充，他選擇張艾嘉，是因爲張艾嘉開放、前衛、摩登、豁達，不封鎖自己，不委屈自己，那些優雅啊睿智啊典範啊之類的門面話，套在張艾嘉身上都是格格不入的，張艾嘉最引人入勝的地方是，她一直都活得不遺餘力，也一直活得好像魯豫在節目裡當面對她說的：「夠本了。」年輕時候的張艾嘉，電影公司不讓她談戀愛，她馬上衝進老闆的辦公室，火紅火綠的，要求提前解約。那當兒的張艾嘉，才廿出頭，因爲年輕，因爲才氣，因爲滿肚子「野火燒不盡春風吹又生」的勇氣，連香港才女林燕妮也忍不住把她寫進專欄裡說：「這女子啊，沒有一天是服氣的。」這恐怕是眞的。連她最知心的圈內朋友張小燕也說過：「這個張艾嘉，年輕時候忙工作，一定要忙到累倒住院爲止。」

到現在也是。到現在張艾嘉還是時時刻刻在包包裡藏著一本記事簿，隨時掏出來記東記西，這習慣跟她剛剛當導演的時候一模一樣，到現在，她還是特別喜歡和比她年輕的演員談天說地掏心掏肺說故事。她可以一字一頓，如雷貫耳，語重心長，一句話就把當時感情受挫的劉若英說哭了，哭完了，也就把劉若英從死胡同裡拉了出來了；後來李心潔婚姻發生了不愉快的事，她也只是撥了通電話，把耳朵借出去，然後擱下一句，如果心裡已經有了決定，就聽自己的，管其他人怎麼說。就好像張艾嘉曾經也說過，她從頭到尾沒有跟著什麼新浪潮走，新浪潮跟她一點關係也沒有，可是她拍的電影，她通過電影傳達的訊息，還有她年輕時候替自己做的所有決定，都像一波巨浪擊打在岩石上，那麼驚心動魄，那麼天翻地覆。我想起台灣早逝的舞者羅曼菲後來給自己的舞蹈成就下的注腳，她說：「一直以來都是命運把我推向對的環境。」但這話我猜張艾嘉大抵是不認同的。張艾嘉和命運斡旋的態度是，一直以來，她總是不卑不亢，一臉篤定，禮貌地微笑著，把自己推向她想要的環境，不勞命運費心。

我突然記起好多好多年前張艾嘉和張曼玉還有斯琴高娃拍過一部關錦鵬導演的《人在紐約》（編按：台灣片名《三個女人的故事》。），戲裡面張艾嘉演一個在台灣念中國歷史卻陰差陽錯跑到紐約演舞台劇的台灣女人，有一次三個女人在咖啡館坐下來談天，正談得興高采烈，張曼玉忽然站起身，向坐在吧台的一個長髮女子走過去，那女子含情脈脈地看著張曼玉，並且把一隻手搭在張曼玉的大腿上被張曼玉輕輕推開，然後張艾嘉笑著對瞪大雙眼的斯琴高娃說，「我看到妳所看到的」，完全一副沒什麼大不了的模樣，把周圍所發生的一切都視作平常。實際上眞正的張艾嘉也一樣，包容度比所有和她同年代的女人高深堅韌，她知道她要的是什麼，她也支持身邊的人去爭取他們想要的什麼，所以她特別疼惜在她導演的《心動》裡，爲愛情水裡來火裡去，在男女與女女之間，反反覆覆煎熬著自己的莫文蔚，而我其實和許多人一樣，不止一次，在張艾嘉的電影裡因爲她措手不及甩過來的一巴掌而狠狠被摑醒——生命裡必修的功課也許很多，但唯一不可以當掉的那一科就是，「最終，一定要和自己和解」。

張艾嘉尤其懂得愛，也尤其懂得站在道德的邊緣聲援不一樣的愛。常常，透過她的電影，我們老被她帶到一個平行的角度去嗅去看去觸摸這個世界，然後學會去憐去敬去擁抱這個世界上所有曾經為愛忍辱負重的人們，因為這世界上總有一個人，當你最終忍不住轉過頭去，恰巧看見他移動著心事重重的肩膀，漸行漸遠，在你的視線裡模糊成一條細線——而你恐怕不知道，他其實窮其一生，不過是生來為了認識你之後，與你分離。

陳百強

Danny Chan

紫色風衣的小王子

紫色難穿，恐怕還眞沒有幾個人可以把紫色穿得好看——尤其紫色本來就有股妖邪之氣，在狐魅與俗豔之間穿梭、徘徊、閃爍。你總得要有千錘百煉的時尚品味，以及「一樹梅花如雪海」的委婉氣質，才能將它鎮壓，將它降伏，穿出衣服路逐峰旋的懸疑性，以及暮深露寒的迤邐感——除非你是陳百強。

陳百強喜歡紫色，喜歡得就好像狐

狸被小王子馴服之後，從此喜歡上麥田的金色，因爲那是小王子頭髮的顏色，而陳百強是極少數可以把紫色穿得出神入化，也穿出堂皇貴氣的男人。甚至倪震也在一篇專欄裡寫過，多可惜啊，香港其實也曾經有過一位貴氣的王子——而那位王子，指的顯然就是Danny。陳百強雖然是個歌手，但他說過，唱歌只是他的興趣，不會是他的終身職業，他沒有辦法忍受自己每個晚上開著車，車尾廂堆滿上台表演的服裝，然後在香港穿隧道過海，到一家接一家的夜總會趕場。所以陳百強一直堅持把自己的歌手形象「知性化」、「學院化」、「典雅化」，整個形象都是乾淨的明亮的溫暖的，沒有舞台感，沒有江湖味，永遠的短髮，永遠的高純度靦腆笑容，永遠的有禮貌，也永遠的說話時總是運用大量的「唔該」和「多謝」，完完全全反映出他的出身和教養，養尊處優，精緻從容，他擺出來的姿態是，「大家出來唱歌，我是讀過書的」——而那時候我還是個維特般的少年，有著許多不必要的煩惱，懵懵懂懂，對時尚尤其似懂非懂，因此看見陳百強穿著一件白色米奇老鼠毛線衣，然後頑皮地一口氣將兩枚手錶一同壓戴在左袖口上，加上一臉和氣笑容，禁不住在心裡暗喝一聲彩，原來好看的人加上耍點心機的時尚配搭，眞的可以讓人如沐春風。我還記得陳百強也愛穿藍色毛衣和灰色風衣，愛穿像雪地一樣光亮刺眼的白襯衫配牛仔褲，然後搭一塊大有來頭的名錶，看上去是那麼的敦厚而優秀，如果他碰巧還是個工程師，根本就是亦舒筆下讓許多女孩子們迷戀了幾個年代的「家明」了。但「家明」其實也沒什麼好。「家明」的生活未免太過井井有條，切斷了男人尋幽探勝的線索和樂趣，這恐怕不是陳百強所要的，陳百強特別愛美，特別要人疼，特別喜歡穿，因爲穿，是對自己疼。因此到現在我還念念不忘當年音樂錄影帶的一個畫面，陳百強穿著紫色的風衣，在晨曦裡快步疾走，一臉的盈盈笑意，一眼的深情款款，彷彿趕著要去迎接一個他心愛的人，又彷彿趕著要回到什麼地方去，而那紫色的風衣穿在他身上，長度剛剛好劃過小腿，底下穿一雙駱駝色的僧侶鞋，看上去是多麼的優雅，多麼的不沾人間煙火——尤其在那個香港電視台的男藝人們還穿著鱷魚牌Polo T恤，並且非要老土地把領子豎起來不可的時候，陳百強確實比許多男明星都更能擔當優雅這兩個字。連張國榮也不能。張國榮的俊美，是飛揚跋扈的，是咄咄逼人的，對比之下，陳百強的俊秀，則是靜態的，是適合留白，是講究意境的。

而喜歡紫色的其實還有香港才女林燕妮。她也熟陳百強，也疼陳百強，喜歡叫陳百強「Danny仔」或「太子爺」——因爲陳百強的父親是香港著名錶商，可惜陳百強是庶

出，不太得父親歡心，就算後來爲了討父親歡喜，專程跑去學粵曲，依然沒有辦法拉近父子間的距離，始終感覺生分，始終覺得自己是家裡面的局外人。而陳百強出事那一天，原本約了林燕妮到文華酒店喝下午茶，後來又臨時改變了主意，因爲他說，他兩個月沒有剪頭髮，文華酒店人多，怕被人看見，壞了形象，建議到另外一家酒店見面——可後來他始終沒有出現。林燕妮說，打了電話給他，他混混沌沌，像個木頭人，說他不來了，林燕妮畢竟含蓄，只暗示說，從他當時的聲音聽得出，他整個人已經不知道被什麼東西控制住，根本聽不清楚林燕妮在說什麼，結果當天晚上，陳百強就出了事——

我偶爾會想，出事的時候，是不是在陳百強獨居的家裡？據說，他獨居的整間屋子都是黑色的，黑色的牆面，黑色的天花板，黑色的浴室，就連家具，也沒有一樣不是黑色的，主要是他特別想躲避一切煩心的事，從蘭桂坊醉著回來，只要把燈撚熄把厚厚的窗簾拉上把自己拋擲到床上，任由那層層疊疊滿腹密圈的黑，把他整個世界都吞噬都淹沒——因此我特別好奇，他陷入昏迷的那一個晚上，誰是第一個發現的那個人？誰是匆忙之中不忘細心地替他套上他最喜歡的米奇老鼠襪子，怕他著涼，怕他被記者拍到光著的腳丫子看上去特別落寞淒涼？

這樣的場景其實一點都不陌生——除了火警演習，我偶爾在想，在煙花熄滅之前，每一個獨居的驕傲的水仙花族，是不是都應該也給自己演習一下，萬一有一天不願意醒來了，誰會是那一個依循你心意，盡量不驚動所有不相關的人，讓你有格調地低調，讓你的品味貫徹始終不走味，讓你的形象晴正明朗絲毫未損地走到最後的那一個人？因爲「無常」，常常像一節突如其來的火車，呼嘯著打破日常車程，轟轟然開進站，我們誰都缺乏和它談判的條件和經驗，雖然某些生命的結束，其實是如釋重負，就好像一篇開壞了頭的連載小說，因爲起了個架構，也因爲漸漸發展出了枝枝節節，所以不得不浮雲亂世地寫下去，寫下去，給活過的日子寫下一個敷衍的交代。

我記得陳百強喜歡白色的玫瑰。有一次他和好朋友查小欣從飯局出來，經過賣花的攤販，他隨手一指，對查小欣說：「我喜歡白色的玫瑰，將來有一天我離開了，你要送我一百朵白玫瑰。」後來陳百強昏迷了十個月之後，查小欣才陪著張國榮去瑪麗醫院探望，查小欣對張國榮說，「我猜你一定忘了買花，所以幫你買了」，張國榮神色恍惚，點了點頭，也沒多作解釋，殊不知到了醫院，病房裡的醫護人員第一句話就對張國榮說：「張生，多謝你叫人送來的白玫瑰，全都開了，很是漂亮。」可見張國榮一直把陳百強的喜好擺在心裡，都記得，都沒有忘記。而張國榮靜靜地看著昏迷中的陳百強，偶爾輕聲低喚他的名字，偶爾和他提起兩個人才懂的陳年往事，一個多小時之後，張國榮獨自下樓，一句話都沒說，只一直在搓弄手指，墨鏡後的眼睛一片通紅，最後只說了一句：「他爲什麼硬是要糟蹋自己？一個人如果連自己都不愛自己，還指望什麼人來愛你？」

於是我想起好多年前看過的一部香港的青春電影《彩雲曲》，劇情我都忘得七七八八了，只記得戲裡面有剛剛出道的劉德華客串，和他臉上如早上七八點鐘的太陽般晴朗綏靖的青春，印象特別深刻的是戲裡面有一幕，女主角莊靜而站著熨衣服，一滴接一滴的血從她鼻子滴到衣服上，她不動聲色地用手背輕輕抹開，然後身後她的室友徐杰問：「不知道我們卅歲的時候會是什麼樣子的呢？」莊靜而連頭也不抬，平靜地回答：「要這麼長命幹嘛？」我當時應該不到十七歲，頓時如遭電殛，我不知道在前面等著我的歲月會不會景色怡人，但我知道如果你願意，其實你可以把自己的生命活成一則極短篇——意簡言賅，鋒利，冰冷，俐落，見好就收。而陳百強離開的十年之後，在疫情蔓延，人心惶惶的非典時刻，比他年長兩歲的張國榮選擇在SARS籠罩整個香港的時候從中環文華酒店一躍而下，他們兩個相知相惜的娛樂圈的貴族，一前一後，因爲憂鬱，因爲厭倦了和生命斡旋較勁，於是各自用自己的「簽名式」，決然修改了生命原定的終結方式——雖然都同樣的暴烈，雖然都同樣的讓愛他們的人天崩地裂，卻也應合了陳百強所唱的，「一生何求，誰計較讚美與詛咒」，昏迷了足足十七個月之後離世的陳百強，開始時或許是爲了跟命運賭氣，卻怎麼也沒有料到，他所失去的，竟然就是他的所有。

可見老是強求自己活得太過窗明几淨，太過一塵不染，太過明亮精緻，也未必是一件好事，就好像陳百強留下的歌，每一首的音樂都一直那麼的乾淨誠懇平實，每一個段落都一直不肯隨便丟失一個音節，像一個風度翩翩的公子，他寫的歌和他過的日子，曾經一度，一切都是手到拈來的。他不像張國榮，張國榮有股韌勁，活得虎虎生風，活得拳拳到肉，想要得到的東西，會拚了命去要回來，而陳百強總是靦靦腆腆，總是小心翼翼，像班上家境富裕成績標青的特優生，一下了課就馬上被父親或司機開車接走，和大家終究有著一定的距離感，所以他和香港人的連接，一直都遠遠不及張國榮梅艷芳甚至譚詠麟許冠傑那般結實。他離開的時候，我和你的心頂多也只是揪了一下，並沒有痛得掩面嚎啕，泣不欲生，但隔了這麼許多年，我偶爾還是會在清風拂面的時候想起他，在

夜涼如水的時候想起他，想起他和這個水深火熱的世界始終保持著一個禮貌的距離，想起他眞像某個半途出國放洋的同班同學，你所記得的，都是他背後的陽光，以及他徜徉在綠草如茵的校園裡頭的畫面。

我常常在想，陳百強之於張國榮，就好像蘇青之於張愛玲——誰會不記得呢，張愛玲說過的，把她同冰心和白薇她們來比較，很抱歉她實在不能引以爲榮，只有和蘇青相提並論，她才是心甘情願的。相信張國榮也一樣，當年張國榮和譚詠麟對峙，爭的是意氣，是江湖地位，是山頭和鋒頭，是勁歌金曲頒獎典禮的最佳男歌手，除此之外，譚詠麟沒有什麼是值得張國榮和他相爭的。倒是陳百強，張國榮說過，年輕時有一次和朋友在餐廳喝下午茶，突然一個衣著品味高超、樣貌出奇俊秀的男生跑到他面前，把臉湊上來對他說：「他們說我長得像你，我特地來看是不是？」就那麼一次，陳百強和張國榮從此雙雙跌入「互相欣賞、彼此糾纏、卻又偏偏似敵還友」的微妙關係。正當兩人不合的新聞在娛樂版上炒得沸沸揚揚的時候，張國榮飛過去倫敦開演唱會，而陳百強恰巧人在歐洲，還特地轉進倫敦自掏腰包買票給張國榮打氣，結果被台下的觀眾認了出來，不斷起鬨，硬是要把陳百強請上台和張國榮合唱——張國榮事後提起，彈了彈手指上的菸灰說，「娛樂圈裡頭，什麼樣的人都有，但只有一個陳百強——陳百強不會害我」。

有一陣子我來來回回地讀《小王子》，我很好奇，像陳百強那樣，因爲沒有辦法適應自己的鋒芒漸漸西落漸漸暗沉，每天六點鐘就開始出現在香港的蘭桂坊，從這一間酒吧，跳到另一間酒吧，一個晚上可以喝掉兩瓶烈酒的男明星，會不會也讀《小王子》？不知道爲什麼，我心目中最貼近《小王子》原型的一直是陳百強，而不是張國榮。我從來沒有特別喜歡陳百強，但我疼他，疼他在台上唱歌的時候是那麼的彬彬有禮，疼他應對娛樂圈的爾虞我詐的時候是多麼的識大體，疼他像個眞正的貴族那樣，有些話不說，有些事不做，寧可壓抑自己，也不願意在修養上失了分寸——我讀《小王子》的時候陳百強還在，我一直覺得在氣質上，陳百強才是絕對的「小王子」，善良而多情，溫柔而細膩，就連他的好看，也好看在他士紳一般的溫文爾雅，沒有明星咄咄逼人的架勢，也沒有歌手八面玲瓏的江湖習氣，如果他開口要求我替他畫一隻綿羊，我知道我一定沒有辦法說不，即便我知道自己畫出來的綿羊，除了滿滿一紙的善意，其他一無是處。《小王子》裡頭的地理學家說，不，他們不記錄花兒，因爲所有的花兒都是一樣的，朝生暮死，但我願意記錄陳百強，因爲他離開的時候不過才卅五，是一個男人最美好的花期。而誰說男人不應該有花期？懂得愛和願意散播愛的男人，其實都處在盛放的花期。尤其是陳百強，他離得愈遠，愈是讓人覺得和他原來是那麼的親近，我很高興我一直都沒有忘記，在廣東歌風靡整個東南亞的時候，有一把乾淨的聲音，把廣東歌唱得那麼眞心誠意，唱得那麼安然恬靜，那麼像小王子一天坐著看四十四次日落，並且教會我們，什麼叫作——深情款款的溫柔如昔。

王祖賢

Joey Wang

天邊一朵王祖賢

她下意識地探了探頭上的簪，然後發現插在髮髻上那支朱漆蓮蓬簪，因一路顛簸，竟微微地被頓斜了，於是她趕緊伸出手，輕輕地扶了扶——而餉午的日頭眞曬，曬得她有點兒目眩神移，她轉過頭，細聲對領著她雙雙策馬入林的男人說，要不找個大樹頭歇歇吧？男人不語，闊步把她引到一塊巨大的樹蔭底下，自己卻站到樹蔭外去，她因此找了塊石頭坐下來，徑自取出絲巾與小方壺，倒出壺裡的水沁潤絲巾，慢慢地印了印微微沁出汗珠的額頭，還有如海貝殼般秀巧的耳垂，並且偷偷地瞄了瞄把臉別過一邊的男人，眼裡蕩漾著一汪藏不住的春光與水色，綺思漣漣，顧影粼粼，隨卽她抬起腳，除下鞋襪，緩緩用絲巾拭了拭小腿肚，並且一邊睨了眼一臉正氣的男人，一邊慢慢地把裙角撩起，露出如白瓷般細緻的小腿彎——

我是先認識王祖賢的《阿嬰》，才認識王祖賢的《聶小倩》——時間上或許錯亂了，但情感上卻始終板得十分挺直。第一次看見王祖賢，總覺得她的淸麗，淸麗得有點不安分，而她的幽怨，往往像一塊雲壓下來，隱隱埋伏著山雨欲來的玄魅。尤其是她抬起眼，我發現她右眼底下有一顆小小的淚痣，小得像一顆來不及遁身的頓號，且這淚痣之美，美在當它長在王祖賢臉上的時候，其實已經注定了是一個故事最迂迴的開端——

到現在我記憶裡始終有一幕王祖賢戴著鳳冠霞帔，剛剛挽了面，把臉開了，正準備把自己嫁出去，她穿著一身喜氣洋洋的殷紅，端坐在高高的燭台後面，而她那承載著千般言語的眉眼偶爾抬起來，一不小心與誰對上了，馬上又輕輕地垂落，我想說的是，王祖賢那輕舟已過萬重山的豔色，愈是嫻靜的時候，愈是洶湧澎湃——

也因爲王祖賢，我終於明白美麗其實也可以是一個善意的陰謀。像一張網，撒開來，把每一個對她癡迷、因她失魂、爲她顫抖的少年郎的青春，全獵入網中。並且遠在聶小倩之前，也遠在潘金蓮和白素貞之前，我印象中最淒豔的王祖賢，是她把頭上的髻散開，及腰的長髮一溜烏雲似的垂落下來，然後她把臉塗得比雪還要白，濃黑的眉毛則像兩枝短短的箭，冷冷地飛入鬢角，眼神似怨還瞋，脣中央詭異地抹上一圈朱紅，然後穿一身掛滿花葉的長袍，曼妙地走到村口的岔路，把頭斜斜地擱在枝椏上，像一隻迷了路但又不急著回家的孤魂，而那淒冷的美麗，像夢魘般緊緊地緊緊地壓在每一個少年們的心口——夢裡頭盡是輾轉翻覆的旖旎，一直聽見她蓮步輕移時繫在腰封上的環佩鈴鐺作響，叮叮噹噹，叮叮噹噹，而那時候的王祖賢有另外一個迷離的名字，叫阿嬰。

說起美，王祖賢的美，如果認眞思辯，其實一直都與時代嚴重脫節，說不上典雅，搆不著時尚，卻美得像一部明清小說，有很厚重的傳奇感，也有很曲折的懸疑性，男人一見就很想好奇地伸出手去翻——而且一翻就急不及待想翻到最後一頁，看看結局到底是什麼。但就算翻到最後一頁又如何？王祖賢的美，美得像一彎護城河，城府很深河很沉，不是一般男人可以讀得清楚，卽便眞箇讀得清楚，也不表示就可以在生活上運用自如。尤其是，歲月撤回了王祖賢的任性，也收緊了王祖賢曾經揮霍無度的美麗，現在的王祖賢，借世隱遁，深居簡出，像水池上一朵開得意興闌珊的睡蓮，和天光和雲影，有一搭沒一搭地閒話家常，縱然有那麼一絲意難平，倒也不是過得不寫意的。

只是王祖賢最避忌的始終是人們提問起她的過去，於是她寧可殲滅自己未來的所有可能性，也不肯留下任何一條可以沿路窺探她生活軌跡的線索，像一隻過早識穿人類詭計的麋鹿，能夠和人群避開多遠就多遠——好幾次吧，王祖賢被影迷或那些叫得出她的名字的人不懷好意地拍下她在溫哥華的商場上吃飯購物的照片，她顯然已經把身上的鉛華統統都洗盡了，神情怡然，衣著隨意，不再像以前那樣，拼了命似的，每一件衣服穿出來都一定要最神氣最搶鏡，每一次亮相都一定要登上八卦周刊的封面頭條——因爲最美，因爲片約最多，因爲最受港台日韓影迷喜愛，因爲是王祖賢，所以她知道她值得讓所有人爲她人仰馬翻。但現在的王祖賢不。她已經把能夠捨離的都捨離。唯一斷不了的，是一頭筆直的、明明歷盡了滄桑、但又像少女般一往情深的長髮，而我在想，她大抵是想藉那一頭長髮來記認自己落荒而逃的青春，以及逐漸黯淡的風光吧？

而歲月浸潤過的王祖賢，淸奇的眉眼不再水波流轉，但依然不失婉約，只是她已經不樂意把心思花在穿衣服上頭了，平時穿的，幾乎都是一派素淡之色，套一句張愛玲說的，「彷彿在爲過去的她自己服喪」——尤其王祖賢經常穿在身上的毛衣和運動服，剪裁之「鬆懈」，線條之「隨性」，我每次看了都禁不住要嘆息，如果美麗也是一種修行，那麼她其實是在爲過去風風火火地濫殺無辜的美麗懺悔——奇怪的是，每一個不得不告別前半生繁華綺麗的女人，不知道爲什麼，愈是美麗的，看上去愈像是一部厚厚重重的懺悔錄，她們臉上蕩開來的每一朵微笑，都浮浮沉沉，都迷迷茫茫，有著太多的放不下，但又不得不放下。於是我想起《聊齋》裡寫的聶小倩，頭上梳著一盤龍髻，鬢旁插滿閃亮的珠翠，盈盈秀目，高高娥眉，在蘭若寺宏偉的大殿和寶塔之間順風穿梭，用錐子刺穿和她歡好的貪色男子的腳心——而除了寧采臣，間中難免也會遇上一些死於無辜的，聶小倩不過是受老妖控制，才四處捕獵壯男，並非心甘情願淪落妖邪惡道，在愛情面前，她畢竟也有張皇失措的時候。

可不知道爲什麼，我一直抹不去的一張照片是王祖賢飛到溫哥華退隱之前站在香港鬧市街心，那時候香港的八卦周刊冒長得有如雨後春筍，王祖賢穿一襲碎花裙子，交叉起雙臂，眼神凌厲地防備著半路攔截她做訪問的記者，那樣子的王祖賢，看上去是多麼的寫實卻又那麼的陌生，我特別記得那時候周刊在照片旁邊都愛胡亂地砸開一行譁眾取

寵的標題，那標題對王祖賢充滿了鄙視和揶揄，一點也不友善，就算不是招蜂引蝶的女明星，王祖賢也絕對有足夠的理由捍衛她自己的選擇。我想起亦舒筆下的喜寶，喜寶說過一句鏗鏘有聲的名言，一句很多女人心裡都在想，卻嘴巴裡不怎麼願意說出來的名言：「沒有很多很多的愛，有很多很多的錢也是好的。」而王祖賢和喜寶一樣，在情感的取捨、認知和部署上，她完全沒有不正確。既然機會站在她這一邊，她用她的美麗去換取她應該得到的，豪不豪門，貪不貪慕虛榮，其實又錯在哪裡了？

王祖賢的脾氣很倔，而且是出了名的倔，我記得她曾經說過，她的外貌的確給了她很多方便，但總有時候有些機會必須自己抓緊時機自己出手去爭取，即便把青春或愛情、事業和名譽都砸下去，年輕的王祖賢也在所不惜。就好像當年她主動向施南生爭取聶小倩的角色，她在電話上對施南生說：「妳讓我試一試，不試又怎麼知道我不行呢？」後來聶小倩果然在王祖賢的美豔扮相底下，狠狠地讓倩女的幽魂再興風作浪一次——就連張國榮也稱讚王祖賢罕見的冰雪聰明，他說王祖賢在拍《倩女幽魂》的時候，身段還很生硬，好些古裝造手都還是張國榮教會她的，可到了第二集《人間道》，燈光一打下去，王祖賢斜眼睨向張國榮，然後一個行雲流水的手勢，「嗆」地一聲彈落在古箏上，那眼神那手勢，氣勢磅礡，早已不可同日而言，把張國榮也給看呆了去——更何況從一開始王祖賢的美麗就是絕對的霸權主義，完全沒有推翻的餘地，以致連倪匡蔡瀾黃霑也爲她打抱不平，「有什麼理由王祖賢沒得入選香港十大靚人？這選舉的機制擺明大有問題。」

我記得亦舒寫王祖賢，寫她有一次在機場的候機室，一踏進去就奇怪裡頭的氣溫怎麼那麼高，幾乎到處都嗅得著男人們焦躁不安的費洛蒙在封閉的空間裡橫衝直闖，直至她看見年輕時候的王祖賢——王祖賢長得高，而且因爲年輕，嘴角總是不由自主地向上揚，不笑的時候看起來也好像在淺淺地笑著，加上淺褐色的眼珠，白皙的皮膚，即便只是穿一件白襯衫搭牛仔褲，臉上根本一點妝都沒有，卻完完整整把整個台北明媚的春光都種到臉上來，那時碰巧王祖賢打算向前輩林青霞看齊，準備登上機飛過去香港發展——亦舒後來嘆了一口氣說，台灣實在過分，已經出了個林青霞，現在又來了個王祖賢，那麼明目張膽地踩過香港，根本就不把香港的女人放在眼裡——而現在想起來，那時候的台灣多麼美好，除了文人，原來也是美人的盛世。

後來忘了是哪一次，讀到王祖賢接受訪問，她談起了齊秦，實際上她唯一真正汲取過的愛情養分也只來自齊秦，她說：「我和齊秦分開，分開的不是當年的齊秦，而是現在的齊秦。」我聽了禁不住一愣，從來不知道王祖賢愛一個人，可以愛得那麼不顯山不露水，愛得那麼情和理都切割得如此分明，並且情一過，事就遷，彷彿她和齊秦在一起的那十五年，明明愛情的朝朝代代都在裡頭，卻也可以說擱下就擱下，一把手抹過去，全盤都不算數，非常震驚於王祖賢和我少年印象中多愁善感優柔寡斷視愛如歸的台灣女

孩實在有太大的差別——後來齊秦有一次到加拿大演出，撥了好幾通電話給王祖賢，始終一通她都不肯接，後來算準了時間，等齊秦上了飛機飛回台北，王祖賢才傳了一則簡訊，「抱歉那幾天都沒怎麼查看電話，錯過了。」人世間所有的錯過，其實都不盡然是天意。而很多時候，在感情上逆轉天意，其實也是一種善意。因爲其中一方不愛了，不想了，不要了，所以也就不以爲意了——王祖賢近年修佛，理應比誰都明白，放下，也是一種修爲，並且是一種死而後已的修爲。齊秦說過，他這一生的遺憾，是遺憾錯過了王祖賢。但王祖賢始終只肯說，她的感情事已經在前半生了結了，而沒有愛情的下半生，才能夠讓她全心全意地愛自己。所以我漸漸學會不再給任何愛情故事設下定局，就好像王祖賢到後來才知道，這世界上不對的人，比對的人多太多太多，有時候你需要經過許許多多個不對的人，才會遇見一個其實也不完全對的那一個。很年輕的時候，王祖賢已經知道自己不是一個可以被愛情差遣和綁架的女人，她不太會心細如塵，發現男人的襪子穿薄了就悄悄買對新的給他換上，但齊秦發新專輯的時候，即便她暫時宣告退隱，也主動回到鏡頭前面，爲齊秦的新歌拍攝音樂錄影帶，並且依照劇情來回赤腳奔跑，甚至跑到腳跟都起泡了，她也只是笑著按了按腳跟說：「沒事，這腳還是跟我以前打籃球的時候一樣，老愛起泡——只要他的唱片賣得好就行了。」她履行的，其實比較傾向愛情的責任。

因此我偶爾想起蘇珊·桑塔格說的：「回憶，是過去對自己發出的一份邀請，邀請自己回到過去的時光面對當時的自己——沒有別人，只有自己。」我很好奇，現在的王祖賢，會是以什麼方式打開門接待突然造訪的回憶，以及回憶裡當時的自己？我想起王祖賢好多年前接受蔡康永的訪問時候說，很多時候一切都是冥冥中有所決定，是你設想不來，也沒有辦法去設想的，愛情也好，事業亦然。一切的一切，很多時候都是「既來之，則安之」。總是到後來吧，我們才知道之後所發生的一切，那一撇一捺，其實一開始就已經在字帖勾上了虛線，就只等我們沿著筆畫順上去而已——我只記得，當時的王祖賢好年輕，說話的聲音低低的，而且跟許多台灣女生一樣，詞句組織能力特別強，每一段話都說得像一篇潤過色的散文。而她把頭髮剪短，剛好貼住耳珠子，一概俐落地往後梳，露出飽滿的額頭，臉上的妝眞乾淨，眉毛很直很濃很堅毅，所謂美得攝人心魄，原來眞有此事，我記得她穿一身黑，只在頸上機伶地圍了一條畫龍點睛的桃紅色圍巾就很美麗——但那時候我開始發覺王祖賢的眼神裡已經有一種淡淡的拒人於千里，客氣的，禮貌的，不是那麼允許別人對她靠近。就算王祖賢在訪問當中選擇的詞彙，停頓的次數，語調的音律，其實都可以聽得出來，她已經不是當年那個因爲不愛念書才加入「台電女籃」亭亭玉立才十五六歲就被邀請拍汽水廣告的美少女，而是已經懂在錄影機面前不著痕跡地繞過她想要模糊下來的記憶的女明星，成熟而霸氣；美麗但銳利。

王祖賢也許不知道，我們其實比她更害怕看見她在我們面前慢慢老去——因爲當王祖賢在歲月裡漸漸溫馴下來，不過是昭示了我們因爲王祖賢而喧囂而熱鬧而生機勃勃的那一段年少輕狂，終於不得不垂下肩膀，獨自坐在安靜的湖畔，看著夕陽墜下，看著暮色四合，而我們當中，誰不是曾經依賴王祖賢的美麗來灌溉曾經蘆葦一般瘋長的青春？天邊一朵王祖賢。王祖賢到現在依然是我們青春記憶裡最高最遠，也最潔淨最輕盈的那一朵雲。就好像褪了色的中學時期和同學們一起合影的那一張照片——鐘聲一響，青春一哄而散，我們甚至不知道曾經一起在補習班裡勾肩搭背的同學最後都流散到哪兒去了，但我們知道大家的記憶裡都藏著一個王祖賢，她躁動了我們的青春，她也溫柔了我們的回憶——只是青春終究只有一次，再倒回來的，我們都知道，已經不是青春，只不過是相對無言，久違了的純眞罷了。

葛優
Ge You

葛優三不

老覺得葛優應該不喜歡住旅館。再高級再奢侈再氣派的旅館他都不喜歡。他不喜歡像其他明星那樣，一踏進旅館房間把行李一甩就拿起電話把一大堆花團錦簇虛情假意的食物叫到房間裡來——然後香檳。然後魚子醬。然後一個人躺在浴缸裡面對著一大盆裝飾得好像脫衣舞娘似的蛋糕發呆。他統統不喜歡。他尤其不喜歡把頭抵在玻璃窗上從酒店高高的樓層往下望，假裝驚訝地望著從美術館或購物商場湧進湧出水流般的時尚人潮。我猜他只會皺起眉心，然後掉過頭來說：「都累了，早點歇著吧。」

葛優是個踏踏實實的北京人。老派的，含蓄的，多少讀過點兒曾國藩的。他沒有特別的有志於世事，所有的名利幾乎都是一把淹過來，水到渠成。但他比誰都明白什麼叫作「靈明無著，物來順應，未來不迎，當時不雜，卽過不戀」，因此葛優不強迫自己，不刁難自己，不跟自己搆不著的理想左纏右鬥，也不允許自己跟自己摔過的傷口傷筋裂骨地折騰——我喜歡葛優，不完全是因爲他的人情練達與行事磊落都成了範兒，給全中國的男人開了一帖讓女人們服服帖帖的藥方，而是在人們看不見他的時候，他一樣也有失魂落魄，也有惆悵哀矜的時候，而葛優——我一直覺得，他其實有一顆全世界最多愁善感的光頭。

他懷念剛結婚那陣子沒房沒錢沒名氣，住進擔任美術導師的太太賀聰的筒子樓，然後倆促著身子，在狹窄的廚房裡炒一碟飯鍋裡剩下的半碗飯，再加一盆紫菜蛋花湯，悉悉窣窣，把兩個人吃得額頭鼻子都冒汗；他懷念那時候飛機降落在跑道上，他還只是一個愛演戲的小龍套，不叫葛爺，不叫馮小剛替他取的另一個名字「優子」，也還不是中國一級演員，他可以慢條斯理，一點也不著急要擠出機艙，而是帶著因爲天生害怕坐飛機而久久未能回過神來的驚魂未定，把艙內的走道讓出來，因爲他知道，機艙外不會有影迷獻花不會有媒體的閃光燈不會有劇組拿著劇本等著他——

葛優是個念舊的男人，念舊的男人身上有一股烤得剛剛好的荷爾蒙，只要不動聲色地撒開來，再怎麼其貌不揚，也可以讓女人胡亂綰了個簪，茶粗飯淡，隨他躲進雜亂的胡同裡，每天晚上把碗筷齊齊整整地擺在飯桌上，然後時不時用手背探一探盛湯的碗，怕湯擱涼了，怕菜炒老了，怕他路上遇上個什麼個事兒耽誤了——雖然到頭來我們都知道，一對男女被緣分拆散被命運戲耍被無常輾過的痛苦很多時候不是想避就避得開的，可是念舊的男人至少可以把女人摁在椅子上，陪她一起紅著臉流著汗，一起水深火熱地貪戀滴在燒得赤紅的人生的爐灶上，吱吱作響的那一滴蜜糖。

後來葛優慢慢火了，慢慢成了大腕了，慢慢頂著顆有名有目有堂號的光頭在江湖上呼風喚雨了，我卻突然記起葛優很多很多年前曾經說過，「做菜好，我挺喜歡做菜，做菜能把人的心沉下來」——所以人不在外頭拍戲的時候葛優特愛躲進家裡的廚房磨磨蹭蹭，就算不燒菜不做飯，也會把廚房裡掛著的鍋碗瓢盆，來來回回地摸上一遍。甚至他有個也是當演員的外甥呂行也說：「我老舅的家常菜做得可好了，他平時和我媽閒聊，聊的都是什麼菜怎麼做特別好吃。」而且葛優特別愛做魚，最拿手的是蒜爆魚，手起刀落，把買回來的活魚現殺現煮，而且喜歡專心地在魚肚子裡慢慢鋪上新鮮的翠綠的好看的時令蔬菜，就好像在給心愛的女人吹乾頭髮編辮子，我看過葛優在電影裡掌勺，那手勢之輕巧，那姿態之神氣，遠遠比他的演技更靈活更生動。而葛優煮魚，好吃的從來不是那尾魚，而是葛優以味蕾做餌，藉一尾魚的鮮美，在飯桌上釣出和家人的愛和依賴。

我喜歡聽葛爺說，人這輩子沒啥好怕的，不怕醜，不怕窮，就怕做人心不誠。因此無論做菜或做人，葛優總是做到由內到外都面面俱圓，周圍從來沒有和他合不來的，大家都說，葛優身邊沒有仇人，他總是寧可得罪自己也不願意得罪別人。而且葛優特別疼愛家人，平時把所有的應酬都推掉，把接通告以外的時間都攢起來，然後鑽進廚房裡研究家常菜，給父母親還有媳婦弄點好吃的，所以大家都打趣叫他「廚神」，叫他「味王」，叫他「食將」。有一次聽馮小剛說，《紐約時報》派人到北京來說是要跟葛優做個專訪，葛優卻一再以家裡有事走不開推辭了，馮小剛知道後第一時間就衝到他面前，「我說優子，這不就是個大好機會順便給打進好萊塢嗎，你咋就把人家給推了？」葛優半低下頭，結結巴巴地說：「不行啊，答應了家裡的老人家，要給他們陽台買塊地板革，實在拖不得。」所以就連陳凱歌也說，葛優是全中國最「絕」的男人，而葛優的「絕」，絕在「絕對出色的演員，絕對孝順的兒子，絕對忠誠的丈夫」，除此之外，他什麼都不是，就只是一個懂得把戲演得虎虎生風的中庸的男人。

葛優不抽香菸，都只抽雪茄。有時候和朋友們比如趙薇比如韓紅碰個面聚個餐什麼的，爲了不想太招搖，他還是會把熠熠生輝的光頭用棒球帽遮起來，然後拿著一把折扇，一手提著雪茄，悠悠地抽上兩口，那眼神迷迷茫茫的，看上去竟有點像十七八歲剛剛失戀的小伙子——很明顯那當兒他身體裡面那個不曉得該何去何從的少年突然就冒了出來了——而我其實喜歡這樣子的葛優。至少證明了即將邁入暮年的他仍然保持著年輕時動不動就對未來摩拳擦掌、時不時還仍然樂意被夢想哄騙的他自己。偉大與聲名無關，完全在於你有沒有遵從過自己。然後我想起一句對白，卻記不清片名了，「政客，醜陋的建築，還有妓女，只要活得夠長命，到最後都會得到敬重。」而演員其實也一樣。你待得夠久，就算只是個甘草演員，到最後人們都會對你刮目相看。更何況葛優？

戲殺青了，演員的責任盡了，片酬的尾期收了，該跑的宣傳也跑完了，葛優就主動把鋒芒留給導演，特不高興繼續跟戲裡面的角色拉拉扯扯。他不是姜文，不是那種大鳴大放的男人，他不張揚，不得瑟，跟電影無關的事情，葛優其實一句都不愛說，「都說想訪問我，都說想瞭解我」，這樣的話葛優一聽就特別想閃想躲想逃，「我也不是愛玩神祕什麼的，我就是不愛聊太多的自己而已。」到現在那心理障礙都還在，就好像他從來不會瞎起鬨也從來不會人來瘋，平時跟媒體打交道，「一對一還好，人一多，來個群訪什麼的，我就緊張得頻頻想上洗手間，一點大明星的氣派都沒有。」但這樣的葛優其實挺可愛的。他按著自己的步伐過自己的日子，不虛張聲勢，不隨便讓子彈亂飛。

可葛優偏偏在電影裡常常就被派演騙子的角色，騙財騙色騙感情，各式各樣都有，好像眞的騙出一個專業戶來了——我記得姜文說過，眞正的好演員，單是在角色裡有人性是不夠的，還要有獸性，要能夠大奸大壞，才算得上出彩，而搆得上這水準的演員只有兩個，一個是葛優，一個是周潤發。他們是那種你被他騙了，還想讓他再騙一次，好仔細看看他到底是怎麼騙倒自己的。實際上葛優老覺得自己還挺討人喜歡，隨和，不怎麼發脾氣，一發脾氣就跺腳就後悔，罵自己「怎麼就沒本事好好跟人家說呢，你看看，你看看」——六十耳順的人了。因爲家裡沒有小孩，所以沒有必要扳起臉孔扮大人，所以心裡面那個躲著藏著的小孩偶爾還可以跳出來撒撒野，橫豎就是他和他太太之間的事。但葛優表面上中庸，骨子裡還是有傲氣的，他說過一句話：「這舞台我既然站了上去，除非我自己願意，否則誰也別想趕我下台。」葛優不喜歡人們叫他戲子，覺得戲子這詞兒有貶義，聽起來有點低，但偶爾人們把他捧得太高了，叫他人民藝術家或演藝大師什麼的，他又有點渾身不自然，老覺得頭上那頂帽子壓得頭有點疼，一有機會就想把那帽子挪一挪轉一轉，因爲他自己知道，其實也就幾部戲演得還可以，大家說喜歡他，其實是喜歡戲裡面那個詼諧的滿腦子餿主意的角色，不是葛優他本身。

而我印象中的葛優二不，是不喜歡上館子。他說過：「家裡如果不開伙，還成什麼家？」因此葛優平時招呼親友，死活都把大伙請到家裡來，由他和太太兩個人張羅一桌子好吃的，而夫妻倆就一邊做菜一邊喜滋滋地從廚房側過頭往客廳望，只要看見大伙一個也沒落的都聚在了一起，做起菜也就特別的來勁。葛優記得，他結婚時在西單附近「玉華樓」一家小餐館請親友們吃一頓，過了好多年，葛優還靦腆地笑著說：「那年頭掙得少，日子過得緊巴巴的，請客的飯錢還要請餐館的朋友打點折。」後來葛優賺上了錢，第一件事就是把父母帶到美國探望妹妹葛佳，而且郵輪火車飛機，海陸空三棲都要

給父母體驗一通，結果旅程走到一半，父親笑著說：「這些五星級酒店的西餐，哪能和我兒子的廚藝比？」葛優聽了就笑了笑，知道父親開始想念家鄉菜了，而妹妹家裡的廚房太小，於是馬上聯絡定居美國的北京朋友，到對方家裡借廚房借炊具，然後開車到唐人街把材料都買齊，二話不說，把圍裙套上，就給父親弄老人家愛吃的粉蒸肉，酸菜魚，水煮肉片，蝦仁炒西芹，變魔術似的變出滿桌子的家鄉菜，父親往餐桌一坐，笑得眼睛都不見了，葛優記得，那一餐老人家吃得特別開心，胃口好得不得了——

後來父親過世，葛優偶爾站在北京家裡的廚房，循例將粉蒸肉拌勻，然後在碗底鋪一層土豆片，專心地用中火蒸個半小時，等顏色變淺紅才可以端上桌，結果葛優一邊等，一邊想起和父親圍坐在桌子上吃飯的場面，眼淚吧嗒吧嗒地落下來，傷心得連手裡的勺子都抓不穩，人世間最大的遺憾，是你明明煮好了父母親特愛吃的菜，可已經端不到他們的面前去了——一個長久揣在心裡的親人不在了，就好像一顆心被誰捅了個洞，偶爾安靜下來的時候，總會聽見風聲呼呼地在那洞口裡來來回回地呼嘯，尤其是那個生養你的人走了之後，所有的快樂，不過是苦中作的樂，是虛的，幻的，是短暫的，是不實在的。

而父親去世之後，母親一直跟著葛優生活，葛優心疼媽媽老了牙齒咬不動了，每天炒菜都先盛起他和太太那一份，然後再將母親吃的來來回回再炒得更軟一些更爛一些才端上桌，這樣的體貼，並不是每一個做子女的都有心機細心細意地做。就好像我記起母親最後的日子，因爲老人家的味蕾嚴重退化，吃什麼都覺得味道太寡，不斷往米線湯和小米粥澆上一圈又一圈的醬油，我們見了連忙伸手阻止，她老人家就摔下匙羹發脾氣，「不甜不鹹，一點味道都沒有，不吃了！」愛，有時候除了是責任，除了是包容，還必須是小心翼翼試著穿上對方的鞋子，替對方的處境設想。我老在想，愛的回報如果有個方程式，那麼無微不至的體貼和設身處地的關懷，恐怕才是求根的公式。因此葛優爲他父母親做的不是電影裡才會出現的情節，也不是編劇植入他角色裡的芯片，而是因爲他解開了愛的細枝末節，所以才會把這些回報父母親的愛的密碼，直接寫進身體內的化學結構，必要的時候就會誠懇地反應出來，所以葛優演的戲，或緊或懈，都特別容易觸動人，是因爲他演的不是一個角色，而是他自己，是衆生，也是我們。

這也是爲什麼，從一開始我就一廂情願地覺得，葛優不住高級公寓不住別墅，而是住在穿過長長的胡同走到根，宅門半掩，京味兒四下漫溢的四合院。而四合院的構造本來就有很重的爺們氣，坐北朝南，早晨把光拉進來，院子裡有兩棵樹，或棗樹，或楊樹，偶爾還有三兩隻不怕生的野貓闖進來，徑自跳到樹上，一邊曬著太陽，一邊舒服地打著盹，而所有的四合院，在情在理，都必須掛上個鳥籠，籠門輕輕地打開，裡頭有沒有養著一兩只虎皮鸚鵡根本不是件事兒，倒是早晨醒來，常常有畫眉和百靈啁啾著停在屋檐上，在鳥籠周邊百囀千聲，卻怎麼都不願意鑽進鳥籠棲身——

我記得在書裡讀過，四合院講究的是「天棚魚缸石榴樹」，猜想院角那棵老得一派莊嚴的石榴樹，葛優大抵是會把它留下的吧？樹和人一樣，老了要不精了，要不漸漸地慈眉善目下來了，而葛優喜歡在四合院的黃昏裡抽空自己，光坐著，臉上帶著沒有表情的表情，像個出世的智者，坐在顛顛簸簸的大時代的大篷車上，臉上始終如一地維持著不動聲色的微笑，偶爾抽幾口雪茄，把日子過得安安靜靜的——而那份安靜，像不請自來的風，穿過了袖子，緊緊地貼在胸膛上，斯斯文文的，從此賴著不肯走，一點也不野蠻，一點也不。

輯二

空

孟小冬

Meng Xiaodong

——一冬已足壓千紅

她把頭髮剪短，很短，短得髮腳剛巧抵在耳垂下方，恰好把臉上的線條一刀縱開，顯得益發的倔強剛烈。一聽說梅蘭芳的祖太太過世了，她慌忙在髮際別上一朵白花，在街上神色憂戚地急步疾走，也顧不上全北平的人都朝她打量，可剛想拾級跨入梅府，看門的下人即時迎向前來，臉色有點爲難，說梅夫人福芝芳交代，誰人都可以登門給祖老太太憑弔，單就除了孟小冬——

她聽了，先是頓了一頓，隨卽輕輕昂起下巴，眼神篤定，神情倨傲，一句話也不說，等到梅蘭芳和和福芝芳聞訊趕了出來，她依然維持緘默，沒有呼天搶地，沒有歇斯底里，只直直地盯著梅蘭芳，而梅蘭芳急得原本從容俊秀的臉頓時皺成一團，卻也只敢懦懦地低聲向福芝芳求情，並沒有卽時衝上前去排開衆人將她攆進屋裡去，她整顆心就是在那一刻，慢慢地、慢慢地涼了下來，一直涼到腳趾頭——奇怪，一個女人是不是找對了人，通常都是要透過另外一個女人來證明——她再望一眼梅蘭芳，眼神沒有責備，只有一層一層的冰涼，然後轉過身，一言不發掉頭而去，孟小冬有孟小冬的骨氣，誰也別指望差遣她的人生。

這大概也是爲什麼，原本我想寫的是梅蘭芳，後來卻發現和孟小冬相較之下，梅蘭芳對感情恁個拖泥帶水，唯唯諾諾，三進三退，活脫脫就是另外一個蓬船借傘的許仙，遠遠不如孟小冬果敢狠絕，要不不愛，要愛就要愛得奮不顧身，愛情不是接過別人盤子裡的殘羹剩肴，孟小冬這一生唯一滑過的一跤，就是誤以爲梅蘭芳可以託付終生。

而我認識的孟小冬，說巧也巧，說不巧也不巧，有一部分竟是通過章子怡——章子怡在戲裡穿起旗袍，腰很細，但那細是民國的細，婀娜中帶著剛烈，跟張曼玉在《花樣年華》穿的旗袍迥然不同，張曼玉的旗袍嫵媚柔曼，多少帶點殖民地風味，說白了就是太過洋氣，太過妖嬈華麗。而章子怡演的孟小冬，在粉藍色的旗袍上罩了件白色網眼針織小外套，完全一派家教好，修養好，知書又達禮的樣子，氣韻意外的素雅。我尤其記得戲裡有一幕，她站在梅蘭芳的房門前，那是她第一次與梅蘭芳同台演出，下了戲妝也等不及卸，就踱到梅蘭芳的房門前，把手舉起來再收回去、舉起來再收回去，來來回回，終於還是敲在梅蘭芳的房門上，而黎明演的梅蘭芳應聲而出，問：「孟小姐，是妳敲的門？」她嫣然一笑，一臉的色如春曉，跟早前台上那一個老生，怎麼看都是兩個人，怎麼看，眼前的孟小冬都是個清雅若梅，秀麗如玉的女人，然後她把一枝花遞過去，對梅蘭芳說，「送給你」，分明是自己先把網撒了出去，再自己把自己困進網裡頭去。

我特別喜歡孟小冬，老覺得戲裡戲外，台上台下，孟小冬是個走得很前的女人，在那個時候已儼然是個極前衛的女獨分子。她喜歡梅蘭芳，衝風冒雪地喜歡，明知道梅蘭芳已有二房妻室，還是堅持在她十九歲的時候，沒有大事鋪張，沒有驚動梨園裡的任何一個人，堂堂「冬皇」第一女老生，矮下身子，不計名分，嫁給大她十三歲的梅蘭

芳——我依稀讀過一篇文章，說梅蘭芳特別愛喝豆汁，當年他剛和孟小冬在一塊的時候，兩個人常一塊到北京一家叫「豆汁丁」的老店喝豆汁，每每他們兩個京劇大腕一出現，那一整個轟動啊，一個是京劇大王，一個是天下第一女老生，簡直就快把那家小店給擠破了。況且那時候的報章也愛花邊，特別是京劇名伶的花邊，單是孟小冬和比她年長十三歲的梅蘭芳在一起，整個北京城早就嚷嚷開了，偏偏孟小冬一點都不避忌——後來梅蘭芳蓄鬚明志，退到上海去，不肯給日本人唱戲，但還是經常惦記這一口，因此弟子荀慧生從北京到上海演出的時候，什麼都可以不帶，就一定要打上四斤豆汁，裝在大瓶子裡，一路上搖搖晃晃的，坐火車帶去給梅蘭芳解嘴饞，也紀念他和孟小冬剛剛開始走在一起的時光。

後來才看仔細了，梅蘭芳對孟小冬，三分是憐，三分是重，剩下的三分，竟也不全然都是愛，因爲他更愛的，是他叱吒梨園的聲譽，他風靡海外的前程——而孟小冬脾氣太倔，性子太烈，既高傲又孤僻，怎麼都不及梅蘭芳二房福芝芳圓滑體貼識大體。因此到最後，距離與摩擦，終究擊垮了眷戀和依賴，意興漸漸闌珊的孟小冬其實好幾次提出與梅蘭芳分開，結果還是拗不過梅蘭芳的哀求與癡纏，惘惘地留了下來。而最後一根稻草，是孟小冬聽說梅蘭芳聽從了身邊「梅黨」的規勸，說是爲了保住名節與聲望，就必須得做出決定，捨「孟」留「福」，而那聽回來的風聲，簡直就像一支劍朝她胸前穿心而過，孟小冬鐵下心離開之前，特地把梅蘭芳約到她住的院子裡，院子裡有兩株巍峨的香椿樹，恩愛的時候，梅蘭芳常陪孟小冬在香椿樹下讀書唱詞寫字，因此孟小冬站在香椿樹下，給梅蘭芳擱下最後兩句話，「今後我要麼不唱戲，要唱戲不會唱得比你差；今後我要麼不嫁人，要嫁人也不會嫁得比你差」，那淩人氣勢，完全彰顯出現代女性才有的自重自強和自信自負，禁不住連我也暗中要給孟小冬喝上好幾聲采。

而就好像張愛玲替白流蘇撐腰時說過的，離了婚的女人，可別以爲她們的故事大抵也就要結束了，其實還早著呢——孟小冬的下一個男人，連蔣介石也要站起來和他碰杯的上海傳奇大亨杜月笙，其實才是她愛情的啓蒙，也其實才彌補了她和梅蘭芳的南柯一夢。杜月笙雖然不明說，但大家都看在眼裡，早在孟小冬還跟梅蘭芳在一起的時候，已經對孟小冬心生欽慕，他可以爲了看孟小冬的一台戲，支開身邊的嘍囉，一個人從上海坐火車到北平，他只是習慣把眞正心愛的人和事都埋得特別深。

杜月笙愛京劇，恰巧與梅蘭芳離異之後的孟小冬，與杜月笙同是梨園伶人的四姨太

走得近，間接也就得到杜月笙不露聲色的關照，開始了撲朔迷離的交往，後來平津淪陷，杜月笙決定帶著姨太太們撤離到香港，臨走之前邀孟小冬和他一起撤退，孟小冬氣定神閒，也不是完全沒有心機的，只問了一句：「那我是以朋友的身分還是什麼的？」杜月笙聽了，當下直起身來，

原本孱弱的身子突然精神起來，即刻補了一場簡單的婚禮，也不鋪張，就一家子人吃頓飯，拍幾張照片，給孟小冬堂堂亮亮的一個名分，至於那幾張照片，據說到現在還存在上海博物館內。

而這一段婚姻，現在回頭看，竟多少有點《傾城之戀》的況味，都難得一場戰爭的爆發，都難得一座城市的淪陷，才成全了六十歲的杜月笙把孟小冬娶過門。當時杜月笙的身子已大不如前，長年穿著一件素色長衫，面白而瘦弱，很多時候都在病榻上，是孟小冬一直侍候在側，據杜月笙的兒子杜維善，知名古錢幣收藏家，後來提起孟小冬時，星移物換地說，杜月笙在婚禮上就要孩子們下跪，稱沒有生育的孟小冬「媽咪」，而孟小冬對待杜月笙，也不是全然沒有心計的，她會說笑話逗杜月笙笑，也頗會討杜月笙歡心，尤其是孟小冬的上海閒話說得「剛噶好」，常常用上海話跟杜月笙說體己話，杜月笙離世前一年，幾乎都是孟小冬在陪著這位黑道起家，卻作風儒雅的杜先生。

至於孟小冬，則是一九七七年在台灣下的世，離開得還挺利索的，好端端的忽然病了一場，結果沒好起來就走了——這多少應了她原本就男人一般不囉嗦不糾纏的性格，既然早晚都得走，還不如走得撇脫一些。她是個見過世面的女人，而生與死，不外都是世面，她比誰都知道怎麼見好就收，知道怎麼長話短說，完全沒有興趣和這個世界拖拖拉拉——更何況，我們的人生，長的永遠是遺憾，短的永遠是依伴。離世之前，孟小冬其實已經從香港過台灣住了十年，那十年裡一直獨居，生活過得比普通人還普通，並不是一句洗盡鉛華就能形容的，平時也就那麼幾個人偶爾到她家裡走動，陪她打打牌說說戲，她的眉眼就舒坦了，而且她晚年的日子也不寒傖，靠的是早年唱戲掙落的，還有就是杜月笙另外撥開給她留下的。

可我至今還是驚歎，年輕時的孟小冬真漂亮，她的漂亮帶點英氣，臉型略方，眉目清朗，身形也高眺，很多時候出席社交場合，均做男裝，不施脂粉，一派俊色，就算放到今天，也還是一張特別有個性、特別耐看、特別有滋有味的超模臉——而這樣子的氣質，在那個時候多難得啊，杜月笙喜歡孟小冬，就是喜歡她那一副誰都得罪得起、誰都不肯賣帳的神氣。我看過好幾張孟小冬與杜月笙的照片，照片中的兩個人其實十分般配，有一張孟小冬在旗袍外搭了件長大衣，手裡抓著個手袋，嘴唇塗得豔紅豔紅的，和杜先生坐在屋外燦爛爛的陽光底下，抿嘴淺笑，現在看上去孟小冬的打扮竟然一點都不過時，且時尚得很。

年輕時候的孟小冬，聽說偶爾也愛抽上兩口大菸，抽起大菸時雙眼迷離的孟小冬難得的嫵媚，一臉的欲拒還迎，常常把閱「美人」無數的杜月笙，也都給看愣了。可再怎麼抽，孟小冬的嗓子還是保養得好好的，唱起戲來，翻江倒海，策馬入林，絕不馬虎。晚年告別戲台之後的孟小冬，始終不肯開口再唱，連親近的朋友央她清唱兩句，她也是不肯的，據說她最後一次清唱，是唱給張大千聽的，張大千愛煞了孟小冬的唱腔，孟小冬破例給張大千清唱兩句，已經算是天大的面子了。後來和她熟悉的後輩問她，「冬皇啊，您還預不預備唱啊」，她笑了笑，佯裝清了清嗓子，然後回過頭來問一句：「琴呢？沒琴咋唱？」當時最後一個給孟小冬拉琴的是王瑞芝，他也下世了，曲藝塵散，注定了那裊裊地拉上去的琴音，已經遲遲地落不下來，往事一幕接一幕，幕幕都如煙，怎麼也挑不起孟小冬這絕世坤伶，頭戴黑素羅帽，身穿青玄箭衣，腰配墨綠寶劍，腳蹬薄底快靴，吊好嗓子開腔的興頭了。

梅蘭芳

Mei Lanfang

尋梅一笑萬古春

（——是陳凱歌親自接的機。張國榮一抵步，陳凱歌說，路上辛苦了，要不先回飯店歇著吧？張國榮斜斜地把臉側了側，慢聲細氣，對陳凱歌說，我想先到梅老闆的墓地去一趟——九二年的北京，春末，夏未至。而梅蘭芳葬於北京西郊萬花山，墓地甬道和墓基上，都由一朵朵石雕梅花構成，就連墓地中央，也用水泥澆注出一朵大大的梅花，然後漢白玉墓碑上，刻的是陪了梅蘭芳大半輩子的秘書許姬傳親手寫的字：「梅蘭芳之墓」，字體端莊雅致，張國榮畢恭畢敬，趨前祭祀，末了把頭靠過去，嫣然一笑，在墓碑前照了一張相——梨園最講究的就是輩分，不逾越，不衝撞，不冒犯，而這戲園子的老規矩張國榮懂，張國榮這初來乍到的虞姬，居然比誰都懂。）

後來我看到一張照片。那照片照得眞好。是梅蘭芳和曾經拜他爲師的「老四」程硯秋在梅宅合的影。照片裡兩人都打扮得十分得體，梅蘭芳穿一身剪裁合身的西裝，眉宇間隱隱有一股把場面壓下去的勁頭，而小他十歲的程硯秋，個頭比他大，則跟隨當時伶人們時興的打扮，一身閃亮亮的長袍馬褂，臉上有掩不住的自得之意，以爲名氣大了，就可以和師傅平起平坐了——而那時候北京的冬日特別長，院子裡和屋檐子上都還留著來不及溶解的雪，那一大片落下來的厚厚的積雪，總要好長、好長的一段時間才能慢慢消融，似乎也在暗示著梅蘭芳和程硯秋師徒之間的小摩擦和小怨懟，難免也需要很長、很長的時間慢慢融解。當年的梨園，戲打對台，根本就是劃破師徒情義最鋒利的匕首——

而程硯秋個性本來就火爆好強，當時京劇四大名旦，以梅蘭芳爲首，尙小雲居二，程硯秋排第三，荀慧生殿後；後來程硯秋進了一位爬上第二，荀慧生落了第三，尙小雲反而排在了最後。個性平和的梅蘭芳，一直爲程硯秋的爭氣感到欣慰，當年程硯秋跟著他的時候，很有個徒弟的樣子，亦步亦趨，在梅蘭芳推出的戲目《上元夫人》還演過宮女，梅老闆也不藏私，也親自教授他「貴妃」怎麼「醉酒」，後來程硯秋有了出息，憑自己獨特的唱腔自創「程派」，梅蘭芳看著心裡也高興，只是戲園子的看客愛煽風點火，程硯秋門裡的人也鼓譟著，要程硯秋另起「程派」，和師父梅蘭芳的「梅派」打對台——開頭這事壓根兒影響不了兩人的關係，後來傳出梅蘭芳暗地裡派個小學徒到戲園子看程硯秋的戲回來再從頭到尾演一遍給他看，看後卻不以爲意，漸漸兩個人就多少有了芥蒂，但梅蘭芳一向胸襟遼闊有氣度，只說過那麼一次，「我和老四在很多問題上是談不攏的，我『梅派』和他『程派』也不可能合二爲一，我有我的《霸王別姬》，他有他的《文姬歸漢》，京劇一百多年，好看就好看在花色紛繁，各人有各人的唱腔和戲目，中國這麼大，喜歡哪一樣的戲迷就奔哪一位去好了，這樣子梨園才美不勝收啊。」三言兩句，就得體地把這場風雲給輕輕化解開去。

另外，梅蘭芳也是知恩圖報之人，齊白石愛聽梅蘭芳唱戲，而梅蘭芳則愛畫畫，很多人不知曉，梅老闆其實還有另外一個身分，是名畫家，開過畫展也賣過畫，曾拜齊白石爲師，有一次齊白石到梅蘭芳家裡去，瞥了眼梅蘭芳掛在牆上的花啊鳥啊佛像啊，沉吟了一下，說：「是進步了，不錯，不錯，挺不錯。」但梅蘭芳知道齊白石客氣，馬上捉緊機會，「我最喜歡老師畫的草蟲和魚蝦呢，您要不今天就給我指點指點行不？」齊白石聽了，笑著答應：「行啊。我教你畫，你回頭唱一段給我聽。」梅蘭芳囑咐下人，趕緊吩咐把琴師請過來，隨著齊白石卽從筆筒裡挑出畫筆，在畫紙上畫起草蟲來——之後梅蘭芳提起，仍然十分欽佩，「老師使了不少顏色，可洗過筆的水，清清亮亮，可見眞的是大師啊，不但沒有廢筆，連廢色也沒有。」而且齊白石畫的草蟲子，一隻一隻，都生動得彷彿排著隊就要爬出紙外似的。

後來有一次，齊白石來看梅蘭芳演出，沒有拿到好位置，坐到了最後一排，梅蘭芳知道了，親自到台下攙扶齊白石坐到台前來，並且驕傲地向大家介紹眼前這位衣著樸素的老人家，「這位是名畫家齊白石先生，我的老師。」而梅郎如斯尊師重道如此知恩圖報，就像一片秋光，閃過心頭，怎麼著都讓我特別欽佩。還有一次，臘月廿三，臨近新歲，天氣冷得像刀鋒，會割人，梅蘭芳派人接齊白石到戲園子看自己壓軸的《貴妃醉酒》，戲演完後齊白石到後台看望梅蘭芳，一個踉蹌，說是腿腳有點麻痹，還沒卸妝的梅蘭芳馬上蹲下身，將齊白石的鞋子脫掉，把齊白石的雙腳托到胸前用手焐著，並且喊人趕快打盆熱水給齊白石燙燙腳，梅蘭芳這反應，莫說把白石老人惹得老淚縱橫，連後台的每個人都給驚呆了，像是被梅老闆當堂刮了一巴掌，活生生上了一堂尊師重道的課，齊白石後來還寫過一首詩，「而今淪落長安市，幸有梅郎識姓名」，稱讚梅蘭芳念舊思恩。

我愛讀野書，讀過汪曾祺寫梅蘭芳，他說梅老闆對吃食算不上考究，但十分自律，不吃辣，不喝酒，不像程硯秋，可以眼睛眨也不眨，在上海的「老正興」一口氣吃下八隻大閘蟹；連吃起來十分油膩的「青魚托肺」——青魚的內臟，他也可以一次吃兩隻。旦角之中，就數程硯秋最好吃，也吃得特別兇。而梅蘭芳特愛宮保雞丁，餐餐獨沽這一味，但也只是點到卽止，再多一箸也是不肯的。這倒也叫我記起一事，據說和梅蘭芳搭檔演出《霸王別姬》的霸王楊小樓，長得方頭大臉的，不上妝就已經很有霸王「相」，他在家裡吃飯，下人從廚房端出一盆熱騰騰的餃子，他悉悉索索吃完了，轉過頭囑身邊的管家：「到後邊問問，我夠了沒？」乍聽之下好生奇怪，彷彿肚子不長在他楊老闆身上似的，其實想深了，當時的坤伶，身邊都有隨班打點飲食，吃多吃少，都在拿捏和計算當中，放縱不得。

而汪曾祺本身也寫寫京戲腳本，多少摸清楚伶人們哪個眞有眞本事，哪個眞有好本領，比如梅蘭芳，梅老闆每推出一出新戲，都一定會創一個很低的腔，學唱梅派的人都知道，梅老闆的低腔最是難學，也偏偏最是好聽，猶如一傾瀑布，從九天之上揚開來直衝而下，哀婉至極，所以每次聽梅蘭芳唱《打漁殺家》裡的蕭桂英，央求父親扳轉船頭回家時念的那一句，「孩兒捨不得爹爹啊——」，汪曾祺的眼淚馬上就刷了下來，原因是梅蘭芳唱戲，每一句都錐人心，每一句都動眞情，加上梅老闆梨園世家出身，自小戲聽得多也看得多，懂得提著刀斧把「舊戲做新」，重新雕琢——尤其梅蘭芳在戲台上，每唱一句，聲、色、形、神俱到；每走一步，唱、念、動、作皆準，卽便是靜下來不動，那不動，也有氣韻在流轉，在戲台上通過內心的動，帶出形體的動，雲手一揮，撩人萬分，讓看客們沉醉在他氣象萬千的流光溢彩，厲害得不得了。

倒是抗戰期間，因爲氣節，堅決不肯低下頭在日寇管制下演出，梅蘭芳三番幾次，對上門邀他演出的日本人推說年紀大了，嗓子壞了，唱不了戲了，並且還故意蓄起鬍鬚，似乎鐵下心辭別戲台，不再出演旦角了，整整八年抗戰，梅蘭芳就憋了整整八年，說不唱就一句都不唱，梅老闆的愛國情操當時的確讓人暗地裡欽佩，等到抗戰一勝利，梅蘭芳立刻從香港返回上海，並且在「美琪大戲院」公開演出——梅蘭芳本來是唱京劇的，但崑曲其實也唱得好，因爲八年沒唱，嗓子還沒完全養回來，而皮簧戲調門高，梅蘭芳難免犯嘀咕，擔心唱功荒廢了，沒有十成把握唱得上去，於是崑曲大師俞振飛就獻議：「要不就先唱崑曲吧，調門低，您心裡也有個底。」

結果崑曲大師父俞振飛和京劇第一旦角梅蘭芳的首次合作，就唱了《遊園驚夢》，而那時候的白先勇，年紀還小，懵懵懂懂，根本不懂戲，第一次看戲就是跟著家人看梅蘭芳在台上演杜麗娘，而梅蘭芳封口八年，正式復出，所造成的轟動，據說和暴動差不多，「那個時候，黑市票簡直太過瘋狂，叫價一根金條一張。」而當時的上海「美琪大戲院」，平日只播映首輪西片，梅蘭芳在那演出絕對是第一次。白先勇只記得梅蘭芳在戲台上的水袖揮得特別水靈特別秀麗，不但服裝華美，扮相也嬌美，而最美的是那首〈皂羅袍〉，笙簫管笛，悠然蕩開，一嘆三唱的曲調，既嫵媚又婉麗，「——原來奼紫千紅看遍，似這般都付與斷井頹垣，良辰美景奈何天，賞心樂事誰家院」，那一段唱

詞，將中文的意境完全詩化，美得將人的心都揉成了一團，大家眼眶禁不住一熱，骨頭都酥了——我一直沒有忘記，戲劇是大化的藝術，而小說，則是微化的藝術，可這兩者兜了個圈回來，終究還是和人生脫不了關係。

至於梅蘭芳在戲台上的美，美在他每一個柔若無骨的蘭花指手姿，美在他的哀怨嬌癡，像一個標誌著中國的符號，嫵媚地走進戲台下的看客們心醉神迷的眼神裡，當年的梅蘭芳，甚至把豐子愷也迷得神魂顛倒，豐子愷曾經說過，「梅郎的美，無論是身材或樣貌，都接近希臘的維納斯，完全具備東方標準人體資格」，加上唱戲時的身段和扮相，看上去就像一朶工筆重彩的牡丹，雍容華貴，濃淡相宜，豔極卻不俗，稍一露臉，全場頓時春意盎然——也難怪福芝芳氣定神閒地對孟小冬說，「梅老闆不會是你的，也不會是我的，他是座兒的，是天下的——」。

而一段唱兒，不能句句都有好兒，人生何嘗不是這樣？有高低，就有起落，動不動和命運斤斤計較，不舒眉不暢懷不寬心的，那又何必？於是我想起梅蘭芳，想起他堅韌的從容和頑強的淡定。人生和戲曲一樣，充滿了動靜。有動方能有靜。年輕時誰不是動得太多也動得太浪了呢？然後年紀慢慢大了，動不了了，才訕訕地安靜下來——開頭總還是躁動不安的，開頭也總還是不肯就範的，等到漸漸在歲月面前自知理虧，這才明白了什麼叫星月無情人無常——士不可以不弘毅。我當然明白孔夫子這句話的含義。但也明白實在不容易做到事事都弘毅。弘毅不就是自律的意思嗎？但弘毅的至高境界，是在不爲難自己的生活裡維持自尊和自律，不是生活上而是精神上的自尊和自律，這多少就有點難度。有時候，你沒有打算和這個世界過不去，但偏偏這個世界的運轉，一反手就把你捲進虛幻的絢麗的空洞的但其實是你一直都抗拒投身而入的漩渦裡去。

記得陳凱歌說過，他父親因爲參與拍攝有關梅蘭芳的紀錄片，跟梅蘭芳稔熟，小時候曾在梅宅寄住過幾天，印象之中，當時的梅蘭芳，約有四旬光景，品貌絕美，卽便褪下戲台上的扮相，依然是個美丈夫，而且梅蘭芳很安靜，也特別愛乾淨，老愛穿著白色的衣服，靜靜地陷在沙發上沉思，不太說話，但臉上隱隱透著恍惚的深遠的笑意，氣質和後來演他的黎明其實有點相近，都是在關鍵時刻很有主見，但平時卻很謹愼的一個人。而且陳凱歌見過梅蘭芳在院子裡當庭舞劍，梅蘭芳體態依然輕盈，動作十分敏捷，把劍舞得寒光閃閃，風聲颼颼，臉上的英氣和劍氣咄咄逼人，一圈接一圈，把自己舞進水潑不進的劍光圈裡——也因此陳凱歌一直覺得梅蘭芳很神祕，似乎離大家很近，其實跟大家隔得很遠，很安靜，很平和，很優雅的一種遠。

（——而黎明其實也很靜。一種雍容華貴的安靜。我見過年輕時候的黎明。他和你說話的時候，身體會微微前傾，褐色的眼珠緊緊地抓著你不放，然後上嘴唇掀開的幅度不大，說話的聲音比唱歌的時候好聽，用字斯文誠懇，讓人想起英國的藍血貴族子弟，從來不在人前皺眉，就連和人對話時眨眼的次數，也是訓練過的——這點想必和梅蘭芳十分相似，也就是所謂的名門氣派，在安靜和淡定底下，心底的計算，風起雲湧。因此陳凱歌第一天試戲，看見黎明穿著長衫，臉上帶了妝，不斷撩起長衫的下擺，在攝影棚的走廊上神色凝重地走來走去，不斷在磨戲，也不斷端起打了蠟保養的雙手在揣摩梅大爺獨創的蘭花手，很努力地想走進梅蘭芳的角色裡去，心裡多少有點激動。但演員神魔不分地進入一個角色終究只有兩條途徑，一個是撕裂自己，另一個是被角色撕裂，黎明不是張國榮，兩者都不是他所願意的，他太小心翼翼，太愛惜自己，終究沒肯放下身段，多走這一步——多走這凶山惡水的一步。）

阮玲玉
Ruan Lingyu

——十里梅花香雪海

（其實一開始就決定避開「人言可畏」這四個字。阮玲玉的一生，嘆息再長，春光再短，也不應當永遠被這四個字硬生生給框死。她其實沒有辜負過她得天獨厚的美麗，她也曾經在她那個時代的電影世界裡呼風喚雨，她更享受過在上海最豪華的舞廳狂歡暢舞，甚至，她也和其他平凡的女人一樣，眼睛眨也不眨，在愛情的牌桌上豪邁地把自己的一生都押注下去——無論是張達民的無賴，還是唐季珊的欺瞞，又或者是後來的蔡楚生的糾葛，她都沒有在愛情裡頭輸得太過徹底，她只不過是和許多人一樣——輸給了命運。我沒有特別惋惜阮玲玉的早逝，因爲既然是傳奇，都離不開一個程序，在最燦爛的時候，給大家一個措手不及，急急凋落，匆匆離席，我只是感慨，感慨原來到頭來，每一個女人都一樣，只貪點兒依賴，貪一點兒愛。）

阮玲玉眞愛跳舞。

剛開始的時候，阮玲玉只想單純地跳個舞——那時候的上海，上舞廳跳舞是件時髦的事，而阮玲玉特別喜歡倫巴，覺得倫巴出奇不意的擺一擺頭、扭一扭臀，正好可以把她駘蕩的風情掉得滿地都是。常常，她在舞池中跳得興起，會禁不住回一回眸，抛下一兩個寓意深長的微笑，那麼的駕輕就熟，那麼的旁若無人，把嫵媚當作是女明星耍慣的伎倆，讓舞池邊撿了去的名流和士紳，都受寵若驚地愣了一愣，更何況她完全知道，那時候的上海，那年代的風月，有一半是因爲她。

結果她那一剎那的芳華，恰巧被唐季珊給撞上了。唐季珊低下頭，笑著敲了敲手裡的菸斗，心裡多少有了數，也約略摸淸楚了阮玲玉的來路——不就一個在銀幕上呼風喚雨、卻在生活裡三波四折的女明星嗎？於是第一次把阮玲玉約出來，唐季珊就把阮玲玉帶到全上海最高級的舞廳跳舞，對阮玲玉說：「匯豐飯店的舞廳，是上海租界最堂皇的了，但只有妳阮玲玉，才有本事把整個舞池給跳活。」阮玲玉聽了，婆娑地踢開舞步，在唐季珊的手裡盈盈一轉，順著激情的曖昧的纏綿的音樂，蕩出去再旋回來、旋回來再蕩出去，然後嫣然一笑，眼睛斜斜地鈎住唐季珊，用她軟綿綿的吳儂軟語對唐季珊說：「跳舞要跳得盡興，主要還得看對手帶得好不好。」

啊，這一趟恐怕眞箇是棋逢對手，他們這兩個站在愛情懸崖邊上啁啾的喜鵲，其實都是愛情的老手。而不曉得爲什麼，我老是覺得，在一段愛情正式擦槍走火之前，一支銷魂的舞蹈，永遠都是最魔幻的前奏——面貼面，眼瞅眼，你進我退的試探，靠攏又叉開的誘惑，分明就是明目張膽的勾引，唐季珊怎麼可能不知道這個道理。

因此後來幾乎每個晚上，他都把阮玲玉帶到最豪華的舞廳去，一來是向大家預告，阮玲玉是他唐季珊下一個卽將到手的女人；二來，在舞池裡抒情曼舞的時候，其實最適合拆解對手應對愛情的招式，阮玲玉有次裝著漫不經心地向他暗示：「我這個人最禁不住人家對我好，誰要是對我好，我就會掏心掏肺，把自己整個人都交給他。」其實當時

誰都知道阮玲玉背後還有個死纏爛打的張達民，而唐季珊除了正室，也還有情婦張織雲和糾纏不清的黎灼灼等小明星，他笑著抓緊阮玲玉的手，湊到臉頰邊摩挲，輕輕啓動調情聖手的模式，「只要有妳，其他那些都可以斷掉，倒是我太太那邊，恐怕有點難，如果我馬上就拋棄了她，也會嚇著妳的是吧？這麼沒有責任心和安全感的男人，拿什麼來追求妳？」

在那一刻，奇怪，我竟懷疑唐季珊是真的對阮玲玉動了心的，甚至到了後來，在兩個人準備出庭面對通姦控告的前兩個晚上，唐季珊發怒甩了阮玲玉兩個耳光，我也相信其實他們是深深愛過的，而且在愛得最深刻的時候，也不是沒有設想過也許就這樣天長地久下去了。可攤在愛情面前的，總是考驗太近，總是永恆太遠，總是誰也難免會有遲疑的時候，而所有萌生退意的愛情，就好像尖利地倒吊在洞穴裡的冰雕，雖叫人不寒而慄，卻又出奇的美麗——

如果沒有愛，唐季珊不會一口氣擲下十根金條，給阮玲玉買下靜安區沁園村號三層樓的小洋房，理直氣壯，金屋藏嬌；也不會在阮玲玉離世之後，在他自己後來生意失利，生活最艱難和最顛簸的時刻，依然咬緊對阮玲玉的承諾，每個月從台灣到香港，再輾轉把錢寄到上海供養阮玲玉的母親，直至老人家離世；更加不會把阮玲玉的養女撫養到中學畢業，爾後還親自送她到越南西貢定居。

那年代的上海，男人都不習慣專心愛一個女人，他們都海派，都風流，都倜儻；身邊從來不愁沒有小明星紅舞女把身體貼上來。尤其唐季珊。他年少，多金，又是個八面玲瓏的茶葉大王，結交的都是商賈富紳，一站出來特有一種愛白相的神氣，而且唐季珊十分懂得穿，我記得在阮玲玉去世的前一個晚上，他還提醒阮玲玉：「後天開庭妳穿什麼衣服？」然後告訴阮玲玉，「我會穿黑色西裝打墨綠色領帶，搭妳新裁的那件墨綠色碎花旗袍」，即使面對信用訟訴，即使被小報形容爲姦夫淫婦——他抬起眼嚴厲地望著阮玲玉，「我們也還是要做一對莊嚴高貴的姦夫淫婦」。對唐季珊來說，無論被生活逼到什麼樣的一個趕盡殺絕的地步，形象和氣派還是馬虎不得。

於是我想起張愛玲說的，其實我們每個人都住在身上穿著的那件衣服裡面——尤其我一直認爲，衣服就是堡壘，就是城牆，就算我們沒有能力改變周遭的生活條件，至少在穿衣這件事頭上，還是可以完全不受束縛地建立起和我們的個性相符的自信和形象來護衛自己——阮玲玉也貪靚，也愛美，也緊張怎麼穿，而我比較好奇的是，她如何利用她所向披靡的美麗換取她想要的行頭上的一丁點便利；她如何對專門替她裁製旗袍的上海老師傅說，她旗袍上的花色可以重疊但不可以重複；還有她如何將燙得好像波浪一樣澎湃的捲髮往腦後壓扁，然後抹掉胭脂口紅，以便爭取她想要的時代女性角色而不是風月女郎；她又如何把細細的眉毛畫得像迎風的柳葉一樣向兩鬢輕輕拂去？

我特別記得，阮玲玉在黑白默片時代那驚人的妖嬈和懾人的清秀交替迸發的美麗，而且因爲她瘦，幾近骨感的纖瘦，加上長得並不高，身形夠嬌夠巧，一旦穿上花色濃豔的旗袍，另有一種冷冽的淒愴的落寞的「煙視媚行」，十分讓人震撼，因爲她簡直把旗袍穿成了一部迂迴的章回小說，而不只是一節空洞的背景音樂——即便是一件半舊的素色旗袍，阮玲玉在銀幕上穿上去，亂蓬蓬的頭髮斜掠下來，隱隱遮住她一臉的哀傷，並且敞開一片雪白的瘦弱的但又出奇倔強的頸項，明明演的是一朵貧病交迫的孤戀花，可她的美麗還是在電影院裡「蓬」地一聲，一支濃豔露凝香，開得漫山遍野，都是掩不住的炸裂開來的春色。

而阮玲玉在她自殺的那一個晚上，雖然外頭針對她的名譽誣陷喧騰得實在厲害，可她還是一邊遍體鱗傷，一邊痛快淋灕地跳了一整個晚上的舞。她穿著新裁的墨綠色碎花窄身旗袍，挽著唐季珊的手臂，豔光四射的出現在聯華片場宴會廳的歡送會上，然後婀娜著滑下舞池，娉婷裊娜，笑著，跳著，旋轉著，每晃動一下身子，就濺開滿室的豔色，水光粼粼，餘波蕩漾——而阮玲玉的美，是美在她善變，忽而妖嬈，忽而縹緲，忽而令人招架不住，忽而讓人我見猶憐，而且她特別喜歡戴一對造型誇張的吊墜耳環，招搖地懸在耳垂上，一方面修飾了她略圓的鵝蛋臉，一方面像是公然夾著一對誘人的珥，對仰慕她的男人們展開最肆無忌憚的挑逗，往往她一蹙眉一嗔笑一嬌嗲一落寞，那耳環就機靈地旋蕩著，牽引全場的心神，一起被她的美豔，煽動了一次又一次。

甚至在那一個晚上，宴會結束之後，阮玲玉意猶未盡，和唐季珊坐在車上，她明顯有點喝高了，可還是媚笑著對唐季珊說：「我們再兜過去匯豐飯店跳跳舞好不好？」而匯豐飯店的舞廳，一如既往的擁擠，阮玲玉已經不在乎被誰指指點點，故意在舞池中三番四次嬌笑著對唐季珊投懷送抱，因爲這舞池，是她第一次認識唐季珊的地方，也卽將是她最後一次和唐季珊一起跳舞的地方，而隨著華爾滋繞圈，隨著探戈扭臀，隨著倫巴搖晃的阮玲玉，跳得香汗淋灕，跳得嬌聲喘息，也跳得悲從中來，並且她知道，她的明天將永遠不會到來——

（於是我常常想起她微微昂起頭，三〇年代的陽光瀲灩地灑下來，她就著梳妝台的鏡面，把臉湊前去，慢慢的，一筆一筆，把眉毛描成兩條新綠的柳葉梢，而那時候才二十出頭的阮玲玉，特別愛跳舞，眞的愛跳舞。）

黛安娜 Diana

——因爲凋謝所以盛放

（——我可以稱呼妳黛安娜嗎？她聽了嫣然一笑，高興地回應，「當然可以。那我該怎麼稱呼你呢，先生？」然後她主動伸出手，片刻也不猶豫，用力地和我握了一握。）

而我讀到這段報導的時候，當然，黛妃已經去世了。黛妃去世了。所有她經歷過的人生於是都被放大了，所有和她接觸過的人們，結果也都爭先恐後地浮上來了。據說這位和黛妃握過手的愛滋病患後來也離開了。倒是在他離開之前，他常常一有機會就微笑著告訴身邊的人，「黛妃和我握過手，她沒有唾棄我，她沒有。」我特別記得那張照片。黛妃捧著花，微微彎下身，伸出手和這位愛滋病患相握。我記得照片裡的陽光，燦亮亮的，估計是個和暖的春末早晨，夏天開始有點眉目了，黛妃穿一件端莊的白色間條外套，而她那標誌性的金色頭髮在陽光的照射下，一如既往，總是在耳際出其不意地激蕩出一彎流暢的波浪，那麼的眞心誠意，那麼的賞心悅目，而黛妃一句多餘的話也沒有，眼神誠懇而溫柔，望向那眼睛像退潮的海水一樣疲憊的剪了平頭的年輕男孩，然後握著他的手，以身證明，與愛滋病人正常社交，並不會造成傳染——我記得我當時闔上眼，想讓自己的記憶在那張照片上逗留多一陣子，因爲很多時候，逗留多一陣子，其實就是爲了想在記憶裡寄存一輩子——甚至我當時心裡滑過的是，愛滋不會輕易傳染，但愛和善良會，黛妃一直都是「愛」的高度感染群，也是「善良」的強悍傳播者——尤其你永遠估算不到，在愛滋病仍然被視爲不治的罪惡之症的那個時候，黛妃這麼一個溫柔但有力的動作，到底安定了多少人的倉惶不安和自卑自責。

而後來，是明年恰巧是黛妃六十歲冥誕的緣故嗎？我看見有人把鏡頭氣急敗壞地推過去，訪問飾演黛妃的英國女演員，請她列出演好黛安娜的五個祕訣。那女演員眞年輕。劇拍完了，她徹底洗掉頭上的金色染髮素，恢復生機勃發的黑色直髮，風光明媚地笑著說：「哪一點最難演啊，最難的就是黛妃說話的腔調吧，她說話就像是一條平行的直線，然後在說到最後一個字的時候，突然就毫無先兆地往下掉。」還有還有，她雀躍地笑著接下去說：「黛妃喜歡跳舞，所以她走起路來那姿態那步伐也都帶著律動的節奏，要把她走路的神氣眞給學神了還眞的不容易。」我聽了不知道爲什麼，突然就感慨起來——有的致敬，如果處理得不夠謹愼不夠誠懇，又或者部署得太過緊密太過殷勤，在某個層次上，其實就是另一種善意的欺瞞和誣賴。就好像那個年輕的女演員，就造型而言，我老覺得她的眼神太過狡黠銳利，她的世故太過飛揚跋扈，甚至，我努力鑽進她的眼睛，卻在她哀傷的眼神裡頭，遍尋不獲被愛情背叛的四面楚歌以及被條規和禮節五花大綁的嗤之以鼻——我很懷疑，她眞的機靈地在導演和編劇的循循善誘之下，拍遍了黛妃內心的小橋闌干和斷壁殘垣？也許不。應該不。訪問她的團隊設計了幾個問題，很快就把她給絆倒了。她不知道黛妃在二十歲嫁入英國皇室的世紀婚禮上犯了一個小錯誤，當黛妃在宣讀婚禮宣言時一開口就念錯了查爾斯王子的全名，把名字的前後次序對調了；她也答錯了黛妃的婚紗裙襬其實是足足二十五英尺而不是二十三，並且當時還因此而費了點周章才把裙襬擠進馬車；而且黛妃婚紗中的蕾絲花邊，有些來自拍賣會的古老碎布，也有一些來自伊莉莎白女王的奶奶瑪麗女王的老舊禮服，因爲英國人相信，新娘的婚紗一定要「something old, something new, something borrowed, something blue」，女孩子穿著這樣的禮服嫁出去，才會遇得見幸福——

可這又有什麼關係呢？就算演不好黛安娜，其實也是情有可原的事，因爲——我嘆了口氣，就算是黛安娜，到最終還不是演不好她自己？更何況對方只是個未滿二十五歲才剛冒出頭來的女演員？我常想，嫁進英國皇室之前的黛安娜不過是一本珍．奧斯汀寫的《傲慢與偏見》或《理性與感性》，生命裡頭唯一的懸疑永遠是：女主角到底會嫁給誰？因此有讀者諷刺，珍．奧斯汀的小說格局眞小啊，連個轉圜的餘地都沒有，甚至連珍．奧斯汀知道了也忍不住自嘲，「那也沒什麼，就像一幅袖珍畫，你必須用很精緻的筆刷，才能在那僅兩寸寬的小巧的象牙上繪出一幅動人的畫啊」——而黛妃恰然相反。就算不飛上枝頭不嫁入英國皇室當太子妃，她的人生再怎麼平凡，以她的靈慧，也斷然不會只是一張袖珍畫，因爲她太會說故事，太會替自己微憂並且哀傷的故事，做出最迂迴的陳述，像一篇暴雨驕陽的散文詩——

而她眞的很會說故事。比珍・奧斯汀更會說故事。眞正會說故事的人，觀衆才剛剛換個姿勢準備讓自己坐得更舒適一點，以便可以聽得更投入一些，她的故事偏偏這麼巧，已經說完了——故事說完了，留下的則是滿堂的錯愕，大家在故事的尾聲，才發現結局竟然是被暴民施暴掠奪過的童話，因此又是驚愕又是忿怒——尤其是，記得嗎，黛妃最後給自己的人生擲下的那一記讓人震驚和悲慟的驚嘆號，就像一枝箭，同時射穿對大家的童話、對眞理和對信仰的期望和想像。而黛妃逝世那一年才卅六歲，才剛剛從一場荒謬的婚姻裡走出來，才剛剛準備讓自己的人生不再「純屬虛構」。

實際上派到黛妃手上的劇本從一開始我們大概都猜到了。劇情走到最後，不過是一幅生硬的被掛在牆上粉飾太平的童話標本：一個伯爵之女，如何變成了王妃，再如何變成了逆來順受的皇室怨婦——可黛妃站起身，反手就將劇情推翻，換了一個峰迴路轉的筆觸，她微笑著輕輕掠了一下金色的瀏海，親自刪改童話故事應有的起承轉合，在電視上禮貌地對全世界說：「三個人的世界太擁擠，我不介意退到外頭去。」

於是我們看見她自此之後不斷更換故事的場景。她在慈愛地懷抱著愛滋病童或者面

無懼色地前往高危險地區探訪地雷受害者的同時，美麗的她好像也不甘寂寞，也出海，也夜遊，也戀愛，也狂歡。

她刻意在故事的縫隙穿插不同來歷不同可能性的男性角色，讓她的下半節故事滿滿都是綺色，因爲她太明白，作爲一個活在全世界眼皮底下的女人，大家好奇的只是，她的裙襬有沒有足夠長的花邊讓英國這麼多家小眉小眼的小報去滾動去撕裂去編織——

而我猜想她一定告誡過自己，當她鑽進轎車的時候，如果圍觀的群衆沒有人朝她拋擲一束玫瑰，那麼至少有人朝她扔丟幾塊石頭恐怕也是好的。她從來不高興她故事中的女主角終日只會戴著高高的羽毛禮帽出席皇家賽馬或千篇一律地穿著華麗的禮服優雅地向民衆揮手致意——那樣子的場景重複的次數多了，她笑了笑，她說她擔心會愈來愈看不起自己。她說過的，如果勒斃了活出自己的自由，那麼那些浮華那些光環根本就分文不值。我記得巴布·狄倫曾經寫過一首歌詞，那歌詞的意境碰巧和黛妃當時的懊惱和委屈相互呼應，「明天我將索取自由，從你否定的世界索取自由，你一定要給我，我一定要得到」——而「王妃」這兩個字，拆穿了不過只是一份職業，和其他女孩們嚮往的超模或女明星根本沒有兩樣，因爲距離，所以仰望；因爲仰望，故此虛榮，一切不過只是一時的好奇罷了。就好像好一些傳奇的存在，有時候想起來，不過是爲了滿足一些人的好奇。

因此布幔落下來的最後一章，她略略遲疑了一下，但我猜，她應該還挺滿意自己的設計：一條繁忙的通車隧道，第十三根柱子，以及一輛猛力撞上去的跑車。當然如果你夠細心，你應該看見她在一堆跑車殘骸之中故意露出的一小綹金髮，而那一小綹金髮，就好像一封她留給這個世界的遺書，金色的遺書，告訴我們，童話也難免會有倉皇墜落的時候——而且當群眾張大嘴巴，還沒有意會到故事其實已經結束，屬於黛安娜王妃的傳奇，其實剛剛在肯辛頓宮宣告掀開序幕，我彷彿看見她回過頭來，依依不捨地對兩個形容她爲「最搗蛋的家長」的王子們笑了一下，而她靈智的脈搏，也在那個時侯，做了最後一次的跳動——所以在劇情的拿捏和節奏的鋪陳上，你沒有辦法不讚歎，一切都是那麼的緊湊而俐落，就像一首結構精緻華麗的十四行詩，雖然語句故意不對稱，卻沒有忘記在關鍵的句子中間押上半韻，像一匹紗，曼妙地漾開來，漾開來，漾開來——死亡，有時候是一個傳奇的序幕。

所以生命如果是每個人輪流上台說一則故事，黛妃顯然是最後勝出的那一個，因爲她剛開口說，「你們眞的想聽我說故事嗎」，我們其實已經挪出腦海中僅有的那一小塊田，替她種上一棵黛色的玫瑰。因此我常常想念她。不是想念一介王妃。也不是想念一代時尚偶像。而是想念艾爾頓·強爲她寫的〈再見了，英倫玫瑰〉裡的那一朵玫瑰。我想起這首歌的原曲〈風中之燭〉，原本是寫給因爲抵受不住明星光環的壓力和愛情生活的髒亂而輕生的性感偶像瑪麗蓮・夢露——但夢露那個時代終究是不一樣的。那是一個無情的時代。男人要不懦弱，要不卑鄙，而那時候的女性幾乎都是二等公民，在愛情背後，在生活面前，都是。但黛安娜的離開，卻是對到處都是漏洞的禮教和處處表現虛僞的人性做了一場最尖銳的控訴。

偶爾吧，我也會找另一張沙發坐下來，以純粹的時尚角度想念黛妃，想念她如何在攝影棚前面伸出一條長腿，留給鏡頭一個燦爛的笑臉和一抹稍縱卽逝的落寞；想念她俐落地穿上 Jimmy Choo 專門爲她設計的高跟鞋，在舞池上用鋒利的鞋跟踢開她浴火重生之後的線條；想念她如何穿著後來她悉數拍賣出去的七十九件美麗的晚禮服在酒會上顚倒眾生——妳也許不知道，黛妃的身材比例出奇的好，腿長，肩挺，穿起貼身的長裙，結實的腿型若隱若現，而這一種含蓄中帶點叛逆帶點示威帶點離經叛道的性感，特別讓人敬重。而我至今都沒有辦法忘記黛妃臨終前替 Vanity Fair 雜誌拍攝，知名攝影師馬里爾特斯蒂諾掌鏡的最後一組照片，她穿著她最喜歡的 Catherine Walker 特地爲她設計的沙龍式黑色和白色抹胸長裙，整件裙子一顆亮片也沒有，有的只是不喧賓不奪主的珍珠，像一盤砂撒在胸前，可那剪裁之鬼斧神工，卻是機關算盡地隱惡揚善，把黛妃最美麗的一面地一聲迸射出來——她在鏡頭面前燦爛爛地笑著，半點機心和半點煩惱都沒有的樣子，看起來彷彿已經下定決心和自己完全地和解，辭掉不斷扮演一個面面俱圓得讓她的生命逐漸流失其他色素的角色，她離開查爾斯王子，她從皇室退出，她不確定她的將來會不會因此而特別快樂，但至少，她給自己保留了骨子裡的一點點驕傲——這一點讓我想起張愛玲。張愛玲和黛妃一樣，她們不是不相信人，她們只是不相信，人們會毫無理由或毫無條件地相信她們。每一段愛情，其實想深了，怎麼可能不是等值條件的交換呢？我們典當青春換取依偎，到後來我們變賣愛情挽救承諾，每一次的轉折和每一個起伏，其實都是考驗和磨難。而考驗和磨難其實不難。難的是，當自己開始變成一間被歲月磨損得破敗的屋子，他會不會還是那一扇依然願意為你打開讓你看見世界的窗口？

因此黛妃是寂寞的。一個褪下光環的王妃，她的寂寞，在情在理，都是雙倍的。我看過兩張黛妃的照片，一張是她穿著藍色的一件式泳衣坐在跳板上，頭低下來往下望，她那浩瀚的落寞，彷彿隨時都會把她推下那蔚藍的深海之中。還有一張是一九九二年左右吧，她因為官式外訪飛到印度，然後坐在雪白的泰姬陵面前照下了一張相，照片中的黛妃只有一個人——歲月順水推舟，把她推到一個愛情和婚姻都已經奄奄一息的處境，我一直記得的是，黛妃穿了一件火紅的外套，那火紅把她的落寞映照得像血一樣驚心觸目，也把她經歷過的動蕩和解不開的鬱結，根本不需要標上任何一句說明，就已經在她的眉眼之間作出不留情面的陳述。而你知道，歲月總是欺善怕惡，它寬恕了始亂終棄的愛情，卻對宰制人們的運命戰戰兢兢。至於黛安娜，她刪減了「從此公主與王子」的大量情節，在有限的生涯投射無限的光影，然後像一朵失血過多的黛色玫瑰，讓你記得，總有些人，因爲完成了凋謝，所以才恆久盛放。

金・瓊斯

Kim Jones

最後一個又幽玄又怒放的迷路人

I'm Kim。他把手伸過來，輕輕一握，然後幾乎是馬上，就客氣地鬆開了。於是我即刻聯想起機伶的麋鹿，往往嚼光民宅的最後一盆薔薇之後，就輕巧地躍過矮叢，竄回那隱蔽的、綠得好像打翻了一整缸墨汁的樹林，只留下晶亮的瞳孔在暗黑裡轉過頭來，幽幽地閃了一閃——麋鹿都愛吃花，我聽說。

而這其實是好的。證明他沒有爲了名利而忽冷忽熱地焦慮著，也證明他沒有飢腸轆轆地渴望被膜拜被傳頌被神化。他坐下來，將一件超大碼格子襯衫罩在白色圓領衫外，顯得格外的率性，也顯得格外的對朝夕相處的潮流起伏一點都不上心。而戶外的天氣實在明媚，是雪梨陽光充沛的十一月呢，我們坐在Louis Vuitton 辦公室閣樓，他盡量友善地把自己適度地張開，然後專注的，認眞的，但也始終保持一定距離感的配合訪問。我曾見他手腕上安靜地扣著一隻秀氣的古董錶，看上去跟他當時LV男裝創意總監的身分和他推崇將街頭速銷時尚和第一高級品牌結合的設計風格，多少有點格格不入，於是我驚訝地說：「還眞不知道你喜歡古董錶呢。」他一聽，反射性地轉了轉手腕上的實心折疊鋼帶說，「我喜歡有故事的飾物」，並且臉上難得綻開一抹一閃而過的溫柔。

其實我一點也不介意他的冰冷。他的冰冷有一種眞誠。眞誠的冰冷，反而有種讓人鬆了一口氣的安全感，因爲你絕對可以省卻去猜測去估計去掂量，他漫天煙花盛放的熱情背後到底有多少斤兩的眞誠？

然後我想起 Alexander McQueen 開車載他兜風的畫面，車上 McQueen 把 Shalamar 的藍調靈魂樂扭得漫天價響，間中音樂有點吵，但他們一直都很快樂，我其實沒有忘記，他們從一開始就是最好的朋友，兩個同樣是英國時尚設計師，兩個同樣有著天生不同程度的憂鬱氣質——而憂鬱之所以優雅，是因爲它本來就是人類最古老的氣質，我不確定Kim Jones有沒有在McQueen身上看見一部分的未來的他自己，我只記得後來和他重提此事，他低下頭來，靦腆地笑著說：「其實他當時根本就沒有駕駛執照。」

Kim Jones特別喜歡McQueen，是因爲他們都有劑量有限但卻願意對喜歡的人發放的幽默，他們也都喜歡毛茸茸愛鑽進人們懷裡撒嬌的動物，而McQueen離開時留下一隻狗，名字叫薄荷，他交代他的朋友們，要善待薄荷，不要讓薄荷寂寞——Kim Jones後來知道了，眼眶當堂一紅，他也養了三條彪形大狗，他也在他養的大狗面前出奇的溫柔，他說，旅行的時候一切都很美好，唯一的煩惱就是，他偶爾會想念也在想念著他的狗。

而去年吧，事隔十年，當Kim Jones被《英國時裝協會》遴選爲新增獎項「開拓者」的時候，他並沒有留在英國領獎，而是人在南非國家公園的一家旅館，然後通過電話接受主辦方的祝賀，他們問起他的得獎感受，他聽起來好像有點激動，但又好像有點語無倫次，他說：「我只希望在我死之前好好地看完整個世界。」

於是我想起了卡謬。雖然Kim Jones不太讀卡繆，他大量地反覆地讀著的是吳爾芙，他特別喜歡吳爾芙寫的《奧蘭多》，還有奧蘭多說過的，「愛情於他，宛若鋸末與炭渣」，他每一次打開書本重讀，都渾身發燙，都臉頰緋紅，像手忙腳亂又戰戰兢兢的初夜——而我想起的是卡繆一九五七年獲得諾貝爲文學獎的時候，他人在巴黎，正好與朋友們吃著飯，當有人報訊，告訴他獲獎的時候，卡繆的第一個反應是震驚，完完全全的震驚，臉色唰地一聲變得一片蒼白，整個人愣在那裡，久久都說不出一句話來。我猜Kim Jones應該也是那樣的是吧，那麼冰冷地澎湃著，那麼克制地興奮著，同時那麼倉惶地因爲突如其來的名譽而開始有點不知所措——他終究沒有辜負當年在他還未出道就一口氣買下他畢業展所有衣服的John Galliano。

何況「開拓者」這獎項，顯然比「年度最佳設計師」誠懇得多。尤其Kim Jones對於時尚的抱負，一直都藏著良心上對街頭時尚的庇護，他老想縮短天橋與街頭（runway to real way）的距離，而不是冷著臉躲在名牌背後，機關算盡，然後故弄玄虛，扯開人群與名牌的間隔。就好像有些設計師的衣服像詩，美麗，飄渺，半點人間煙火都不食，但Kim Jones不是，他設計的衣服是敍事體，像一顆從槍口迸射而出的子彈，射中當下走動著的青春軀體，也同時敘述著當時如何迷惘如何焦慮的時代背景，讓衣服的領尖與袖口，承載著人們生活上的哀愁與美麗。

而常常，在天橋上看見Kim Jones從後台匆匆半跑出來鞠躬揮手謝幕，之後就像一束光那樣消匿在人們的目光當中，我總是訝異於他過度的安靜與隱約的憂鬱，像個懷才不遇的文藝中人，並且好像這一切的圓滿和他完全沒有直接的關係，可在創意的揮發上，他偏偏是最強悍、最霸道、最喧鬧的那一個，不單悶不吭聲地徹底改寫了男裝的時尚演義，還斗膽把Louis Vuitton這高不可攀的高級時尚至尊和Supreme那深入民心的街牌龍頭老大撮合在一塊，投下一枚震撼男裝時尚的核彈，轟然炸響——

街頭時尚咋就登不上大雅之堂了？不知道爲什麼，我總是認爲每一場時裝周的發表會都是未來會被歷史記載的事發現場，而設計師是主謀，模特是幫凶，他們串通在一起，一把燈光，一串音樂，一張臉孔，一副表情，一個轉身，往往就記錄了那個時代的文化纖維，也記錄了當時掀颳的流行騷動，至於那些虎虎生風充滿侵略性的潮流風向和設計理念，根本就是敘事內容的一部分，就等著被後來的人們驚歎、解讀和顛覆。

但我心裡非常明白，Kim Jones不太可能是第二個Karl Lagerfeld，也應該不會是下

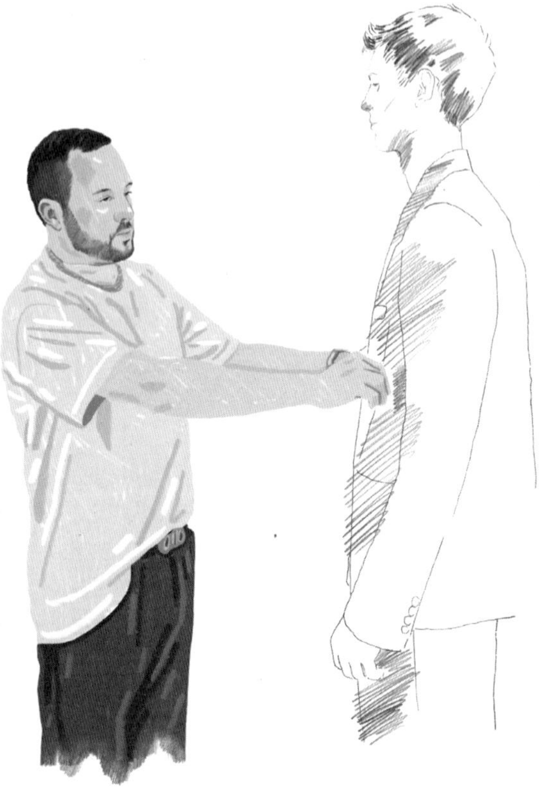

一個 Tom Ford 或 John Galliano——他太過彬彬有禮，缺的正巧是明星時尚設計師們最擅長把弄的聲色犬馬和譁眾取寵，更何況我相信，明星設計師在天橋上呼風喚雨的時代行將過去，因爲我們已經失去仰望天空的耐性。

至於 Kim Jones，他小時候不斷切換的成長背景，一刀一斧，深入淺出，多少決定了他固執的美學脾氣——他對「美是世間萬物存在之根由」終究當作是人文抱負，也始終不離不棄。

由於父親是地質學家，必須領著一家大小不斷遷徙到不同的國土，開發、研究、居住、然後離開，有點像摩登的吉卜賽人，而 Kim Jones 童年有好大一塊組成部分是南非，他說：「我很小的時候就見慣了身形龐大的動物，牠們友善地在人們周圍走動，大象會俯下身來聆聽孩子們貼在牠耳邊說的悄悄話，長頸鹿會主動咬幾片樹上的葉子遞給牠喜愛的小朋友，人類在大自然面前，可以非常祥和安寧美麗。」

而漂流和遷徙，最容易讓人謙卑，Kim Jones 又怎麼可能允許自己淪落爲一個毫無文化良知的創藝人？愈是偏遠的邊界，愈是原始的部落，「美」就愈是不費吹毫之力——比如一塊在沙地上被風鼓動得眼看著就快飛奔而去的鉻黃色毛毯；比如一張在臉上用刀子雕刻出綺幻宗教圖騰的粗糲但慈悲的臉孔；每一次，都來回拉鋸和煎熬著 Kim Jones 設計新系列時所平衡不下來的猶豫與顧慮——多麼可惜，Kim Jones 應該不會懂得，《大般若經・佛母品》有云：「色爲常；色爲無常；色爲常無常；色爲非常非無常。」我喜歡 Kim Jones 的設計，是因爲他的設計敢於冒犯「唯美」，反映出強烈的存在主義層面上的意義，並且偶爾在時髦中牽引出對美的質疑，反而讓他的設計更容易被記認被接近。

我記得Kim Jones說過，他到現在沒有改變過對文字的依賴和眷戀，他提起在西倫敦郊區的住家，他的圖書室與書房毗鄰相依，裡頭至少收藏了上萬本書，而且他自認記性不壞，通過視覺記憶，可以完整地記得所有書籍排列的位置，常常，他通過電話扼要地講述一遍，就可以引導家務助理找到他要的那一本書，甚至他還可以準確地記得，他在某一本書裡頭的某一段篇章，讀過他想要的參考資料——只是，現在還有誰會認眞地去迷戀文字、去爲一段美豔不可方物的文字神魂顚倒呢？所以Kim Jones在社交媒體上冒現的時候，多數藉由圖像說話，而消滅了文字敍述，「圖像其實也不壞，簡單俐落，可以減少許多不必要的誤會和猜測。」可我怎麼還是隱約聽到了他對速食文化和網路風暴的嘲弄？

也就前幾天吧，打開Kim Jones的IG，發現他最新一則貼文是他父親離世的訃告，底下只留了一行字：「謝謝您教會我這世上的一切。」多麼簡潔的一句話，背後卻有著多麼深刻多麼曲折的一份悼念。照片上年輕時候的父親比Kim Jones好看太多太多，有一種接近詹姆斯·迪恩的氣質，尤其是眼神，彷彿把對人生的不屑和不羈，都調混在那帶點質問和懷疑的表情裡頭，他父親在照片裡把大衣的領子豎高，在車內的駕駛座上回過頭，深情地望向舉起相機的那個人——那照片拍得特別生動，足以讓所有思念他父親的人蹲下身子，悲從中來，把臉埋進膝蓋裡痛哭。

我突然記起Kim Jones有個叔叔Colin是六〇年代特別受尊敬的攝影師，曾經爲《國家地理雜誌》和《生活》雜誌拍攝照片，Kim Jones後來說起，他對攝影的喜愛，對照片構圖的吹毛求疵，有很大一部分是來自叔叔。偶爾我也會走花市遊廟會似的，闖入Instagram大觀園裡橫衝亂逛，然後停留在Kim Jones一畝一畝用照片耕耘出來的田塊上，看他和身邊最親密的時尚友人見面喝酒開趴，比如Kate Moss——

他和McQueen一樣偏愛Kate Moss，他不抽菸，並且痛恨菸味，可Kate Moss是他唯一允許在他屋子裡抽菸的人。而Kim Jones痛恨菸味，是因爲他母親生前抽菸抽得很凶，因此就算只是一絲菸味，都會讓他直不起身來，無從招架地想念起他那擁有一半丹麥血統的母親，但他知道自己是多麼的矛盾，「我身邊唯一和母親相關的物件，是她留下來的陶瓷火柴盒——」而且火柴盒上畫了一隻色彩繽紛的貓頭鷹，眼睛大大的，看上去多麼像一本擱在床邊還沒來得及給孩子念完但人已經離開的袖珍童話故事書，Kim Jones 偶爾會把它拿出來，輕輕地握在手裡，他說，「我特別喜歡它，因爲我其實也就只有這麼一件完全是屬於母親的東西了。」所有的記憶，美麗或不美麗的，相信我，常常都是荒謬的、偏執的、野蠻的，也常常都是在無可救藥的自討苦吃。

至於 Kim Jones，他一直都還是那一個沉默寡言的設計師，喧鬧的永遠是他的衣服，而不是他。我應該不會忘記，他過檔 Dior 的第一場秀，請來丹麥王子替他開場和壓軸，而丹麥王子石破天驚的俊秀，在天橋上出現的時候，是那麼的驚心動魄，成功引起了時尚界的視覺暴動，然後大家也才恍然大悟，原來這位氣質比男模還要翡翠還要琉璃的王子，他的母親正是歐洲歷史上首位具有八分一中國血統的亞裔港產王妃文雅麗——相比起十年前憑 Dunhill 奪得《英國時裝協會》頒發「年度最佳男裝設計師」的 Kim Jones，他從 Louis Vuitton 過渡到 Dior 所設計的男裝單品，在風格上，漸漸收窄，漸漸鋒利，漸漸鐙亮，也漸漸彰顯出益發精緻的文藝復興氣息，但我知道，Kim Jones 心裡惦記著的是，管他時尚不時尚，他遺憾自己終究沒有辦法成爲「命運要他演下去的時候，他偏不演了」，那一個又幽玄又怒放的迷路人。

香奈兒

Gabrielle Bonheur "Coco" Chanel

——愛玲不穿香奈兒

（但她們並不認識——於是我在想，如果歲月慈悲，她們來得及彼此相識，那該是多麼美麗的一件事？每一則女人的傳奇，其實都有著另外一個女人的影子，在交叉和重疊之間，影影綽綽，似曾相識。而我常常，常常在香奈兒的傳奇裡頭，看見張愛玲倔強而孤絕的身影，一晃而逝；也常常，常常在張愛玲的小說段落，瞥見香奈兒的裙角，俐落地在門縫邊颯颯而至，不留一點衣香，不留一點門聲——她們合該彼此認識。她們命盤的根基，她們運途的鋪展，還有她們的聰穎靈慧和她們的冰火剛柔，相互輝映，暗中牽絆，是何等親密又何等融洽，並且在運命的倒影和折射底下，風鬟霧鬢，每個女人站在鏡子面前端凝對照，都猶若前身，都恍如隔世：我看到的妳，和妳看到的我，一點都不奇怪，其實都是我們自己。）

終於香奈兒吁一口氣，從鋪滿一桌子的設計草圖抬起頭來，然後透過巴黎麗池飯店四樓套房的窗口望出去——有時候夕陽剛巧熟了，火紅而滾燙，正準備墜落下去，於是香奈兒就笑著站到露台上，舉起香檳，接住往下掉的夕陽，給自己敬上一杯；又有時候，月色撒嬌似的，撒了一天一地的奶白色，罩住了整個巴黎第一區的歌舞昇平，香奈兒於是趕緊補了補口紅，套上她至今仍讓仕女們嚮往的斜紋軟呢外套和雙色高跟鞋，趕著到上流酒會打個招呼亮個相——而麗池飯店套房外頭，卅年前的月亮，和卅年後的月亮，其實都是一樣的，都一樣一臉純眞地世故著，也都一樣一臉世故地純眞著。而香奈兒在麗池飯店三〇二號套房，一住就住了三十四年，住得飯店也特別給她建了個獨立電梯，直抵四樓，替她保護隱私，讓她自由出入，因此她常對人說：「飯店其實比我的寓所，更像一個家。」

可不管怎麼樣，香奈兒只要從飯店套房一抬起頭，看見對街遊人如織車如流水馬如龍的芳登廣場，看見巴黎踩不盡燈火輝煌的繁華盛世，看見上流名媛穿起她設計的套裝昂起下巴，又典雅又自信，一方面成功解放了女性身體，替時裝革命起義，一方面又創立了香奈兒高級品牌，圓滿了經典時尚的意和價值，她於是就高興了——應該沒有人會忘記香奈兒說過的：「香奈兒是一種風格。時尚會過時，但風格永垂不朽。」所以她很年輕的時候就不稀罕詩和遠方。她在意的是權和眼前。少女時期的香奈兒，薄脣，翹鼻，有一頭烏黑的頭髮和一顆玫瑰色的心，她知道一個母親早逝並且被父親遺棄在孤兒院裡頭然後被修女嚴厲督管的女孩兒，如果她想要抓住外面的一些什麼，她就必須先付出她身上擁有的一些什麼。而香奈兒最聰明的是，難得來到這個世界，她絕不想拿著一張命運發給的地圖草草做一名走馬看花的觀光客，她要的是活得精緻而深刻，用命運派給她的籌碼去滾動籌碼，用自己栽種的夢想去壯大夢想——

十八歲的香奈兒離開孤兒院到服裝店當裁縫師那一陣子，每一個周末她都主動留在裁縫店裡，文靜地給軍官縫補褲子，而她靈巧的手藝和美麗的外表，漸漸吸引了軍官們爭先把她邀請到小公園參加他們的派對，然後香奈兒捉緊機會，自告奮勇地站到台上

去——她其實不太會唱歌，也其實只懂得唱一首歌，幾乎每次都唱那一首〈誰看見過可可〉，所以每當她站到台上，台下的軍官們就興奮地對著她喊，「可可，可可，可可」。而「可可」，其實是一隻走失的小狗的名字，香奈兒笑了笑，乾脆把原本的名字「嘉柏麗爾」拿走，換上「可可」，順著大家的喜好，那就把自己叫作「可可・香奈兒」好了——

我在想，名字有時候也是一

種機心。而這名字恰好配上了香奈兒的身分，有一種活潑的、青春的、有畫面感的意象，而且還嗲嗲的，帶點撒嬌的味道和邀請的意味。

就好像張愛玲說的，「取名字是一種小規模的創造」，大多數爲人父母的都樂在其中。但張愛玲這個名字卻不是她給自己取的，而是她那魯莽的母親，名字還沒想好就把十歲的她拐賣人口似的送到學校去，她的小名叫「瑛」，聽上去閃閃縮縮，翳翳嗡嗡，不怎麼響亮，因此洋裡洋氣的母親就索性把她的英文名字胡亂譯兩個字，把她叫作「愛玲」，心裡想著，暫且敷衍過去，看將來什麼時候才改個大氣一點兒的。可到後來，莫說張愛玲不願意改了，就連我們——我們這些寫字的、患上「字癖症」的、流行「字眼兒崇拜」的人，也不肯讓張愛玲改了。因爲這名字最後演變成了最纏綿的文字流派，因爲這名字，成就了近代中國文字最風流的一場浩劫。我們尤其知道，即使香奈兒不叫自己「可可」，即使張愛玲保留「張瑛」的土氣和小家碧玉，她們還是可以在各自的傳奇裡翻江倒海，在不同的時代善用她們的才氣和天賦叱吒風雲。不都說了嗎，一朵玫瑰無論叫什麼名字還是一朵玫瑰，可妳總得「行走時香風細細，坐下時淹然百媚」才行啊。

然後說到愛情，那個時代的巴黎就像海明威說的——一場流動的饗宴，衣香鬢影，姿彩斑爛，特別適合讓浪漫發酵，也特別適合讓愛情滋生，因此香奈兒的愛情生活，發生過的，其實遠比記錄下來的還要豐富。她從來不否認和作家海明威、畫家畢卡索和達利、詩人尙・考克多、作曲家斯特拉溫斯基，還有俄羅斯皇族、英國公爵、德國納粹軍官馮丁克拉克都過往甚密，都有過祕而不宣的情愫——「情人」兩個字，基本上是香奈兒那個時候的「第一人稱」，也是她最稱職的角色。她知道情人們喜歡她，是因爲她對愛情從不全力以赴，她永遠有更重要的事排在愛情前頭需要應付。甚至英國公爵開口要娶她爲妻，她第一個反應是驚愕，然後斷然拒絕，「公爵夫人可以有很多個，但Coco Chanel僅此一個。」因此要香奈兒被一個男人降伏，基本上是不可能的事。就算她曾經因爲當過德國納粹高官的情婦而被法國道德法庭拘捕，以致她必須流亡瑞士，一半逃亡，一半隱市，整整十餘年不問世事，到後來重回巴黎，她也只是輕描淡寫地說：「我和他的確認識。但這段感情只是經歷，不是歸宿。」

因此對比之下，張愛玲對胡蘭成一往情深，到後來山一程水一程地追上去，仍然沒有辦法將胡蘭成攔下，到底是一件她悵惘而沮喪的事。因此寫給胡蘭成的絕交信裡張愛玲才會說，「你不要來尋我，即或寫信來，我亦是不看的了」，雖然那字裡行間的恨，其實也還是帶著愛的，一點也比不上香奈兒對愛情的撇絕和冷漠——香奈兒的不愛，是親手活埋一段感情，不再回應，不再回顧，連懺悔和哀悼，也全都是不必要的。愛情最可怕的地方是，原本應該過去的原來還沒有過去——而張愛玲和香奈兒不約而同，分別和當間諜以及當漢奸的男人有一段過去，這一段過去過不過得去，完全在於她們是不是能夠承受得住盛名下的孤獨，是不是能夠在最短的時間，及時讓自己遇上另一個人恰巧把槳搖過來的，給她們一場善意的擺渡。

所以香奈兒從一開始就把自己當成一個名牌一樣地經營：時尚化，傳奇化，永繼化，她不介意先行離開，但名字必須得傳承下去。就算香奈兒不承認，其實大伙兒誰都看得出，她對自己的身世有太沉重的自卑，自卑家庭的殘破和離散，自卑躲在孤兒院和修道院裡蒼白的少女香奈兒，並且那自卑就像一條不懷好意並且陰魂不散的影子，在她背後被拉得好長好長——興許就是這緣故吧，香奈兒總是放縱自己在奢華的生活裡漂泊，把飯店布置成家，把自己放逐在酒會和文化沙龍之間，然後微笑著暗中捅破愛情的舴艋舟，河水灌進舟裡，寧可一世漂泊，也不願意把男人的懷抱當作海岸——

是於她一決定在巴黎麗池飯店長期租下來的時候就和飯店經理交涉，首先必須得允許她移動套房的布置和裝飾，並且接納和她一起入住的還有她鍾愛的烏木家私、漆面屏風、古董燈具、駝色沙發、一面又一面的鏡子，還有一幅又一幅好幾位藝術家朋友送給她的畫作。香奈兒笑著說，她不喜歡太大的空間，她享受的是窒息感，所以每到一處新的地方，第一件事就是把屏風移過來，將自己緊緊包圍，給自己建構喧鬧中的私密，活得飽滿而孤獨。而且她住過的地方，不論是瑞士洛桑的別墅、麗池飯店的私套房，還是巴黎康朋街名店林立的香奈兒總部頂層公寓，裡面一定有好幾幅東方烏木漆面屏風——她甚至自我調侃，「瞧，我根本就是一隻蝸牛嘛，無論去哪，都會帶著兩片烏木漆面屏風，就好像蝸牛背上背著的殼一樣。」而香奈兒顯然在視覺的排場上驕縱慣了，她喜歡藉擺設，製造風華盛世的幻覺，製造被前呼後擁的空虛的滿足，也製造她對生命的本質和歸宿其實不甚理解的掩飾。

於是我禁不住想起張愛玲，想起張愛玲的離世。即便再悲涼再落魄，張愛玲離開的方式，至少恪守了她一路孤絕到底的堅持，一個人，在家徒四壁的公寓癱倒，屋子裡連一張家私都沒有，身上只蓋了一張薄薄的毛毯——我在想，她在嚥下最後一口氣的那當兒，還是不肯鬆開她的嚴重潔癖，就是和這個世界，永遠地保持距離：不靠近，不依

賴；不友好，不熟絡。張愛玲跟香奈兒最不一樣的地方是，兩人都是傳奇，卻是底氣迴然不同的傳奇，香奈兒喜歡熱鬧，在熱鬧裡優雅地治療她隱藏的重度孤獨症，所以巴黎麗池飯店的私人套房，根本就是她打開來讓朋友將她包圍的心理治療室，她還說，「奇怪，每當我夢見死後在天堂的生活，夢裡出現的場景，就是麗池飯店一個模樣」——而後來，她果真在象徵巴黎貴族權勢的

麗池飯店床上躺下，撫著發疼的胸口，眼一閉就過去了，以她最貫徹始終的優雅，完成傳奇的最後一個步驟。

而我是在香奈兒去世後才知道原來五是她的幸運數字，她之前交代過了，死後不選擇留在巴黎，而是將自己安葬在瑞士的洛桑，墓碑上雕刻著的，是五個溫柔的石獅子頭。於是我想起瑪麗蓮．夢露說的，「睡覺的時候我什麼都沒穿，只穿香奈兒五號」——而這支因夢露的挑逗而聲名大噪的香水，原來也是經過了五次的來回研發才製成，到後來香奈兒開始有點不耐煩了，回來調香師問她要給香水取什麼名字，她隨手一揮，索性就給香水取了五號這個名字，用這個數字連接她和這個世界的相處。

倒是張愛玲，她對世界始終如一，高度敏感地維持著嚴密的警戒與疏離，誰都別想對她靠近——張愛玲搬了一百八十多次家，總是神經兮兮地，硬說是要避開記者們對她的追蹤和騷擾，她說，那些記者們又機靈又勤快，連她悄悄拉開門縫丟到屋外去的垃圾也不放棄，一遍一遍地翻來覆去，尋找張愛玲老來落魄荒蕪的蛛絲馬跡——尤其是張愛玲寫下的字，都有可能把張愛玲的傳奇一續再續，因此張愛玲丟棄的紙張，筆記和稿件，對他們來說都是最寶貴的收集——後來吧，張愛玲寫信告訴朋友，她在洛杉磯住了二十三年，爲了避開令她不舒服的蚤子，所以必須不斷地搬家，必須隨身就只帶著幾個塑膠袋子，必須把所有的財物都丟失都捨棄，甚至早已準備隱姓埋名，必要時也可以把張愛玲這個名字丟下不理，她還說，她想要搬到拉斯維加斯或鳳凰城去，因爲她相信，唯有住到沙漠裡去，才能避開蚤子在她的幻想症裡不斷地出現不斷地向她追襲。

因此在她謝世一個星期之後才被發現的公寓裡邊，沒有沙發沒有椅子沒有餐桌，也沒有任何家具，而她就躺在靠的唯一一張行軍床上去世，身上蓋了條薄薄的毯子——而我特別好奇的是，那毯子的顏色，是不是像暗夜的冷空般，藍到泛紫？一種絕對張愛玲的顏色？命運雖然蹂躪了張愛玲的晚年，但也維護了她的尊嚴，張愛玲其實就應該這樣子空蕩蕩的離場，空蕩蕩的，讓喜歡她的人禁不住鼻子一酸，蹲下來把臉埋進膝蓋裡，安靜地爲一生虔誠寫字的人的下場深刻地哀悼至少一次——有時候，僻靜和孤絕，才是最華麗也最蒼涼的陪伴。

我比較遺憾的是，愛玲不穿香奈兒。我有我膚淺的虛榮。我始終認爲，女人一定要穿對了衣服，世界才會跟著她轉動。就好像我特別喜歡香奈兒八十好幾的一張照片，她邁開腳步越過巴黎的街頭，穿一身格紋花呢外套，腳下彷彿有風，一臉熠熠的神采，沿途飛揚——而穿衣對香奈兒來說，是一堂神聖的早課，她一直虔誠地不間斷地持誦。至於張愛玲，張愛玲的遺物包括一件洋裝，看不出什麼設計，七分袖，大方領，布質有點寒傖，不太像是張愛玲愛穿的挺拔得接近凶狠的款式。印象中的張愛玲，穿總要穿得特別講究，對她來說，打扮是一種自欺欺人的樂趣，她從來不在哄騙自己這件事上省心省力，她愛穿奇裝炫服，愛裹斗篷，愛穿旗袍——尤其是高領子旗袍，以便隱惡揚善，把她略長的脖子硬生生地安撫下來。多可惜愛玲不穿香奈兒，要不她穿上花呢外套，裡面搭一件白色眞絲上衣，並且在頸上繞兩圈長長的珍珠項鍊，然後站在賴雅身邊，嫻靜地、東方地微笑著，陽光細細碎碎地灑下來，並且歲月沒有食言，眞的給她批下幾年短暫的恬然和安逸，這樣的張愛玲，其實看上去很美，很美，眞的很美——

我一直相信，美麗是一種布施，一個美麗的女人，即便站在煙塵四起的鬧市皺著眉頭等車子，整條街的人還是會被她的美麗普渡，而香奈兒的衣服，張愛玲的文字，其實也是，其實都是。

輯三

浮

蔣勳

Chiang Hsun

留得蔣勳聽雨聲

蔣勳老師眞豁達。而老師的豁達，益發映照出原來我一直都活得戰戰兢兢，活得封閉而侷促——也許是湊巧，那天我傳了個簡訊給老師請安，估計當時老師應該是從身旁的學生手中把電話給接過去的吧，明明身體出了狀況，老師卻還是禮數周全，仔細回應我的問候，「剛忙完布展，心肌梗塞，送回台北，下午做心導管手術——」我一讀，心底一緊，當下多麼懊悔自己的莽撞，那條訊息傳得實在不是時候，又憂心又歉疚，但老師沒事人一般，還把躺在醫院病床上的照片傳了過來，笑意盈盈地說，「現在一身插管子針袋，很難堪」，甚至還頑皮地補上一句，「我把鼻管氧氣拿掉，好看一些。」但照片裡老師的笑容還是一樣的和暖，一樣的寬厚，不知道爲什麼，我看了鼻子禁不住一酸，一整天的心情灰得像剝成了片的雲，掉了滿街滿地，人走在上頭，感覺腳步浮浮的，尤其在車聲喧譁，人流洶湧，交通燈興高采烈地轉紅轉綠的城市場景，實實在在感覺人生其實是多麼的不實在。

而老師是池上的駐鄉藝術家，那陣子老師應該是在池上穀倉美術館忙著爲他敬愛的臺靜農教授布展，一半因爲過度操勞，一半因爲求好心切，所以才發現身體不適，尤其老師與臺靜農教授緣分很深，一直以來都仿若是臺靜農教授的校外弟子，在人世與藝術的擺渡上，兩人都惺惺相惜，都對衆生分外憐惜，並且對萬物都懷抱一份浩瀚的關切，極深極深，我特別記得他們都愛說，「栗里溪童亦人子，東山伎女是蒼生」，兩人在骨子底下，都湊巧有著又狂妄又謙和的氣質——狂妄的是創意，謙和的是處世，很是讓人看上去格外的舒心愜意。我隱隱記得老師提起，有一次老師還帶著林懷民老師，到臺靜農教授出落得宛如日本院落的家裡種荷，而那缸裡養著的荷花，想必開得既俊秀又婀娜吧我猜，所以臺靜農教授才會一時特別高興，叨著香菸，安靜地旋著小小的酒杯，從字到畫，從教育到藝術，緩緩細訴台灣長久被維持下來的簡樸與秀美。也因此蔣勳老師一直提醒大家，將來的台灣，一定不可以把臺靜農這名字給忘記——後來老師出了院，告訴我說，「大陣仗，小手術，裝了三支架，一切平安」，我心裡這才多少舒坦下來。

而我其實與老師素昧平生，一次面都還沒有機會見過，我和老師相連，完全是一粒字結的緣，我記得有一次我在臉書上寫了一個別字，把「砭」人肌骨，寫成「貶」人肌骨，老師有文字上的潔癖，讀了我鋪的文，終於忍不住在底下留言，把我的錯別字順手給挑了出來——我當時見了就特別高興，猶如你在一條僻靜的巷弄開了一家不起眼的咖啡店，然後一個你心儀的尊敬的人低調地推門進來，喝完之後告訴你說，「欸，咖啡真不錯，如果沖煮水溫可以稍微再高一些也許會更好」，於是你就相信，你調的咖啡其實還真不壞，真不壞。而那貼心的感覺，也有點像有一次你從衣櫃裡抽出一件好久沒穿的針織上衣，興致高昂地和一群朋友擠在咖啡座喝一杯口味偏鋒的研磨咖啡，那味道之峰迴路轉，讓你禁不住微微皺起了眉，然後其中一位朋友忽然跟服務生要來一把小剪刀，不動聲色地把你手肘上扯開的線頭小心翼翼地給剪掉；又好像你匆匆忙忙趕到酒會，盡量表現得江湖老練地混在熟悉和不熟悉的人客當中燦笑舉杯，然後有人輕輕貼了過來，順勢將你翻開的衣領扳正——不知道爲什麼，愈是這樣漫不經心的體貼，愈是讓我當場有天雷地火的撼動。

我一直嚮往親近老師，有一次我跟老師提起，多想到池上走走，陪老師散散步，聽老師說說話，跟老師到老師的畫室看看，看看就好，然後到老師常去的小店吃個豆包喝碗杏仁茶，我記得那時候剛剛過了春分，老師說：「看看芒種前後吧，希望疫癘可以平息，也想帶你看看池上。」可大半年就這樣惶惶然過了去，疫情不但沒有平息，反而餘波三番四次忽起忽落，池上之行也不得不按捺下來，而人在失序的時光裡說沒有驚慌沒有不安是騙人的，反而時時刻刻，都覺得人生實在虛幻實在脆弱，想見的人，想到的地方，好像愈來愈遠，好像愈來愈不可及。正如老師說的，這一次全球鬧疫，衆生受困受苦，也許是一次機會被生死逼問，什麼捨得，什麼捨不得？我偶爾在想，從老師居住的舊教員宿舍看出去的那條河到底長什麼樣子呢？會不會娟秀一如老師的字畫？會不會誠懇老實一如老師一路來特別疼惜的農民？因爲有一次老師告訴我：「還好家裡有窗，窗外可以看河，等居家檢疫解禁後，就可以到河邊散步了。」於是我就記下來了。老師喜歡散步，每天早上花兩個小時散步，在散步裡發現一花一草一青苔的美，也在散步裡感受節氣與歲月的交替，而老師把散過的步，都寫進文字裡，讀起來每一段路都特別的有詩意，都各別的藏著老師想說的如何完成每一段生命的含義——

我其實很想跟老師說，我從小長大的地方和池上極其相似，是一座向北的小小的米鄉，而我中學的學校靠近港口，每年八九月靠近稻米收成的時候，那稻穗在呼呼的風裡像嬉笑著胡鬧著的孩子一般，一起挺背一起彎腰，猶如一波接一波的金黃色的稻禾捲起的浪，煞是好看——而好幾次，我在黃昏裡爬上學校禮堂前面的老松樹望出去，感覺學校就好像建在一大片稻田中央，綠汪汪的，然後蒼綠的松葉在風裡唰唰地拂到臉上，慈祥得讓人好想低下頭掉眼淚，那景象到現在還在記憶裡沙沙作響，一直到我漸漸到了開始懂得小心翼翼地在心裡養一缸心事不讓它倒洩出來的年紀，那縱橫交錯的阡陌，那因飽滿而低下頭的稻穗，還有那豐盛的收割之後，稻農們一把火把田燒乾淨，準備下一季的播種，田裡還飄著火苗漸漸熄滅下去留下的焦味，霎時之間，把十七歲的天空拉得好高好高，高得適合下了課的少年穿著校服，在暮色四合之前，把電單車開進田畈，一把一把地把心事撒進田裡——

後來我計劃出書，第一個闖進腦子裡的不是封面設計，也不是排版風格，而是——如果能夠邀請蔣勳老師替我的新書寫幾個字，那該是多麼美好的一件事哪。結果竟眞的收到了老師的回覆，老師說他其實已經跟台灣幾位出版社的朋友推薦我的文字，希望可以把我的文字帶到台灣去，並且一口答應替我寫序，「我會講眞心話的」，老師特別加了一句。我還記得我當時那股得意勁兒啊，蔣勳老師替我的新書寫序，那意義遠比專欄終於落實出版更浩瀚，更蔚然，因爲老師在我眼裡，太像一面鏡子，明亮澄靜，時刻向我映照著跟美相關的萬象，而且老師從來給我的感覺都是非常厚實的一個人——這厚實瓣開來，除了美學修養和文學底蘊，還有老師人格上的魅力，溫柔但澎湃，特別讓人想親近，還有老對衆生的愛與憐惜，漸漸提升成一種值得讓喜歡老師的讀者去跟隨的信念，甚至漸漸形成生活上的一種儀式，一種對萬物帶著敬意的審美意識。我尤其喜歡老師把對衆生的愛隨手拉成一條鍊子，然後不經意地串起來，讓我們這些習慣了閱讀老師文字書寫的散落在天涯的讀者，慢慢地也就有了一條可以去攀附的軌道。老師文字之美，美在學養，美在修爲，美在素淨，美在平實，尤其老師不帶修飾成分，具體的文字意象，在現實和非現實的層面上，對景對物對衆生，一概平等，沒有間離。

特別想提的是，老師給我寫的那篇序文，是蔣勳老師在驚蟄後一天，和林懷民老師因眼看著新冠疫情即將大規模爆發，決定縮短歐遊行程，當機立斷飛回台灣的前一晚，在倫敦看完雲門的演出之後給我寫的——我常常感念的是，文字其實待我不薄，我因文字，著實結下不少善緣。蔣勳老師取消了到巴黎和碧娜·鮑許舞團團員的會面、取消了往比利時看有史以來最大型的凡艾克展、取消了到西西里度假，但沒有取消答應給我的第一本書寫序——並且在直飛回台北之後，馬上把出版社要求的豎寫簽名也傳了過來，單就這一點，已經不僅僅是說聲「感激」就能表達的。

偶爾老師讀了我的專欄，也會傳一則簡訊給我，附上一幅多年前老師寫過的詩句，「他們說的繁華，只是前世忘不掉的一次花季」——老師說，這句子讓他想起我浮雕過的那些人物。老師懂人。除了字畫的美與詩詞的迂迴與深邃，老師尤其懂人，懂人在背後如何與歲月辭別與糾纏，也懂人在背後如何對自己幽禁與告解——懂人的人，總是特別動人。老師喜歡碧娜·鮑許，還有芙烈達·卡蘿，喜歡她們的自我鮮明，也喜歡年輕時候的陳百強和梅艷芳，說他們真正漂亮。我喜歡蔣勳老師的美學評析背後有對人的憐惜和嘆息，喜歡老師說過，在顛沛流離喘著粗氣的日子裡，生活最高級的美，不外是顧

城說的：「草在結它的種子，風在搖它的葉子，我們站著，不說話，就十分美好。」眞正化繁爲簡的人生，老師教會了我，是在層次上追求淡遠，是在漫漶和暈染當中不去察覺，像水墨那樣，一潑卽收——如果領悟，是一種收穫；那麼遺忘，其實也是一種記憶。

　可惜我始終眷戀俗世紅塵，眷戀人——對於我陸陸續續「鏤空」與「浮雕」過的那些人物，因爲重新將他們斑爛過的人生剪開、放大，修補和縫紉，然後在他們經歷的大悲大喜和小情小愛當中，看見他們把斷裂的結合，也看見他們在圓滿中崩潰，心底多少會有一種歉疚的情緒——我從來不喜歡一氣呵成的人生，少了轉折和停頓，少了回眸和佇候。太過筆挺的人生，常常因爲缺少了一串嘆息而了無誠意。而所有的明星與名人，認眞追究起來，其實都是一宗宗時代的懸案，被印製在一張張粗糙的新聞紙上，讓後來的人反覆傳閱。因此我書寫的對象，都只是在「鏤空」的流離歲月，「浮雕」人世間的眉眼與鋼索，將這些曾經觸動過某一個年代的生命，以及他們特立獨行，沒有辦法被複製的才氣和美麗，拉過來向我們靠近。而我在文字裡頭掩飾不住的迷戀，是迷戀人的繁華與荒涼，是迷戀世間的繽紛與寂寥——這蔣勳老師其實第一眼就給刺穿了。一生太短，一生只演一個角色太委屈，所以我十分享受在文字中喬裝成另外一個人，潛入他們生命的某一個段落或某一處章節，陪他們在突然放寬的河道上，把迎風招搖的船帆收短一些，再收短一些，好讓我跟他們再靠近一些，再更靠近一些，我很相信，這應該會是件多麼有趣的事。

不知道爲什麼，有一次我讀太宰治寫富士山，寫他在富士山的山腳下遇見一位根本對富士山不看一眼，反而凝視著富士山相反方向的山路斷崖的老婆婆，太宰治親暱地往老婆婆身邊靠了靠，嘗試和老婆婆維持同樣的姿勢望著懸崖方向，逗老婆婆說話，然後那老婆婆漫不經心地用手指了一指路旁金黃色，開得極其鮮豔的草對太宰治說，「看，月見草」——太宰治順著老婆婆的手指看過去，那朵月見草和三千七百多米的富士山勇敢地對峙著，紋絲不動，堅強挺立，彷彿在和遙遠的富士山相互較量生命的韌度，顯得特別特別的美，而太宰治在那一刻，眞正覺得月見草和富士山太相配了——而蔣勳老師和台灣，其實也一樣，也一樣，留得蔣勳聽雨聲，我們也才能繼續看見台灣最委婉最和藹的美。

木心

Mu Xin

芳草萋萋草木心

木心追思會結束後的那個晚上吧。回到「晚晴小築」，陳丹青扭過頭問小代：「你想先生嗎？」小代一如既往的鎮靜，那鎮靜裡頭的「靜」，冰冰冷冷一片，靜得讓人不安，也靜得讓人不敢靠近，他說：「先生沒有走——」，然後指著木心房裡從門縫透出來的光，對陳丹青說：「你看那燈還亮著，就跟往常一樣，夜裡我都會在廳裡坐坐，怕先生半夜有事叫我。」

幾乎是立刻，我眼眶禁不住就漫起一層水膜——用「因果」兩個字太沉墜，用「因緣」兩個字又太敷衍，到底是什麼樣的緣分，才會把兩個素昧平生、兩個年紀相差了大半個世紀的人那麼緊密地牽絆在一起？

木心走了。但小代不肯走。他擔心先生半夜召喚他的時候找不到人。陳丹青再問小代，喜不喜歡今天在木心的追思會上選的音樂——小代是貴州人，十六歲離開家鄉一路打工到烏鎮，途中際遇之險峻運途之跌宕，讓他對人對人性，對社會對社會環境，還有對周遭種種事物衍生出來的種種恩種種怨，始終把心提著，不敢隨便放下。甚至到現在夜裡睡覺，小代還會在枕下藏一把匕首，準備著誰要是進先生屋裡偷東西，他就先和那人拚了——所以他又怎麼懂得每一個音節都莊嚴都鄭重都容不下半絲猶豫的音樂呢？又怎麼懂得其中有一段其實是陳丹青故意選巴哈〈十二平均律〉裡頭一連串明亮愉悅的琴聲去撞擊莫札特〈安魂曲〉的集體女聲呢？但他竟靦腆地開了口，問陳丹青可不可以把那盤在殯儀館和靈堂播放的音碟留下來送給他，他吃力地解釋著說——那音樂滑進他耳朵，其中有一段，彷彿是聽見陳丹青把心掏出來，用一根繩子叼住，在上面輕輕地拉，輕輕地拉，輕輕地拉。陳丹青聽了，趕緊把頭別過去，藉故揚聲和旁人說些無關緊要的話，硬是要把自己從思念木心的深淵中拉拔出來，生怕再在人前蹲下來號啕崩潰。

而我喜歡木心，喜歡的是木心的凌厲。木心的凌厲，總是藏在最不容易被尋見的地方，像一道來路不明的閃電，頓而劈開庸人的茅舍。而且木心太懂得看人。木心看人，一眼穿心，精準犀利，所有人在他眼前，很難不現形不侷促不閃縮，而他則在晏晏笑語間，像拈起一枚棋子再輕輕放下，就決定了他想要把誰留在身邊。即便小時候，不論女傭男工，在聘用之前，木心的母親都會悄聲詢問兒子意見，並且對木心敏銳的直覺，頗感寬慰，因爲木心母親知道，做人的先決條件，不外就是識人——而終其一生，榮辱萬事過，生命拆開來，不外是一場魚麗之宴而已，木心的心，到最後終究只向著一個「美」字。而木心耽美，對木心來說，肉體攤開來，就是一本聖經，因此他特別耽溺長得好看而且青春飛揚，激情時胸膛如風吹麥田起伏的人。

小代之外，還有一位小楊也是木心選的，在他漸漸落拓成一位行動遲緩的獨居老人，猶如他在寫《哥倫比亞的倒影》時預告他老來的命運，「我總得直起身來，滿臉赧顏羞色地接受這宿命的倒影」，因此小楊和小代的介入，至少木心身邊總算有兩個可以依傍的年輕的陽剛之軀照護著——尤其是小楊。小楊是雲南人，陽剛氣特別重，之前是名巡鎮保安，專抓拿混在遊客群中鬧事的小偷和胡賴，因此身手特別敏捷，聽陳丹青無意中提起，說小楊體魄矯健，平日在屋子裡練俯臥撐，一練就是八九十記而面不改色，有他保護年邁的木心，實在沒有什麼是不放心的。但個性上，小楊猶如梁山好漢，終究不及小代細膩儒雅，行事略顯衝動，有點草莽之氣——是於從追思會回來，一見工作人員忙進忙出，將木心屋裡的衣帽、拐杖、擺件和書籍都散落在地上，正仔細地記錄和標號，小楊就急得什麼似的，馬上衝出去，在廊道上語無倫次地把陳丹青給攔下，「不行啊，丹青老師，這使不得啊，先生的東西不可以讓別人動啊」——主人不在了，但他依然護主心切，依然把主人放在心頭上最溫熱的位置，先生的遺物，旁人動不得。陳丹青聽了，直勾勾地望著小楊，這才突然醒悟過來，這些年來木心身邊其實也就只有他們兩個人，病榻床頭，輪番關照，猶如家眷，分明就像是給木心領回來的孩子，當下陳丹青禁不住心生愧疚，不知道該如何妥善地安排小楊和小代的餘生。也因此我開始明白下來，爲什麼木心沒有完成的手寫遺囑，最終只留下四個名字：小代，小楊，還有另外兩位曾經照應他的女孩——

至於陳丹青，陳丹青不同，陳丹青怎麼同？從紐約到烏鎮，從建立「木心故居紀念館」到設立「木心美術館」，陳丹青當時回到烏鎮西柵，站在一片荒廢的草灘望出去，怎麼也沒想到他竟眞的在走向烏鎮大劇院的棧道上給木心建起了一座美術館，而陳丹青收獲的擁有的，從木心盛年的風趣到臨終的譫妄，都是和木心一起結下的、果實纍纍的、細想起來往往還會破涕爲笑的美好記憶——木心甚至把他畢生最精要的《文學回憶錄》，用說，用講，用文字，也用平素兩人相聚時的一記白眼或一句戲言，累積成厚厚的聽課筆記，統統留給了敬他如師，待他似友，兩人從一相識就老少無猜、比父子更親密，比師生更相通的陳丹青。

就連陳丹青後來的筆名「張茀」，這名字也是木心給他取的。木心對名字，素來不費心，雖然他自己前後用過十一個筆名，但全都貪筆畫少，寫起來方便，他說，名字不就只是個符號嗎？最好勿含意義，否則特別累贅，一不小心倒成了對自己的諷刺。但木心給陳丹青改「張茀」這個名字，卻是「費盡思量地盡量不讓人覺得經過思量」，他對陳丹青說，「『張』是你的母姓，你不是喜歡『山』嗎？而『茀』是山路崎嶇的意思啊。」可見木心背後也爲這個名字翻山越嶺，月下推敲，把他對陳丹青的疼愛，放在手心掂量了再掂量，才把這名字交給陳丹青。所以我特別明白，爲什麼陳丹青後來好幾次撰文記錄木心的後事，都忍不住半途停下來，痛痛快快地掩臉痛哭——總有些事，總有些人，必須藉著痛哭，才能在記憶裡把他洗刷得更晶瑩，更清澈。

再說小代——照片裡的小代，眼睛細長而狹小，眉目都清秀，偏偏額頭卻圓隆隆地聳起，像高山上忽地展開來的一小塊平原，寬闊，堂亮——而他的神色，總在羞澀和擔當之間躑躅，有一種久違的民國俊色，秀氣的，莊嚴的，彷彿把民國的山水，都鎖在了他的眉眼，也彷彿，所有圍繞在他身邊的故事都是漩渦，而他正是那種天生攪動漩渦的人——我看見有一次他和小楊從左右兩邊，緊緊地靠在木心身邊照了張相，那時候應該是嚴冬吧，即便是在室內，他們仨都戴著冷帽，衣服也穿得厚厚實實的，木心在照片裡一貫的似笑非笑，而那一閃而過的笑意，隱隱藏著一股他年輕時殘留下來的捉狹似的調皮——他知道陳丹青待他好，是設身處地的那種好，好在體貼，好在懂得他的脾性他的喜好，好在他身體逐漸孱弱下來的晚年，慢慢收拾起猖狂地貪念著青春的肉體的念頭的時候，還特地給他找來兩位相貌堂堂、身形魁梧的看護照看著——即便是小楊，其實也長得英姿勃發，濃眉大眼，有著雲南少數民族五官特別深邃的長相和黝黑膚色，並且眼裡天生有一種見義勇爲的誠懇，好像無論發生什麼事，他都會第一個衝出來，擋在木心面前，於是他和小代兩人站在木心左右兩邊，那剛柔並濟的作用，一直都在木心身邊幽幽地不著痕跡地蕩開來。

我還記得陳丹青說過，小代跟了木心之後，竟也慢慢習起畫來，並且頗得木心讚賞，把畫在壁爐邊張掛起來，而那筆風之俊逸自得，連陳丹青這頂級畫師看了，也不禁要暗中喝一聲彩。後來「木心美術館」建立，陳丹青特別把小代也拉了進去，讓他和世界頂尖的建築和美學團並列，安排小代當木心美術館的布展大臣，看得出來對他有格外親暱的器重。

但到底木心不在了。「晚晴小築」改成紀念館，這屋子終將沒有了小楊小代立足的地位，他們就像兩只木心隨身的皮箱，裡頭裝著木心臨終前的回憶，現在卻擱在屋子的角落，不知如何處置才好。而另一層意義上，他們又彷彿成了木心的未亡人，陳丹青總覺得欠著他們一個合情合理的交代。我想起後來被陳丹青安排到「木心美術館」當保安頭目的小楊說過，他初初來到，有大半年不敢抬起頭看木心呢，因爲他說，「像先生這麼有氣派有教養有禮節的老頭，我在雲南沒有見過啊」，而木心的葬禮剛完畢，小楊回到屋子裡累極打了個盹，就夢見了木心——木心穿件毛衣，還有麻布面的皮鞋，依然紳

士派頭十足，依然是那個年輕的時候拿著買顏料的錢去換一對好看的長靴的木心，依然把自己打扮得一絲不苟，進屋子裡喚小楊，對小楊說，「我冷」——可見木心對小楊，始終還是有所依賴。

至於小代，我好幾次在陳丹青書裡附上的圖片看見他殷勤地出現在木心身邊，有時候是他攙扶著在醫院裡修養的木心到花園裡散步；有時候是他仔細替躺在病床上昏迷過去毫無意識的木心掖好被單；有時候，則看見他一臉茫然地和其他人一起在急救病房外等待木心的消息，一直等到最後——木心歿了，他腰身挺直，神情哀戚，衣著得體地在靈堂上給木心下跪，小代的好看，是連那背影看上去，也風度翩翩，也風流倜儻，像個明星也似的好看——木心沒有家眷，而小代和小楊，其實就是木心臨終前至親的人了。木心走了，他們兩人不曾哭，也不說傷心的話，卻看上去惶惶然，有如喪家之犬，何去何從，而外人看上去，根本誰也不知道他們原來就是守護木心和送別木心到最後的人。而他們因爲木心走了，手足無措地被木心遺棄，也手足無措地被命運始亂終棄，不知如何是好地垂手站立，木心再也不會教他們什麼時候該說什麼樣的話了，也再也不會提醒他們做錯了事要怎麼第一時間搶救過來了。

我想起木心小時候隨母親到杭州庵堂做佛事，一時大意把心愛的窯碗忘了在庵裡，母親差船夫上山去取，可後來木心在船上伸手到河裡用碗舀水，那碗飛脫而去，沉落河底，木心始終沒有辦法把那窯碗給留住，傷心得整個人好像掉了魂魄似的，母親見了，平靜地安慰他，沒事，將來總會有人撈起來的，失而復得，或得而復失，這樣的事情，將來還多著呢——只是小代和小楊不知道，往後的歲月，運命兜轉，不得不悵然地和心愛的人事物匆匆告別的事，也一樣多得是，到時候他們或許會想起木心，想起這位從來沒有大聲斥責過他們的主人，想起這位氣度雍容待他們如子嗣的先生，「芳草萋萋草木心」，那些剩下來的沒有辦法與人說的，也就只有哽咽罷了。

而我到現在還記得牢牢的，有一年我山一程水一程，活動結束後專程從上海搭高鐵到烏鎮，一心一意只想替自己完成兩件事：一是到木心的故居站一站，二是到木心看上去像「一頂橋」浮在烏鎮元寶湖的美術館探一探——而我記得我趕到財神灣的時候，已臨近下午四時，陽光荒荒地落下來，眼看就快到旅遊區關閉的時間了，而那天的遊客恁多，前呼後擁，幾乎是把我推搡到木心朝南的故居紀念館門口去的，然後我一踏進去，站在江南舊宅三進三落的院子裡，想起木心說的，「都離開五十多年了，這故里居然還不肯遺棄我啊」，也說不上來爲了什麼，心裡沒來由的堵著一股哀戚，一直到看見牆上噴繪了一幅木心西裝革履，穿戴整齊，還特地繞了條圍巾戴頂紳士帽，衣冠楚楚地彷彿要出一趟遠門的肖像，那洋洋自得的神情根本就是在演繹他說過的，「歲月不饒人，我亦未曾饒過歲月」，眼淚終於還是理直氣壯地滾落下來——明明和木心不相識，卻覺得好像是和鬧了大半生彆扭的長輩重修舊好，有太多話要說，有太多怨要訴，喉結上下滾動，卻偏偏不知從何說起，怕他看穿，又怕他看不穿——而這樣的場景這樣的心情，我可以預測，將來有一天如果我有機會到池上穀倉藝術館探望蔣勳老師，應該還會再發生一次。至少一次。歲月修舊如舊，木心的文字在他破敗的人生冉冉盤旋，那華麗，是天晴氣正的華麗，但那趣味，卻是調混了三千蒼涼的趣味。

當天夜裡，我睡在烏鎮西柵的一家民宿，客房臨河，河面一小片一小片記憶的微波緩緩地蕩開來，都是熟悉的木心，也都是因木心而生的熟悉，月光一整個盈盈滿滿地掉落到床頭，可我終究還是睡得淺，待下半夜難得睡意襲擊，卻聽聞有夜歸的遊客喝高了，正叱喝船家，把船槳擼快一些，好讓他們追上掉在河面上的月亮，而那擼聲，比鐘還響，比夢還眞。我想起木心說張愛玲是亂世佳人，世不亂了，她人也就不佳了，日子一旦平定下來，就馬上淪爲一潭清淺的水，一個不留神就乾涸了。至於木心自己，實實在在是個認認眞眞玩世不恭的人，但他的玩世不恭，其實埋伏了結結實實的人生領悟，也結合他三次牢獄受過的苦，以及他縱情享受肉體的歡愉，他的狂妄就是他的溫柔，讓我們在他的文字裡自動鬆開道德的標準，掃除文字的沉悶，不再故作矜持，不再臨風賞月，該有多野就讓它多野，想要多放任就任它多放任——

不也有好些有學養的紳士一關起房門，其實比浪子還要浪子，比流氓還要流氓嗎？而木心從小就紳士，他太知道如何裡應外合的道貌岸然，而又不辜負沿岸楊花漫漫楊柳青。而我喜歡木心的文字，是喜歡他在最拮据最苦難最坎坷的時候，那被書寫出來的狂妄和置之度外的氣度，還是一樣的富麗堂皇，還是一樣的火樹銀花，從不洩露命運對他的百般刁難和咄咄逼人，也從不稀罕知道，他的才華和他的存在會不會在未來對這個沉悶而虛僞的世界投射出一幅萬頭鑽動的華光麗彩——如果他在乎，那個人就不是木心了。而人間最清瘦的僻靜，不是登高瞭望，遠意茫茫，而是在人群熙攘的鬧市，仿如流連於洪荒之漠，「所謂無底深淵，下去，也是前程萬里」——眞正能夠在長途跋涉的返璞歸眞當中，把自己燒成半顆熨帖的夕陽，想必只有木心一個，恐怕也就只有木心一個。

楊絳

Yang Jiang

烈女圖

後來再讀楊絳，我讀到的，已經不是文字，也已經不是故事，而是一顆素淨的心，和一段杜鵑啼遍千山，在寒冬裡抖落雙肩的雪花，走了好長好長的一段路回來，靠在玄關上，嫻靜地脫下被霜雪打濕的鞋子，然後低聲對逝去的人說「我們終於到家了」的愛情。

而說到愛，所有堅貞的愛，往往都必須是卑微的，也往往都是沒有可能不牽涉到犧牲的。我時常想起的是，文革期間，錢鍾書被下放到河南的「五七」幹校，擔任小小的通訊員，怎麼說也算是份文書工作，其中一個任務，就是每天必須走一段路，到村口收取信件和報紙。後來楊絳也輾轉到了河南，聽說將被派去看守菜園，錢鍾書知道了，既歡喜又心酸：心酸，是因爲憂心楊絳吃不了苦，憂心楊絳放不下對女兒錢瑗的掛念；而歡喜，是他已經打探清楚，每天早上到村口收取報紙和信件，原來都會經過那片菜園，於是迫不及待就給楊絳寫信——

結果楊絳一到河南，就一個勁跑到菜圃上，戴著個大草帽，個子小小的，像個粗樸的農婦，樹下倚鋤，兩隻手因爲緊張，捏得緊緊的，遠遠看見丈夫的身影一步一步移近，眼睛早已模糊一片——自此之後，每天早上，楊絳都會像個初戀的少女似的，期待著錢鍾書取道經過菜園，然後兩夫婦都會客客氣氣，保持一定的距離，連手也不敢握，怕被監守的幹部看到，靜靜地坐在水渠邊，任陽光時陰時暖地打下來，而他們輕輕的、輕輕的話著家常，在那無邊無際的無奈當中，眼裡盈盈蕩漾著的，卻都是帶著憐愛的笑，心裡莫不慶幸，在動蕩的時代百般刁難底下，他們還能坐到一塊，輕輕舔一舔沾在脣邊帶苦的那一點點甜。

再苦難的歲月，到頭來總算都熬了過去。楊絳和錢鍾書來到暮年，終於搬到一處比較登樣的寓所，最叫楊絳心裡踏實的是，終於有個地方，可以讓錢鐘書專心寫作細心作業潛心研究學問了，而那屋子處在北京三里河的南沙溝，地段和環境實在好，鬧中取靜，而且時節一到就開滿櫻花的玉淵潭公園和設計得花園似的釣魚台國賓館都就在附近。只是後來，再提起這個家，這個最終得於讓楊絳把身心都安頓下來，卻又不得不相繼把丈夫錢鍾書和女兒錢瑗送走的地方，她只肯說，這只是一間「人生的客棧」，她不過借來取暖，烤一烤生命之火，「火萎了，我也準備走了。」

常常，讓我心裡暗中喝一聲彩的女人，總各自有著各自的千姿百態，也總各自有著各自的命途運數，可因爲謙順柔和而更顯剛烈的，終究只有楊絳一個——溫柔最烈。我一直覺得楊絳是個不折不扣的烈女，命運怎麼也絆她不倒，怎麼也奈她不何。女人的烈，要烈在謙而不撓，和多舛的命途格鬥，也要烈在柔而不怯，爲坎坷的愛情恪守。楊絳顯然把兩者都做到了極致。

記得楊絳二十三歲嫁給錢鍾書，什麼都不貪，就貪他是個認眞做學問，不好高騖遠，不風花雪月的人。當年楊絳逐一嚴詞回拒七十二個千方百計追求她的「孔門弟子」，決定嫁給錢鍾書，其實從一開始就不旨意生活怎麼個對她千依百順，因爲錢鍾書本來就是個學問上精進認眞，生活上笨拙愚鈍的人，家裡大大小小事，楊絳莫不事事以錢鍾書爲先，卽便人生歷練考驗重重，也終生以維護家庭幸福爲重。堂堂一個清華才女，一個舉國敬仰的大學問家文學家翻譯家兼教授，爲了讓錢鍾書專心寫作，她二話不說，辭退女傭，把開支省下來，鑽進廚房劈柴擔水、生火燒菜，在窘境下從容不迫，在貧困中怡然自得。

況且楊絳的烈，更烈在爲了保護錢鍾書的隱私，以一百〇二歲高齡，挺直腰桿，入稟法庭，阻止錢鍾書的私人信札被公開拍賣，義正詞嚴地追究和詰問：「人與人之間的信賴，還有友朋之間多年的感情，難道都可以成爲商品去交易嗎？」她的不畏縮不退讓，也間接對持續飆漲的名人信札收藏熱潮，刮了一記徹底響亮的巴掌。所以錢鍾書說，楊絳是「最賢的妻，最才的女」，終究還是不夠的，我一直認爲，才氣以外，楊絳眞正是「最馴的妻，最烈的女」。

而我對楊絳的驚歎，在於她就像三里河他們三層樓老房子外的李樹，明明春天已經熱熱鬧鬧地開了一回，還打了滿樹纍纍的果實，秋末冬至，竟又不折不撓地再開一次。

正如她巴不得把所學所識，趁還來得及，悉數教授給她身邊的研究生；又正如她埋下頭悶不吭聲，把錢鍾書留下來的幾麻袋中外文筆記和手稿，馬不停蹄地，整理出《錢鍾書手稿集／中文筆記》，足足七萬多頁，每一字每一頁，沒有一字不是靈氣氤氳，沒有一頁不是氣節高尚。

印象之中，我特別喜歡一張楊絳伏在案頭寫字，然後被懾入鏡頭內的照片，她微微地蹙著眉，細加參酌下筆的每一個字，即便已滿百歲，楊絳還是一臉娟秀和謙順，她的溫婉清麗，被歲月的灶膛裡蹦跳著的火星映照著，總是顯得特別恬然，特別雋逸，特別耐看。我記得錢鍾書提起，他的大書桌面對著的那面牆上，正好懸掛了一副當年新婚燕爾，石遺老人爲他們題的賀聯，上面寫著：「一雙同夢生花筆，九萬培風齊鬥楂」，一字不誤，解說了楊絳和錢鍾書的日子從來沒有戲也沒有夢，有的只是字和書，兩人卻甘之如飴，樂此不疲，在學問裡踏踏實實耕犁的一生。

後來錢鍾書下世，也許因爲放心不下楊絳，一隻眼睛終究不肯閉上。結果還是楊絳附在他耳邊說：「你放心，還有我吶。」要他不擔心，囑他不罣礙，她會把錢鍾書和女兒錢瑗來不及陪她過完的日子，一併擔在她瘦弱的肩頭上，慢慢地替他們過——錢鍾書

最後對楊絳說的那一句，「絳，好好哩」，不知道爲什麼，每次讀到，眼裡都禁不住一片濕潤。愛情何須千迴百轉？愛情其實只需要一個對的人，一句貼心的話，也就可以擇一人，終一生，往後再凄清再孤絕，也什麼都值了。

喪夫失女之後的楊絳，表面上寄情於寫作，譯完《柏拉圖對話錄》，再書寫她和丈夫女兒人世悠悠的記事，彷彿藉忙碌灼灼地焚燒著她自己，實則上一直都不驚動他人地哀傷著，因爲他們仨，到頭來就只落下渺渺的她一個。那感覺就好像挑著一擔水，越過只容得下一個人側身穿過的空空落落的巷道，腳底下的鞋子隨著零碎的步伐踩落在石板路上，吧嗒吧嗒地一路響著，也吧嗒吧嗒地一路遠去，那蹬音之寂寥，常常把她戳得直不起身來——楊絳總想念以前圓圓還在的時候，老是把父親錢鍾書當作兄弟般耍弄，父女兩人一同在楊絳面前頑皮地捉狹嬉鬧，那些隨著他們離去而從屋子裡溜走的笑聲，偶爾還會此起彼落地響起，聲聲清脆，聲聲響亮，聲聲催得楊絳禁不住夜半從睡夢中驚醒，然後漸漸意識到他們仨而今已經眞的失散了，這才在空蕩蕩的屋子裡，汩汩地落下淚來。

於是我想起我的父親母親——上一輩的人，感情的處理總是特別含蓄，特別沉潛，特別欲言又止。父親離世之後，姊姊告訴我，有一次她在房裡陪伴母親，順道坐在地板上摺疊衣服，替母親整理衣櫃，母親夢囈，在睡夢中張口輕輕喊了一句，「阿良」，接連兩聲，每一聲如果聽仔細了，應該都聽得出她對父親終究萬般不捨，也聽得出她終究因爲沒有和父親鄭重地告別而心懷遺憾。阿良是父親另一個名字，平素在家，父母親都是老派人，怎麼都不習慣直呼對方的名字，每每在我們面前，都以「問問你爸爸」，或是「這個給你媽媽」，輕輕帶過兩人五十餘年朝昏相依的夫妻情分。

父親生前對吃不講究，但母親總沒有忘記時不時給父親煎上幾塊豆腐，或偶爾滷上一條花肉，因爲知道這是父親愛吃的客家菜式。父親大去之前，母親爲了小事和他嘔氣，當天中午父親對母親說：「這兩天聽醫生的話，說要禁口，嘴巴苦苦的，肚子都餓扁了，妳給我煮碗麵線好嗎？」母親聽了，心裡暗自歡喜父親的胃口開始好了，於是二話不說，即刻轉過身到灶頭開鍋，給父親下了碗就只加了兩顆雞蛋的麵線。後來父親不在了，我放假回鄉，開車載母親到離家不遠的水壩散心，母親坐在後座，身子漸漸孱弱，輕輕扭開隨身攜帶的保溫壺，啜了一口壺裡溫著的養生茶，提起往事，忽然忍不住哽咽，「其實心裡一直內疚，你爸爸平時很少開口要我煮些什麼，他難得想吃，我應該煮得豐富一些才是——」我坐在駕駛座上，眼淚霎時間鎖不住，狠狠地直滾下來，而我抓著駕駛盤的手晃了又晃，晃了又晃。

愈是樸素的愛，愈是千絲萬縷，愈是闇闇明靜。就好像楊絳，一輩子沒有對錢鍾書發過脾氣，就只有那麼一次，她發了一個夢，夢裡錢鍾書陪她到一條疏影橫斜的巷子散步，時值黃昏，太陽已經落下山頭，夜色開始薄薄地罩了下來，可突然一轉頭，發現錢鍾書竟然不見了，她在夢裡慌得什麼似的，四顧尋找，大聲呼喊丈夫的名字，可錢鍾書

就是不現身不答應，然後楊絳從夢裡驚醒過來，發現丈夫一直都在身邊，睡得可眞酣呢，她一時惱怒，搖醒錢鍾書，帶點瞋怨地責問：「怎麼就撇下我，一個人跑回家也不招呼一聲呢？」結果隔年，錢鐘書就病倒了，住進楊絳書裡反覆提起的三一一病房，從此沒有再出來。而其實錢鍾書沒有食言，他婚後對楊絳說過，往後無論日子怎麼過，兩人都一定要綁在一起，「從此沒有生離，只有死別。」這樣含蓄但堅定的愛，我四下張望，不敢說沒有，卻只是少了，矜貴了，也稀罕了，現在的人不是不懂得愛，只是不懂得爲愛承擔，也不懂得爲一個人，用心如日月，把愛給牢牢地守到最後了。

至於後期的楊絳，就像一株被寒霜打過的樹，掛在枝頭的葉子明明已經所剩無幾，樹身卻愈發顯得深紅透亮，散發飽滿的光澤。尤其讓人感嘆的是，她九十六歲寫就的《走到人生邊上》，筆淡意遠，樸素清幽，文字純淨如洗，怎麼讀，都讀不出生命曾經三番四次，朝她迎面痛擊。而對於楊絳，生命走到荒山絕境，盈虧都是尋常事，只有洗乾淨汙穢，準備回家和丈夫女兒仨團聚，才是人世間至深情的最後一撇收筆，雨潤，煙迷。

因此讀楊絳，如何的跋山涉水，企圖營造出什麼樣的閱讀氛圍，恐怕都是不必要的。只要心平，只要氣和，其實很快就讀出味道來了。楊絳的文字從來都不鋒利，我特別喜歡她敘事行文不徐不疾的閨秀氣，再怎麼尖銳的見解，一旦跌落到她的稿紙上，頓時也變得十二分的端莊賢淑，落落大方。

重讀她爲錢鍾書的《圍城》補上的一篇後〈序〉，裡面提到書裡頭各個人物的原型，她形容他們出國留學時輪船上碰巧有位「富有曲線」的南洋姑娘，船上的外國人都對她大有興趣，覺得她是東方美人，想要把她娶回去。而楊絳分明基於女人看女人的那份銳利，一眼看穿那姑娘根本就是在船上賣弄南洋風情，想要找個買主把自己賣出去，膽子雖然大，底子卻是虛的，但她在文字的遣用上，始終還是避重就輕，頂多只是說對方的生活過得有點「風流」，體貼地給書裡的主角留了點餘地，完全不像張愛玲——

張愛玲的文字，是「明裡一盆火，暗裡一把刀」，她所有的聰明所有的機心所有的委屈和所有的不忿，都是統統擺上檯面讓人看通看透，再華麗也還是血淚淋漓的，看看她寫《傾城之戀》落難的印度公主薩黑荑妮，其實就知道張愛玲的世界，一直都是用表面的傳奇和華麗遮蓋實際的顛簸和流離。所以讀楊絳的文字，像是喝上一盞擱了個把時辰的茶，涼是多少有些涼了，但不需要因爲怕燙而尖起嘴巴來來回回地吹，是以無論是不是走到了人生的邊上，讀起楊絳，終究還是舒服的，是愜意的，是山容古靜，蜿蜒有致的。

誰不記得呢，張愛玲說過的，女人都是同行，更何況兩人的身分偏偏又是各頂一片天的才女。雖然張愛玲的孤冷高傲和楊絳的謙順平實，一直都是最極端的對照，難免還是要被大家擺到一塊兒比較，後來聽說，張愛玲讀了楊絳的《幹校六記》，禁不住脫口讚了一句：「寫得眞好，那麼沖淡而幽默，頗有昏蒙怪異的別有天地非人間之感。」楊絳聽了，相當不以爲然，楊絳沒有見過張愛玲，曾對身邊往來密切的朋友說過一句，「覺得你們都過高看待張愛玲了，我對她有偏見，她的文筆不錯，但意境卑下，她筆下的女人，都對情愛飢渴，捧她的人，把她美化得和她心目中的自己一樣美了」——最關鍵的是，楊絳受過日寇的苦，十分不忿張愛玲與胡蘭成走在一起的那四年時光，對剛烈端正如楊絳來說，漢奸就是敵人，對漢奸概不寬容，而張愛玲在愛情面前把自己低到塵埃裡，是非不分，始終沒有辦法得到楊絳的諒解，總認爲張愛玲貪圖風流，在文字裡把抵觸道德的男女關係過度精緻化——但這到底只是兩個才女心根底下解不開的結，是花絮，是逸事，是笑談。爾後時方顛沛，兩人各自在迥然不同的命途垂首趕路，疲於應付時運的突襲和算計，這麼些微小的歲月的花邊，實在不值得再往誰的心裡頭擱。

周夢蝶

Chou Meng-Tieh

不負如來不負卿

我開始熟識周公的時候，周公已經老了。老得像一座愚公移不掉的萬徑人蹤滅的靈山；也老得像一張貼在廟堂裡，似是而非，向信眾解憂除惑的水紅色籤詩；更老得像久住蕭瑟古剎垂眉靜思修佛言禪的水雲僧——甚至還老得，一切其實已成定局。

但奇怪的是，我印象中的周公比誰都時尚。周公眉毛疏淡，牙齒零落，但那神情之悠然，像是遙望著心裡的南山，因爲南山之南，黃河中下游以南的河南，是他當年在石榴樹下辭別母親的家鄉，那兒有他預先爲自己埋下的骨灰，也有他一直叨念著將來一心返歸的原鄉——我沒有忘記他在〈死亡的邂逅〉裡好整以暇地寫過，他一點都不怕死亡，「剎那生死，去不復返」，死亡可以爲他斟酒，可以在掌上旋舞，甚至他說，他打算摟著死亡，「有奔赴密約，與之相煦相濡」——懂得談笑自若地接待死亡，其實也是一種時尚。

至於周公形貌上的時尚，是他從一而終，老穿著一襲藍色長袍，那長袍遠遠看上去，也不見得布料有多滑溜，更不見得剪裁有多利索，可漸漸的竟穿出了他的仙風，他的道骨，更穿出他那渾身不合時宜卻讓人覺得這其實才眞正切合他澄淨超脫的身分與強烈植物性格的風格——我記得台灣詩人梅新送過周公一件長袍，並且對周公說：「這樣的衣服就合該你這樣的人穿，你這樣的人就適合穿這樣的衣服。」周公聽了，難得笑得開，滿心歡喜地將長袍收下——平日身邊的人甚少見周公呲齒而笑，其中一個原因是，母親自小提醒他，「牙齒長得不好看，就少點笑」，於是周公就把這話天長地久記著。爾後一年四季，周公身上總是輪流穿著五件厚薄不一的長袍，偶爾天氣轉涼，他頂多在頭上加頂呢帽，溫馴地依順著時間的年輪，一圈轉完，再轉一圈。

後來吧，周公數次病倒，體內器官開始衰竭，還切掉過大半個胃，已沒有辦法再到武昌街擺攤子賣書了，而那陣子的周公，似乎愈來愈瘦，臉上卻隱隱約約，顯出一副莊嚴的羅漢相，那面容看上去，尤其懾人心魄。而那時候的台灣，是文學氛圍最濃厚的台灣，特別敬重文字，也特別敬重詩人，我少年的時候偶爾也讀林清玄，讀到林清玄說：「長長的武昌街少一個人多一個人是沒有什麼的，可是少的是周夢蝶就不同，整個武昌街於是少了味道，風格也改變了。」我於是闔上書，心裡好像有股叫不出的什麼在翻滾——

文字是因果，讀的人和寫的人，都有一定的夙緣。而我沒有到過武昌街，或者應該說，我沒有到過周夢蝶還在「明星咖啡館」騎樓下靠街邊的廊柱上釘起書架賣書的武昌街，因此禁不住嚮往，如果那時候能夠遠遠地望一眼坐在木椅子上閉目養神，可腦子裡其實任由千百個句子萬馬奔騰的周夢蝶，或者乾脆趨前去給周公簽書問好再上樓買杯加了六小包糖的咖啡給嗜甜的周公，想必是多麼美好的一件事哪。詩人屬靈。蝶老尤其是。他常常在人來人往的鬧市閉目養神，可一睜開眼，就可以一眼看穿前來向他請教文學與佛學的人，字句裡旋得緊緊的終究不肯走漏的心事。而很多從那個時代走過來的台灣人，我猜，到現在心裡應該都還惦記著那一道曾經是八〇年代初繁花似錦的台北市最秀麗的刺青一般刺進台灣人文的蒼翠風景。

所以我特別喜歡透過照片去看別人眼裡看見的周公。尤其是張照堂。張照堂拍的周公貞安靜。他戴著冷帽，把頭斜靠在書架上，坐在書攤前的圓凳上盹著了，手裡還緊緊地抱著一袋子書——而那張黑白照，到現在還時不時在我腦子裡滋滋作響，安安靜靜地燃燒，那流年似水的韻味，是台灣人才懂得的歲月的鄉愁。而我常常看著照片裡神情瘠薄的周公，看著看著，就出了神——周公那一張臉，望過去，多麼像一方清冷的印章，也多麼像他寫的瘦金體，總帶著怎麼都擦拭不掉的徹骨的孤清冷寂，明明他什麼都沒說，卻已經讓盯著他照片看的人，像是山南水北，陪他走了好長好長一趟風沙撲面的路，聽他說了好多好多如何當過守墓人；如何當茶館裡的店小二；如何一條破毛巾擦完桌子抹臉抹身子最後還用來擦鞋子；如何在人世中以孤獨爲國，然後在孤獨國裡「字越寫越小越草，詩越寫越淺，信越寫越短」的故事——因此周公時尙，因「時尙」這兩個字，本來就故弄玄虛，本來就耐人尋味，不一定就是衣飾和風度，也可以是做派或修爲，沒有絕對的錯與對，何況詩人當中，能夠像周公那般，無心插了把柳，穿件長袍，抓把長傘，就把個人形象如此強烈地建立起來，並且貫徹始終到一種牢不可破的地步，想想終究不多，也想想終究稀罕，所以一直都讓我分外的愜意歡喜，把他當作詩人當中的時尚偶像來侍奉。

其實類似的民國粗布長袍魯迅也常穿著，看上去頗有一股民國先生特有的執拗。胡蘭成和張愛玲在一起的時候也挺愛穿。可不曉得爲什麼，胡蘭成的體型分明比周公舒健，可那長袍穿在他身上卻一點也看不出狷介，反而把他的文氣給狠狠地壓將下去，壓得他整個人有點苟且有點狡猾有點猥瑣，使我開始相信香港的蔣芸曾經批評，「對男人，張愛玲品味之低，實在令人吃驚」，一句話其實一點也不偏激——小說以外，張愛玲應對男人的手段實在不算高明，經常讓人識破她在愛情面前處處侷促，處處手足無措，而且張愛玲在愛情面前，頻頻流瀉她多少有著輕微的自虐傾向，喜歡在被扭曲的情愛關係當中，爲愛情狡辯，爲華麗的蒼涼或蒼涼的華麗訴訟，無限量放大愛情的迂迴與曲折。

反之，周公對道德、對情操、對男女，都恪守得分外嚴謹，很年輕的時候就已經把人生的「必然」與「不盡然」看通看透，習慣了在心裡藏一把剪刀，把生活上不相干的枝節與人事隨手修剪得乾乾淨淨。印象中聽過一小段關於周公的故事，說是周公有位慕名而來的女讀者，常到周公的書攤子買書談詩，也坐下來向周公請教哲學和禪修，漸漸和周公建立起亦師亦友的交情，每年春節，「明星咖啡館」休業，周公因此書攤子也休息，常常孤身一人，不知道要到哪打發那長長一整個星期的春假，女讀者知道了，就和她先生連續幾年都把周公請到家裡一起吃團圓飯一起過年，有一年女讀者的先生因公事出國，沒在家過年，卻還是交代一句，「周公每年都來我們家一起過年，今年不能因爲我不在而失禮，還是要把周公請回家裡一起過年」。但周公得知女讀者的先生沒在家裡過年，當下就垂下眼睛，回拒了對方好意，「要是妳先生問起，就說我來過了。」顯然周公是眞君子，特別關照女讀者的名節，而且周公本質清淨，不想與世俗周旋，更不想因爲流言蜚語和周圍的眼光而影響了別人的家庭和諧。就好像，周公把自己活成一杯清貧素直的老茶，但他酒量其實不壞，愛喝烈酒，常常遇上有人向他敬酒，他總是恭敬地一仰而盡，也不推辭，也不謙讓，並且只喝白乾，喝了也面不改色，等閒的紅酒白酒他反而不看在眼裡了。這其實也是周公難得的入世的可愛之處，他老說自己的人生是「飲亦醉不飲亦醉」，他的醒，其實是他更深的夢。

最重要是周公眞瘦。瘦得像一道從門縫裡閃過的光。我每次看見周公的照片，總是拍他的背影居多，拍他穿著藍色粗布長袍，拎著一把傘一袋書，在暮色一聲不響壓降下來，冷月冷得讓人禁不住打一個哆嗦的台北市，趕著一個人搭公車回三重；也拍他坐上一條小舟，臉上安靜如一截枯木，漠漠然看著江水打身邊客客氣氣地流過。而他背影是那麼的堅定哪，那麼堅定的寂寞著，那麼堅定的不肯不寂寞——要是有一天寂寞離開了，我很相信，周公整個人或許也就會坍塌了。

而且周公初初出來賣書，不過是把一塊布揚開來在路邊擺地攤，偶爾也會遇到警察抄牌刁難，說他影響市容影響交通，馬上就要開單罰款，據說周遭同是擺地攤的攤主們見了，都靠攏過來替他說情，說周公一天都賣不出一本書，怎麼忍心罰他錢？甚至還有一位賣衣服的，人長得粗粗獷獷，粗著聲音對警察說：「如果堅持要罰錢，那錢我來幫他出！」讀到這裡，心頭一熱，台灣眞是一個美麗的地方，大家都爭著擁護寫字賣書的人，不像南洋，我們基本上都是被流放的文字遊牧民族，堅持書寫中文的人，都「野火燒不盡」，都「春風吹又生」，總是那麼卑微地驕傲著，也那麼驕傲地卑微著，自生也自滅。

另外周公活得清貧，連吃，也吃得異常清淡，那時候擺攤子賣書，常常一連幾天，連一本書都賣不出去，他常一個乾饅頭一碗稀飯打發一日吃食，營養怎麼說都不夠。而周公也算是北方人，自小就愛喝粥，他記得小時候家鄉的老人都習慣用棗子熬粥當早飯，我記得周公愛吃甜，也特別愛喝熱呼呼的粥，可以一口氣連喝兩大碗，有人請周公吃飯，桌子上擺滿了小菜，周公只端

起一大碗粥，唏哩呼嚕，一口氣就喝完了，桌面上的配菜看也不看，而且連續喝了兩大碗清粥，這才有點不好意思地說：「以前家裡吃稀飯也是這樣，粥喝完了，花生米一粒也沒動。」對於衣食住行，周公總是將最基本的欲求壓縮了又壓縮，食素糧居陋室，完完全全是個嚴守戒律而自度的苦行僧，他常常用河南話說：「我只想做一隻蝴蝶，紫色的，輕薄的。」紫色是暗色，而蝴蝶貼水逆風，低低盤旋滑飛，塵世裡的誰也不打算驚動，多少應了他的本質。

而周公是個遺腹子，出生前四個月父親病逝，一生人沒見過父親的顏面，而他自己則在戰亂時期，手裡捻著母親憂心忡忡塞給他的十二個袁大頭離鄉，隨即在武漢黃鶴樓投考青年軍，之後隨軍從上海過台灣，不得不把髮妻和二子一女留在河南老家，後來輾轉返鄉，母親和妻子還有次子已歿，剛巧趕得及爲長子送終，鄉下就只餘下女兒和孫子，於是周公一聲不響，孑然一身返回台北，狠狠大病了一場。因此周公一直覺得自己是個福薄之人，即使天氣寒冷的十二月天，他還是堅持少添一件衣，他要讓自己感受那種冷風徹骨寒心的滋味，提醒他人世間的一切都只是暫時借貸，「萬般帶不走，唯有業隨身」，愛或不愛，放下或提起，全部都是業，而他自己，處處隔絕外界風景，時時瑟縮邊陲角落，幾乎一世人都在服痛苦的役，余光中提起他，總是分外憐惜，「夢蝶是大傷心人，他寫詩像鍊石補天，補他心中的遺憾。」而周公的詩集，無論翻到那一頁，每一頁都是滿山遍野的寂寞，他是以詩的悲哀，征服生命的悲哀。

我喜歡周公的詩，喜歡的不是他欲言又止，而是他對生命和人情始終保持一種適當的冷淡，他在仿波蘭女詩人辛伯斯卡的詩作〈我選擇〉裡面提到，他選擇「無事一念不生，有事一心不亂」，而這些其實都是修爲，都是禪，都是他所說的，「選擇牢記不如淡墨」，然後在人生的跌跌宕宕裡，「選擇不選擇」——所以寄生人世，淡薄其實還不夠，我一直認爲，要做到周公也似的清貧才是最好的。因爲不仰望不祈求不稀罕，所以不沮喪不失落不惆悵，像某次我在山腰上茅屋裡喝過的溫溫的一壺茶，茶色樸素，茶具墜在手裡，沉甸甸的，多少有點故事，然後我盤腿坐下，滿屋子都是慢慢褪去喜氣的稻荷的顏色，於是我暗自慶幸，還好身上穿的衣服近於藍止於藍，不算唐突，雖然遠遠不及周公身上的那一襲粗布長袍隱逸出世。周公其實一早懂得，所謂侘寂，是在空渺中看見豐盛，是在殘破中看見完整，是摘掉裝飾，是顯現本質，是因爲沒有而快樂，是謹、敬、清、寂——是終於可以不再隨便對人說「是」。

我記起周公去世那一年，我剛巧人在香港，上到銅鑼灣的「誠品書店」，「誠品」有心，設了一個小小的「周夢蝶紀念展」，並且在擺滿周公著作的展台上，立了一張周公的肖像，肖像前還選了個剔透的玻璃瓶子養了一朵白菊，看上去眞像個小小的靈堂，好讓喜愛周公詩文的讀書人，可以趨前哀悼，向周公留下的《十三朵白菊花》的其中一朵致敬，我於是也走了過去，在周公肖像前畢恭畢敬，爲他「曾慮多情損梵行，不負如來不負卿」的一生，以及他素直的德行，淸貧的豐盈，在心裡鞠了鞠躬。而周公大去之際，與他來往最密切的女詩人紫鵑在床榻上喊了一句，「夢蝶伯伯」，周公一世人「不敢回頭，不敢哭，也不敢笑，怕自己成爲江河」的一滴眼淚，終於應聲滑下，宛如春雷在遠處乍響，那麼輕，那麼重。

豐子愷

Feng Zikai

——生活除了詩和遠方，其實還有豐子愷

豐子愷長得眞好。長得好的文人其實不少。比如胡適，比如徐志摩，比如梁思成；都眉目清秀，都衣冠楚楚，都一派紳士。就連魯迅，我也覺得魯迅長得好，好在一臉的忍辱負重，好在一副「先天下之憂而憂」的神色，凝重而肅穆，看上去特別有戲劇張力，只可惜魯迅身材短小了一些，多少削減了陽剛之氣。而豐子愷顯然是不同的。雖然身形單薄，豐子愷卻長著一張出乎意料的明

星臉，輪廓特別深，鼻梁高挺，雙目深邃，而且十分上相，在鏡頭面前神態自若，有點像那些自恃賣相養眼的明星，很是知道怎麼在攝影機面前自動把角度調好，適當地釋放所謂的個人魅力——當然豐子愷不會去計較這一些，也當然豐子愷不懂得去包裝這一些。可我見過好幾張豐子愷的照片，發現他側臉比正臉好看，我記得有一張是他剛從日本學成歸來在影樓拍的，時值一九二一年末，照片裡頭的他一臉憤憤不平，兩邊的頭髮都被刀子削得高高的，簡直就是時下最流行的憤青們最愛剪的髮型，眼神惡狠狠地瞅著鏡頭，身上倒是端端正正地打了領帶套上背心穿上長袖白襯衫，手裡還握著一本半捲起來的書——我於是在想，當年的豐子愷，應該怎麼都估摸不到，他往後的形象，竟會是把洋裝統統都丟掉，十年如一日地套一襲粗布長衫，在耳朵上掛一副圓形眼鏡，並且蓄起了老成的山羊鬍鬚，長長地垂掛在胸前，完全是「晚來天欲雪，能飲一杯無」，一副把國情世情人間情都看通看透，事事瞭然於心的模樣。

因此我老是反覆忖度，這泰半是受了他特別仰慕的老師李叔同的影響罷？豐子愷說過，「凡是先生喜歡的，我都喜歡」。而出家修道之前的李叔同，年輕時隨母親從天津來到上海，整個人洋裡洋氣的，穿著講究得不得了，而且十分前衛，完全把自己由頭到腳都浸入了上海的紙醉金迷裡頭，每次出門，穿西服打領結套皮鞋，非得全副武裝不可，加上相貌堂堂，根本就是風度翩翩的貴公子，他對豐子愷說，「做人做事，光是認眞是不夠的，還要十二分的認眞才行。」當時的李叔同剛從日本攻讀西洋藝術回來，既是留學生，就要認認眞眞地樹立起地道留學生的樣子，這不是媚外或虛榮，而是對自己的身分的基本尊重。一直到後來李叔同的母親逝世，他決定回國當教師，這才當機立斷，褪下洋服，換上一襲乾淨無華的黑布褂子，一臉的寬容與謙和，而那褂子上的黑，我印象出奇深刻，黑得謙虛誠懇，黑得不卑不亢，黑得溫和嚴苛——既是教師，就必須在形象上有教師的樣子，就連眼鏡，李叔同也從金絲換成鋼絲，徹底洗脫在日本當留學生的形象，因此很明顯的，豐子愷後來的造型，多少是受了李叔同的影響，莊重而儒雅，能放能收，既有教師任重道遠的形態，也有藝術家逍遙自在的做派，自成一格，有如紙窗外紛紛落下的初雪，十分賞心悅目。

而我一直特別喜歡豐子愷，對他的喜歡，遠在筆鋒犀利的魯迅之上，喜歡他畫風的樸實，喜歡他字句的素簡，喜歡他潑翻在字畫上坦然的才氣和乾淨的孩子氣，有一股讓人安靜下來的慈悲，可以養心，也可以調性，就像炎夏裡一壺不知是誰善意擱在郊道旁

一座涼亭裡的清茶，光是遠遠瞥見，還未趨前去端起杯盞，暑氣就先消了。我尤其喜歡他整個人生一直都很平實地「藝術化」，明明歷盡人世間的大顛大沛和大喜大悲，顏面上還是一派的窗明几淨——就好像，我從來不敢驚擾在公園或在茶室裡打盹的老人，因爲你永遠不知道，在他們那一臉的懵懂與渾沌底下，心裡頭其實一路在大張旗幟地上演著和自己的青春十八相送，而那場面之浩大，那鼓聲之喧鬧，那劇情之曲折，恐怕是超乎我們遠遠可以想像的——每一個人，在他自己的回憶裡頭，都是獨當一面的英雄。

而豐子愷，他特別懂得把苦難的生活過得愜意又有文趣，就算抗日逃難那麼艱辛的時候，他攜妻帶小，在塵煙滾滾的世道上尋找一處安身立命之地，仍然一路疲於奔命，一路不忘題詩作畫撰文，從杭州、漢口、桂林、重慶，每到一處，必作一畫，但字畫背後藏的，全是他被命運三番幾次刁難和盤問，等閒不向人說的委屈。而且豐子愷到底是藝術家，生活上相對總是比較安逸的，即便遇上逃難這麼艱苦的事兒，他也可以將之轉化成「藝術性的逃難」，路上盤纏使盡，他便讓孩子們把壓歲錢掏出來，一塊兩塊的洋錢，湊足了路資，又一路往前顛簸而行，每到一處地方，仗著他的名氣，就想辦法開個畫展什麼的，只要把畫賣出去，一家人拮据的生活就有了著落。而豐子愷在逃難期間的畫作，總是避重就輕，輕輕帶過老百姓在戰禍中的孱弱與微茫，倒是切切映照出他一如既往的良善，淡泊，謙遜，像一叢青綠挺拔的竹子，纖細而磊落，明明困頓在現實之中，卻又有辦法跳脫於世俗之上，流散出溫潤而純真的人情味。我尤其喜歡豐子愷順應善緣，順應天命，順應弘一法師在他額頭上壓下的一抹指紋作記認，傾盡心力，配合出家後法號「弘一」的恩師李叔同，以四百五十餘幅畫作結合而成的六冊《護生畫集》——直至弘一法師圓寂，這一系列本著引導眾生「去除殘忍心，護養慈悲心」的畫集，早已遍傳天下，而豐子愷更在弘一法師門下，皈依佛法，法號「嬰行」——那法號之美，不單詩意盈滿，踽踽而行，穿越佛境和法意。

大家都說，豐子愷的字畫，像個童心未泯的孩子，特別招人喜愛，因此豐子愷愛貓，也就變得理所當然——我看過一張照片，一隻稚氣的白貓，一躍而上，蹲在豐子愷戴著冷帽的頭頂，豐子愷竟一點也不懊惱，神色自若地繼續讀書，而從豐子愷身上穿著的棉襖看來，當時應是初冬吧，冬陽暖暖地篩進豐子愷當時住的「日月樓」，那隻豐子愷將牠取名爲「白象」的白貓，大抵爲了撒嬌，並且順道兒取一取暖，所以才會躍上豐子愷的頭頂，而那畫面之和諧，連我這種天生懼貓，曾因被貓兒一路喵喵叫著窮追不捨，而不得不撒手丟下手裡提著的鹹魚煎餅便當，轉過身落荒而逃之人，也禁不住嘴角泛笑，覺得這樣的畫面，實在是不可多得的美好，就好像豐子愷自認貓緣甚深，常常把貓畫進他的漫畫裡，也常常藉貓敍事說道理，我倒是特別對他養的「白象」好奇，因爲豐子愷說牠兩隻眼球一黃一藍，渾身雪白，漂亮得連查戶口的警察見了牠，也禁不住對牠逗弄起來，暫時不查了，而我則覺得這「白象」不就是另一位音樂金童子大衛·鮑伊嗎，彼此都有神祕的雙色眼瞳，在眼光照耀之下，瞳孔細得幾乎看不見，神祕得很，也詭異得很。就連豐子愷尊敬的李叔同，也是心思上翻山越嶺的愛貓之人，他可以從國外發電報回來，就只爲了詢問：「愛貓安否？」都說文人愛貓成癡，這事恐怕是眞的，而我雖然也寫幾個字，偏偏對所有動物都生分，都保持客氣而禮貌的距離，尤其消受不起貓兒幽靈也似，出其不意把身子貼上我腳邊耳鬢廝磨，是於老舍竟每晚都要守門，非要等到家裡的愛貓夜遊歸來才肯鎖上家門，落在我眼裡，簡直匪夷所思。

又比如豐子愷愛喝兩杯，在生活最難過的時候，人們最關心的只是身體的溫飽，見了面難免要問，吃過飯了沒？而豐子愷每次總是擺擺手笑晏晏地說，吃過吃過，其實他哪有吃過什麼飯了，不過是喝了幾口暢快的酒吧了，他說：「酒是米做的，我喝了酒，不就等於吃了飯麼？」大家聽了，都只能苦笑著搖頭。最難過的是，豐子愷晚年坎坷，遇上了文革，好幾次被紅衛兵按壓在畫院的草地上，刷糨糊、貼大字報、抽皮鞭，每次挨完皮鞭，臉色蒼白地扶著牆壁腳步踉蹌，家人見了眼淚馬上冒上眼眶，他倒反過來催著要酒喝，安慰家裡的人說：「算得了啥啊，只要回得了家，只要回到家有酒喝，其他都是小事。」就好像豐子愷曾經到過台灣中山堂辦過畫展，當地的朋友紛紛勸他移居台灣，他表面上是心動了，說台灣風土人情什麼都好，偏偏就是少了紹興酒，沒有酒，就算有詩有遠方，終究比不上他畫的，一伙朋友喝完兩斤花雕，「人散後，一鈎新月天如水」的石門灣老家好。而那好，才是眞的好。

李叔同

Li Shutong

半世風流半世僧

是日晴——而是日之晴，天舒氣朗，萬里無雲。當時他們已經離開了浙江第一師範學校，步出湧金門，剛剛經過慈寺，李叔同卽示意一路相送的學生停下，然後彎下腰，輕輕打開箱子，恭敬地從箱子裡取出大袖僧衣，動作嚴謹地給自己披上，眉宇之間，盡是一片肅穆，隨卽他更俯下了身，換上一對以布條纏結的行腳鞋。隨行的校工聞玉見了，一臉驚愕，「李先生，您這是幹什麼？」他回答：「不是李先生，你叫錯了。」然後自己挑起行李，神色自若地拔腳便走，步伐穩健而輕捷，徑自往虎跑寺的方向筆直前進，完全不爲豐子愷、葉天底、李增庸等學生在他身後的哭喊所動，一路都沒有回過頭來，也從此都沒有回過頭來——

因此我印象中的李叔同，永遠都在向自己的告別。最讓我欽佩的是，他總是可以一次又一次，對自己的過去，一點也沒有眷戀，一刻都不肯回頭。而那一年李叔同卅九歲，正來到人生當中風光最是明媚的臨界點，但他卻不眷戀不執著，毅然切割與俗世間的恩怨與名利，甚至把之前的書畫與著作都棄之如廢紙，辭別繁華，說放下就放下，斷食斷髮，斷七情斷六欲，入山歸佛，和自己的前身徹徹底底告別——風華才子遁入空門，從此化身雲水高僧，並把失傳的律宗承繼下來，以最嚴苛的戒律，來完成生命的修行——當時這事件簡直就像一顆炸彈倏地爆開了，從杭州，再到上海，震蕩了整個中國的知識界。

我看過李叔同出家前和豐子愷等學生合影的一張照片。照片中的李叔同清癯靈盈，閉目盤腿，坐在洋灰炕上，那神色有一種安靜的威儀，宛如淨化後的碧水澄潭，出家之前，李叔同其實已顯露法家相，那時他特別將豐子愷、葉天底、李增庸等幾位學生召來，和學生們非正式道別，將留下的音樂書籍和美術素材，都留給這幾位平時和他來往密切的學生，各按所長，各取所需，自己只留下幾件粗布衣服和日常用品，決意告別他作爲一代藝術大師的開拓性成就；也決意告別浪起雲湧的時代風濤；更決意告別紛紛擾擾的人情與外緣，從此安住青燈黃卷，托芒鉢持錫杖，行走溪邊林下，一心嚮往西方極樂，發願早證無上菩提——而他最疼愛的學生豐子愷，其實隱隱約約猜到了李叔同的意向，卻不敢開口阻止，也不便出聲挽留，念及師情道誼，一整個晚上，悲傷得說不出一句話來。

人生本來就是一連串的告別：向粉嫩的童年告別，向翠綠的青春告別；也在不同的階段，辭別枝頭，脫掉舊殼，眼睜睜看著這一刻的自己向前一刻的自己告別。弘一法師最擅長的就是告別。但他的告別不是擱下，不是遺棄，而是圓滿，而是前進。

從一個縱情聲色的藝術家，年輕時可以爲了替國內賑災以救濟國內同胞而登高一呼，迅速和志同道合的同學成立了「春柳社」話劇團，並借助精緻的西洋戲劇，替中國故步自封的中國戲劇進行改革，更不惜在台上媚眼如絲，穿上白色曳地長裙反串女角，演出《茶花女》裡頭的婀娜多姿交際花的李叔同，可到最後卻變成一個「弘揚佛法利益眾生」，苦修律宗的空門高僧弘一法師，其中轉折，破盡無明，曠大劫來，難免令人譁然。

《維摩詰經》裡頭說過，「是身如夢，爲虛妄見」。很多時候人生的冥冥然和蒙蒙然，比枕上的一場短夢還要虛幻，不過是因爲「緣會幻有，緣滅幻滅」。我記得弘一法師每次出外弘法講經，總是再三提醒發出邀請的寺院：不許預備盤川；不許備齋送行；不許派人接送。因爲法師相信，人之一生，最艱難的是捨與離，最珍貴的則是輕盈。不捨難離，又何來輕盈？而弘一法師要是在留寺院掛單，第二天離開，一定把禪房的床鋪收拾得乾乾淨淨，然後在桌上的銅香爐裡，點上一支清香，當寺院住持前來送行，弘一法師早已翩然離去，只留一室的幽香和靜穆。

而且弘一法師持戒極爲嚴謹，過午不食，每日兩餐，幾乎都是白水煮菜，只加一點點鹽，從來不滴上油，而且最愛吃白菜和蘿蔔，就算有人備素宴招待，法師的筷子也從來不會伸到其他菜餚裡去，一行一止，一坐一臥，渾樸凝重，形如披星戴月跋涉千里的苦行僧，好幾次叫學生們看見了，禁不住別過頭去，鼻頭一陣陣的發酸，都憶想起遁入空門前的弘一法師，穿起風尚西服，姿態風流倜儻，說有多前衛就有多前衛，而今一襲袈裟補了再補，一條毛巾破得不得再破，夏丏尊有一次忍不住開口：「給您換條新的好嗎？」弘一法師笑著回答：「不用不用，這毛巾還好得很呢。」每一趟出門，腳上踩的，老是那雙半舊的軟幫黃鞋，並且隨身只有一個灰色毛巾包，以及一頂兩隻腳已脫落的蝙蝠傘，但弘一法師的神色卻出奇歡喜愉悅，愈是在嚴謹的戒律中，見他愈是悠然自在。

至於弘一法師最傳奇的地方，是他把自己活成了一團謎——即便到了今天，這團謎，還是緊緊把他裹在他的傳奇裡，還是那麼的引人入勝，還是那麼的讓人著迷，還是那麼的——「誰都嘗試想解，但誰也沒能眞正瞭解。」而弘一法師最大的謎，是三十九歲之前的李叔同出沒煙花柳巷，沉湎歡場色相，醉臥美人膝，和同時代的公子哥兒習氣沒啥兩樣，也捧坤伶，也走章台，甚至還給當時有名的才妓李萍香賦詩贈書，過往甚密。我記得在李叔同前半生的傳記中讀過，少年時候的李叔同愛戲耍風流，常常豪擲千金，笑買好韶華，有陣子更迷戀色藝顚倒衆生的名伶楊翠喜，後來遷居上海之後還經常返京，爲的就是到梨園劇場給楊翠喜捧場，替楊翠喜喝彩，顯然兩人多少有過一段纏扯不清的情感糾葛。因此這樣縱情倜儻，朝朝香夢枕的李叔同，怎麼會二話不說，剃度爲

僧，進入深山嚴守律宗？這般極具戲劇性的轉折，不但讓人愕然，更是引人猜度，到底是什麼樣的因緣，可以讓精通詩詞書畫文學，鑽研音樂戲劇篆刻的「中國第一才子」，決定拋棄繁華盛世，看破無常，替自己的心靈尋找平靜而篤定的皈依？

後來弘一法師出家的消息傳開之後，法師的日籍妻子帶著幼子，從上海迢迢千里，輾轉來到杭州靈隱寺，要求與他再見上一面，以爲可以動搖法師出家的決心。但法師一言不發，把寺門緊閉，拒絕讓孩子與妻子進入。可畢竟是十載結褵的一場夫妻，法師最終還是基於恩情，應允當面告別，只是若在寺廟與妻子見面，終究不宜，於是約好兩舟相向，在清晨薄霧籠罩的西湖，法師珍重地將一枚手錶遞上去給妻子留作紀念，並且交代，「家裡的鋼琴字畫，能拍賣的全都拍賣，好當作盤纏帶在身邊。」妻子聽了，眼淚滾滾落下，怎麼也止不住，只哽咽著問了一句，「為何對世人慈悲，唯獨對我一人殘忍」——不知道為什麼，這句話刺進耳朵，特別揪心。雖然弘一法師曾經說過，愛是慈悲，但我其實明白，有些愛，必須伴著傷害才能讓人天長地久擺在心裡記載。而後船身輕輕划動，弘一法師乘船離去，一臉安然，任妻子在身後失聲痛哭，他也只是目光平定，頭也不回。後來聽說，弘一法師將妻子安排送返日本之前，還剪了一綹長鬍再添上一筆小錢，托人給妻子送去，從此僧俗兩界各分開，天上人間不相聞。因此我沒敢忘記，順應無常，其實就是日常——而我們本來就在各自的修行路上磕磕碰碰，營營役役，既因緣聚會，也必因緣離散，任誰都一樣，任何時候都一樣。

我記得弘一老師的傳記裡提起，法師圓寂前住的，是一間寒傖凋敝的泉州溫陵養老院，他把那小小的寮房叫作「晚晴室」，室外恰巧長著一棵特別挺拔俊秀的玉蘭樹，每次花一盛開，那花香老在鼻端纏纏繞繞，硬是不肯散去，而且那盛開的花朵，遠遠望過去，就好像幾千只燈盞同時亮開著——而那時候才十七歲的中國畫家黃永玉，自學美術，因爲戰亂而流亡到了泉州，恰巧就住到了弘一法師附近，老愛翻牆偷溜進院子再爬上樹頭摘花，有一次被弘一法師發現了，就和氣地微笑著，揚聲問道：「那花在枝頭上開得好好的，你幹嘛去摘啊？」黃永玉既頑皮又直率，昂起頭大咧咧地回答：「老子高興，想摘就摘！」後來弘一法師反而請他進屋子裡坐，黃永玉看見桌上有幾個信封，信封上寫著豐子愷和夏丏尊的名字，心裡頓生疑惑，眼前這位看起來又野樸又普通的老和尚，怎麼會認識這兩位大師呢？直到弘一法師說起曾經在杭州教過書，豐子愷是他的學生，而夏丏尊則是他的同事，並且法師因爲知道黃永玉愛畫，就投其所好，侃侃談起義大利文藝復興時期的米開朗基羅、達文西和拉斐爾，黃永玉的眼睛這才慢慢睜大開來，心裡不無欽佩，只是嘴巴還是嘛得高高的不肯認輸，「那你就給老子寫幅字吧。」弘一法師聽了，微笑著說：「你之前不是說過我寫的字沒有力，你喜歡的是有力氣的字嗎？」黃永玉馬上改口說：「現在看起來好像還可以，你到底肯不肯給我寫啊？」弘一法師最後答應了，「也好，我就給你寫個條幅吧，四天後你過來拿就是，記不記得住

啊？」

可惜黃永玉沒有按時回來取弘一法師寫給他的字。到底年輕，到底心野性野，一轉身就隨朋友遊山玩水，一玩就玩個十來天去了。當黃永玉回來的時候，知悉弘一法師已於前一晚圓寂了，他這才惶惶然不知所措，急急趕著過去給法師上香，臉上爬滿了年輕人藏不住的懊惱與後悔，然後他把弘一法師留給他的字打開來，上面寫的是，「不爲自己求安樂，但願衆生得離苦」——黃永玉拿著那幅字，似懂非懂，呆呆地怔在原地。而黃永玉要到很後來才慢慢明白，他在弘一法師大去之前和法師結下的緣，原來是多麼的珍貴而殊勝。於是黃永玉漸漸成名之後，專門爲弘一法師畫了一張特別傳神的畫像，畫像裡頭呈現的，是弘一法師弘化衆生的慈悲，並且還寫了一篇文章，紀念他和法師的那麼短暫的相識，而文章裡面寫的場景與對話，就好像黃永玉自己也一直不敢相信，「彷彿是別人的故事」，他竟然和弘一法師有過那麼短暫但深刻的交往。

而說到慈悲，弘一法師的眼睛特別細長，望著人說話的時候，神情持重，雖臉帶微笑，卻有一股自然的威儀，讓人願意向他靠近，也讓人甘心與他告解，就好像樹老到一個年紀就慈悲了——那慈悲就好像在鄉下經過一座娟秀的古廟，你探頭一望，裡頭香火也不見得鼎盛，可那純樸的莊嚴，還是讓你禁不住眼眶一熱，好多平時找不到人說的話，忽然都湧到了喉嚨口，可愈是急著想說，愈是什麼都說不出口——你依稀知道你們是認識的，那時候燈籠照著積雪，你踩著厚厚的雪到井邊打水，經過一株窮愁潦倒的杏花樹，樹上竟還落剩那麼幾片葉子，而枝椏上有隻歌鴝，垂頭望著你手裡端著的那一只空碗，那眼神一圈一圈罩下來，比月色還要淒婉，比皚雪還要溫柔——弘一法師也一樣，他對眾人循循善誘弘的法，他一字一句刺破指頭用血抄的經，還有他爲了維持僧法的威嚴，垂下眼簾，對前半生的種種，靜默不語，不親近塵世，不過問世情，他的以身示法，其實都默默往我們端著的空碗裡，塡進滿滿的慈悲。

而弘一法師圓寂的前一晚，寫了最後一幅字，「悲欣交集」，其實看得出他已心有所感，並且兩次把近身的妙蓮法師單獨招進室交代遺囑，輕輕從一本經書中抽出幾張信紙，特別囑咐，「這幾封提前寫好的信，待我命終之後，只需塡上日期，就可以寄給夏丏尊和豐子愷等朋友」，而信裡頭的內容基本上都相同，正是弘一大師最爲後人熟悉的偈語：「君子之交，其淡如水。執象而求，咫尺千里。問余何適，廓爾忘言，華枝春滿，天心月圓」，親筆寫信通知舊友，他已大去——弘一大師甚至還因爲護生心切，仔細交代，切切不可忘記在停發大體的龕腳上置碗加水，避免螞蟻循味而上，焚化大體時傷害彼等性命。而弘一法師圓寂之時，右手枕頭，左手搭膝，兩腿交疊，持吉祥臥，看上去平靜安詳，把一切該放下不該放下的都全盤放下，然後呼吸漸少漸靜漸短促，在生命歸結之時，完全應了他所預言的，「悲欣交集」——因爲完成了在世間的苦修苦行，了無缺憾，因此淌下的最後兩滴眼淚，是悲，也是欣，是於格外晶瑩，是於格外靈通，彷彿聽得見遠處雷聲轟轟，山海成經，作爲他向穿梭僧俗兩界，最豐富也最神祕的人生，作出最圓滿的告別。

後來我反覆看著照片裡頭弘一法師圓寂的瑞相，那麼素樸，卻又那麼莊嚴，眼睛不知怎麼的開始有一層水膜，薄薄地泛了上來，不期然盤旋起他寫的那一首〈送別〉——「一壺濁酒盡餘歡，今宵別夢寒」，也想起隔了這麼好些年，朴樹在錄音室錄這首歌時，依然禁不住一時感觸，數次哽咽，泣不成聲，哭得差點把麥克風推倒，發出刺耳的「吱吱」聲，根本沒有辦法把歌唱下去。我不確定朴樹是不是因爲這首歌而在錄音室想起提前離開這個世界的樂手，所以一唱到「天之涯，地之角，知交半零落」，忍不住失聲痛哭，或單純被弘一法師塡的詞給感動——沒有經歷過別離的人生，怎麼能算是人生？至於我們，誰不都是從一開始就一步一步，在每一片不斷往後飛逝的風景裡頭，對自己的一生展開一段漫長的送別？所謂「念念不忘，必有迴響」，恐怕很多人不知道，眞正說這句話的人是弘一，也只有弘一法師的念，才有這麼大的迴響，因爲沒有徹底破滅，何來天心月圓？

蒲松齡

Pu Songling

如夢如泡影

後來他做了一個夢。那是立春前的一個午後。他似乎剛躺下來，就夢見妻子推門進來。妻子看到他正在午睡，而且睡意正酣，便也沒有驚動，輕輕地笑了一笑，轉身就走。

早春，薄薄的寒意，砭人肌骨。

他於是從夢中倉惶地醒過來，想爬起身把妻子給叫住，忽然才意識到妻子已經不在了，他怔怔地坐在炕上，久久回不過神來——

隨後他蹣跚地走到案前，像個逃難時和家人離散了的孩子，抽泣著寫下一首七言絕句，「一自長離歸夜台，何曾一夜夢君來。忽然一笑騫帷入，賺我蒙矓睡眼開。」而那時候，他隱隱知道，應該很快就要和妻子會面了，心酸之餘，總算還有些安慰。

結果就那一年，正月都還沒過完，他端端正正地坐在窗前的硬木椅子上，屋外的景色都還是老樣子，一派的愚鈍，一派的憨直，一派的謙遜，就連屋前的木槿，也還是一如既往的固執，遲遲都不肯開花，而他卻一點先兆也沒有，氣一閉，就過去了。

而我其實多麼喜歡蒲松齡寫的詩——清貧素寡，像農民從灶頭上端出來招待客人的一小碟熱菜，那麼的羞澀，那麼的寒酸，卻又那麼的神聖，那麼的熱誠。即便是寫一段眼看著就快溢出來的愛，蒲松齡的遣詞用字，一直都靦腆而躊躇，撒開了又急著想收回來，比起杜甫不可一世的綺靡華麗，是怎麼個急鞭策馬，也都追不上的。

我於是想起了余秀華和她寫的詩——眞巧，都是一針一線，用詩句，細細地縫出一幅簡樸的門簾，然後在過堂風吹過的時候，才微微地掀開來，讓你瞥見房裡面躲著的，是那麼寧靜的委屈與壓抑。偶爾吧，他們也會捋著大半世的憂傷，面朝大海，跟隨節氣和萬物的生長，提心吊膽地期盼春雷乍響——春雷一響，萬物通曉，所有的愛，這才筋絡舒活，變得理所當然起來。

因此蒲松齡是懂得愛的。

妻子離世之後，他對著妻子的遺物，抹了一把又一把的眼淚，「傷心把盞澆愁夜，苦憶連床說夢時。生平曾未開君笑，此日開來不忍窺」，每一句都像蠢鈍的刀背，卻也砍得人偏體生疼。

所以蒲松齡怎麼可能不解風情？蒲松齡又怎麼可能不懂得對心愛的女人用情？我經常反複讀蒲松齡寫的《聊齋》，也不一定是讓他魔幻的故事勾引，而是被他古文的靈韻迷了魂，發覺他的文字怎麼可以這麼美，行文流暢，認真豎起耳朵，還真聽得見花落一溪，溪澗潺潺的流水聲。

就連魯迅也說，只有蒲松齡的《聊齋》，才避得開妖言惑眾的嫌疑，明明說的是仙狐鬼怪，卻可以使花妖狐魅，都有人情味，都平易可親，常常忘了牠們其實是殊途，是異類，是邪道，是月色冥漠中不存在的幻境。而能夠把動物與人類的跨界，生與死的跨界，寫得纏綿淒美豔麗神祕，讓人讀了心底有一隻破繭而出的蝴蝶，掙脫禁忌，穿透現實翩翩漫飛，其實也只有蒲松齡了——

我們不也都記得，「畫皮」、「封三娘」和「小倩」，有哪一次不是因為書生「緣瞻麗容，忽生愛慕，如繭自纏，遂有今日」，結果才冉冉展開人與狐與鬼，瞞天跨界的悱惻戀情？而蒲松齡意念紛然的浪漫，不僅僅精緻，也在在深刻，猶如站在臨海的懸岩上一條裂開的崖縫裡，驚濤拍岸，美得桃杏尤繁，美得如夢幻泡影，讓人先目眩後神迷，並且也間接完完全全表現出日本人最推崇的「物哀」美學，把冷冽的孤獨感推向了懸崖邊，同時把「侘寂」的空靈，也生動地投映在他文字的水波和漣漪。

而說到愛，蒲松齡比妻子劉氏年長三歲，當年因民間訛傳，說皇上要選秀女入後宮，劉氏家裡頓時慌成一團，趕緊將十三歲的劉氏送到蒲家當童養媳，形式上就當作是提前把劉氏過門入蒲家，一直等到謠言平息之後，劉氏才返回娘家，然後再等兩年，歲滿十五，再正式嫁入蒲家。

蒲松齡一直覺得對妻子有說不出口的虧欠，劉氏嫁入蒲家，是由富入窮，由貴入賤，常年穿的都是破布舊衣，吃的都是粗糠野菜，可始終一句怨言都沒有，等到蒲松齡老年缺齒，咬不動生硬的食物，她更總是費心把酥軟的食物另外留給他，有時家裡為了招待親戚，難得有葷食，小心翼翼地煎了一尾魚，她舉起的筷子總是繞過桌面上的魚，說什麼都要留給蒲松齡。那時候，劉氏爲了讓蒲松齡夜裡專心書寫，常陪著熬夜，夏天夜裡還特地坐到屋外做針線，主要是防野狼闖入院子，驚擾了挑燈夜「書」的蒲松齡——這樣的愛，聽起來多簡陋多平常，卻往往最是讓人肅然起敬。

蒲松齡記得六十歲那年，劉氏央他快些修建墓地，好爲後事盤算，蒲松齡後來相中一口柏木棺材，木紋端莊，木頭穩實，看了心裡不無歡喜，於是毫不猶疑就定了下來，旋即轉過頭對妻子說：「將來我們哪一個先下世，誰就住進這棺材裡。」而這樣一句話，在物質何其貧乏的那個時代，比起給心愛的人留下房產和地契更窩心，也就相等於現代人信誓旦旦立下的遺囑，劉氏聽了，掩不住喜悅，「老爺必定長命百歲，這當然是給我準備的，只是不知什麼時候才用得上。」間接顯示了劉氏對蒲松齡的恩愛和依賴，不想對方比自己先離開，也表現了她對死亡看得特別開，時間到了，不吭一聲就走，沒什麼好避忌的。

甚至蒲松齡本身也不是一個特別迷信的人，在他出生之前，他父親做了一個夢，夢中有個和尚走入房內，神色自若，卻一句話也不說，赤裸上身，乳前更是貼了一片膏藥，晃一晃眼就不見了。後來等到蒲松齡又老又病的時候，忽然靈光一閃，想起父親告

訴他的這段奇事，再看看年邁的自己，門庭冷落，一世人鬱鬱不得志，終日疾筆揮書，埋首字墨當中，何嘗不像一個在破落的小廟裡用功修行的出家人——尤其一本《聊齋》，足足寫了一世，以文字托鉢，在混沌的塵世中和眾生化緣，一生侷促寒磣，即便十九歲就中了秀才，之後每一年鄉試卻都落榜，懷才不遇，功名落魄，莫非眞箇是和尚轉世，應了淒冷孤清的宿命？

而我看過一張蒲松齡的畫像，是在他七十一歲中選貢生那一年，兒子請來江南頗有名氣的畫家朱湘齡，爲他畫的最後一張畫像，畫裡頭的蒲松齡，雖然老了，但眉目意外的舒朗，特別是一雙眼睛，還是刀鋒一樣，沉靜中閃著靈光，他一手捻著花白的鬍鬚，一手擱在椅把上，指甲很長，穿著天藍色的寬鬆馬褂，腳踏一雙深絳色的長筒靴，和頭頂上同樣深絳色的官帽相應相和，臉上有一股自在的文氣，樣子一點也沒有寫慣狐仙鬼怪而相由心生的陰森詭異——

不知道什麼，我突然記起後來有人提起曹雪芹，說曹雪芹身粗頭廣而色黑，是個粗壯漢子，沒有文人雅士的氣質，實在看不出出身名門望族，多少讓紅迷們好生失望，所幸曹雪芹善談吐，好風雅，觸境生春，連吃也吃得雅，小時候特別喜歡吃埋在雪底下芹菜的嫩芽，讓廚子用斑鳩肉絲炒熟了，據說既清淡又美味，可相對之下，蒲松齡老是笑稱「半飢半飽清閒客，無鎖無枷自在囚」，那份隨風蕩墮的自嘲，反而更令我傾心。

蒲松齡一直都長得瘦，老年的時候，精行儉德，更瘦得好像一根被歲月劈成兩半的枯柴，我記得有一本記載蒲松齡的野書裡描述，蒲松齡好菸草，在他出土的墓穴裡，就發現了清代的菸桿子，混在銅碗與家居用品當中當作陪葬，難免格外搶眼，至今一直都被收藏在蒲松齡建於山東的紀念館裡——當年菸草被稱爲淡巴菇，是從今天的菲律賓傳入中原，而據說蒲松齡爲了收集新奇古怪的故事，還特地在那些穿州過府，販運各式物品的商販必然不得不經過的路徑，擺上個小茶桌，盛意拳拳地向過路的商販敬菸奉茶，乘他們難得半路可以歇上一歇，套他們說兩句，順道搜奇刮異，打探他們家鄉的鬼怪故事。

也難怪大家要好奇。《聊齋》總共四百九十一篇，是中國文學史上最堂皇的鬼怪小說集，每一篇都光怪陸離，諷刺政權與人生，寄託理想與志向，更頌讚狐仙與鬼怪的仁義與良善，明明與人間百姓，各有造化，互不相犯，偏又禁不住跨界越軌，陳倉暗渡，其故事之玄妙，文字之駢麗，就連清代皇宮，也私藏一本手抄《聊齋畫冊》，專給帝王閒時翻閱，徜徉在蒲松齡建構的奇境異域。可蒲松齡當年提起自己這一本《聊齋》，始終十分謙虛，未敢寄於厚望，只擱下幾句話，「集腋爲裘，妄續幽冥之錄；浮白載筆，僅成孤墳之書」，卻是怎麼也沒有想到，僅僅一本《聊齋》，就鑿穿了時間與空間的鐵壁，也解放了文學與美學的邊界，漾開浮翩綺色——讓美，美得更耐人尋味；也讓美，美得更澎湃，更詭異，更旖旎。

太宰治

Osamu Dazai

可你道歉什麼呢太宰治

是六月之後的事情了。六月的時候你在哪裡呢？我側過頭，想也不想地回答你，困在疫情肆虐的泥沼裡呢先生。於是你給了我一個往事如煙的微笑。你說，隔了四十三年之後，你走出三鷹地鐵站，慢慢踱向黃檗宗禪林寺，而沿路的風景變動得其實比你想像中少，一切看起來都還是你所熟悉的樣子，只是啤酒和香菸的價格恐怕不一樣了，你老了，當年第一次到禪林寺，你就只有十八歲，年輕得連憂愁的資格都沒有，你巴巴地趕到太宰治的墓前，墓碑前面布滿了香枝和花朵，當然還有櫻桃——大顆小顆，滾得滿地都是，你想起太宰治曾經說過，「這是我對人類最後的求愛。儘管我對人類滿腹恐懼，但卻怎麼也沒辦法對人類死心。」於是你掏出隨身攜帶的「休憩」牌子的香菸，恭恭敬敬地給太宰治獻上一根，另外一根給自己，輕輕地點上，然後緩緩地噴出一口長長的菸圈——

每一年的六月十九日是「櫻桃忌」，這麼多年來這日子你一直都沒有忘記，你偶爾在想，現在山一程水一程以讀者的名義去給作家掃墓的讀者還會不會有呢？而且，你摘下眼鏡，就著衣角擦了擦起霧的鏡片，靦腆地笑著對我說，喜歡太宰治基本上都是莽撞的少年郎啊，我現在的身分是一個閒居老者，一個開著一爿古書店，偶爾也寫點什麼的古書迷，我都不好意思告訴人家我是太宰治的粉絲呢。

然後你記起年輕的時候有那麼幾年你在一家舊書店裡幹活，店裡規定每個月就只在廿號休假一天，因此每一年愈是靠近六月十九你就愈是覺得心情鬱悶，你很想參加「櫻桃忌」卻又沒有膽子向老闆開口請假，其實你特別想回去禪林寺看看，看看太宰治墓前那瓶常常只剩下四分之三的酒，到底是誰和太宰治的亡靈對酌之後留下來的？而那麼多偷偷喜歡太宰治但又不希望被知道的人們啊，他們現在都在哪裡呢——你低下頭，壓低了聲音說，他們應該和我一樣，都像一本舊書，慢慢地泛黃，慢慢地殘舊，然後一頁一頁，慢慢地剝落了吧？

然後鏡頭一轉——而妳呢？妳笑了笑，指著外頭一整排開得安靜又暴烈的淡粉色花樹說，瞧，櫻花又盛開了。櫻花盛開了，於是在拉上咖啡館的大門打烊之前，妳一定不會忘記把太宰治的照片擺在面向街心的玻璃窗台上，讓太宰治也看一看夜色罩下來，夜櫻如雪，所有的記憶和落下來的櫻花一起翻飛的風景，妳說：「奇怪，要是這麼做的話，隔天打開店門，總覺得照片裡的太宰治的神情，不知怎麼的，好像多了幾分喜悅，彷彿前一天晚上和朋友們盡興地喝多了兩杯，還在回味無窮似的。」

然後妳有點不好意思地說，其實妳小時候也在教科書上讀過《人間失格》，讀過《奔跑吧，梅勒斯》，但感覺一點也不怎麼樣，淨覺得太宰治不就是個耽溺在悲傷當中，連幸福都會害怕，碰到棉花都會受傷的人嗎？直至有一次妳看見太宰治在銀座一家酒吧的照片，照片裡的太宰治難得的放鬆下來，脫下西裝外套，裡頭一點也不馬虎地穿著整齊的馬甲背心還打著領帶，並且他順手把白色襯衫的袖子捲了起來，準備好好地喝上兩杯，於是妳就被這樣子在頹廢中尋歡作樂的太宰治給吸引住了——啊原來他長得挺好看呢。

是啊，太宰治確實長得好看，好看在他有特別適合被畫成肖像的輪廓，線條簡練俐落，只是每一個毛孔都藏著深深淺淺的憂鬱，並且妳如果認眞地看仔細，妳會發現他每一次的凝視，其實都帶著對幸福的輕視——於是我想起太宰治病態的厭世，以及他說過的那一句一口就把幸福推翻的名言，「幸福這東西，只會沉澱在悲傷的河底，偶爾才會發出如砂金一般的光。卽便認眞地去愛一個人，那幸福其實也並不容易遭遇。」但太宰治素來對女人有一種致命的吸引力他自己是知道的。他的孤絕與狂妄。他的不安與放縱。還有他那一頭濃密又柔順，宛如徬徨的少年般，適合埋進女人懷抱任女人搓揉的中分頭髮，到現在看上去還是充滿時尚感，到現在還是會讓女人一看見，就禁不住像個母親看見風塵僕僕從遠方流浪回來的孩子似的，泛起滔滔的慈愛與溫柔，所以太宰治怎麼會不明白，憂傷和無助，一直是他最優雅也是他最感性的標誌？他顯然知道，他絕對可以利用先天的頹廢，在女人群裡無往不利地對每一段感情半途而廢，而且當他那一臉蒼茫茫的無力感，慢慢地煥發出一種充滿誘惑力的頹廢感時，不過是說明了一件事，有些男人之所以墮落，一半是因爲禁不起三番幾次被生命奚落，一半則是因爲無論怎麼樣往下沉淪都依然被女人受落，他們就是有那個把握，比如太宰治。

我想起王家衛也說過，梁朝偉的消極和憂鬱，總是讓他想起太宰治，尤其是梁朝偉鎖緊眉頭手上夾著一根菸的時候，王家衛馬上聯想起太宰治寫過的一則短篇《叨菸的英俊惡魔》，而太宰治在日本男作家群中，無疑是才氣之外最具劍氣凌人的明星氣質的那一個，而我十分相信，王家衛不是沒有想過要把將梁朝偉和太宰治這兩個男人疊合在一起的。

而你呢？妳睜大眼睛看著我，你也喜歡太宰治嗎？你最喜歡他的什麼呀？不是只是因爲喜歡他長得好看吧？我在想，如果我從新宿站搭上半個小時的中央線抵達三鷹站，從車站南口出來，按照書本上所說，左手邊就是太宰治最後投河自溺的「玉川山水」，然後沿河而上，到過太宰治建於禪林寺的墓園憑弔之後，再走個十來分鐘，就會遇見一座市立圖書館，而妳開的Phosphorescene咖啡館則小鳥依人般依偎在圖書館臂彎，然後我興沖沖地推門而入，妳轉過頭來，大概會馬上綻開笑臉這樣子問我的吧——而我其實到現在還不確定該怎麼樣回答妳呢。

我想起村上春樹說起太宰治，村上和妳一樣，初時並不怎麼喜歡太宰治的呢，後來時間沖散了原本的不合口味，他嘗試把朗讀太宰治作品的錄音下載到iPod上，常常在旅途上的車廂裡打開來聽，而火車轟隆隆地往前開去，我們大概都知道村上春樹在跑步的時候會想些什麼，卻終究不太確定在火車上聽著太宰治的作品時讓他聯想起來的又會是什麼？儘管他聽著聽著，間中還是會禁不住搖頭苦笑，卻也漸漸地、漸漸地，把不喜歡太宰治的主觀全給撫平下來了——怎麼會有人把他的人生過成這個樣子呢？我猜村上春樹難免會有這樣子的疑問。這時候火車剛好到站，村上春樹摘下耳機，在微微顫簸的車廂裡站起身，恍恍惚惚地微笑了一下，發現自己最後竟寬宏大量地體諒太宰治在他的書寫中留下的性情中最直接的表達，思想上最眞實的迷惘，以及文字裡最原始的焦慮。

但妳和太宰治的因緣終究是不一樣的是吧——妳呷了一口咖啡館裡妳親自調配出來的簽名式「太宰治拿鐵」，然後定定地看著我，思索了一會才回答，妳其實是爲了太宰治離開京都到東京來的，那時候妳還在京都一家書店上班，每年六月都會到三鷹參加「櫻桃忌」，而妳笑著說，年輕嘛，窮得只能選擇從京都開往東京最便宜的夜間巴士，晚上從東京出發，在巴士上睡一覺，清晨醒來，人也就到了東京了——所以妳總是很早就到禪林寺，有一年妳到太宰治的墓園拜謁後天才剛剛亮起來呢，而周圍沒人，妳遇見了一位男生，他也是從另外一個縣坐夜車過來的，於是就很自然地一起在天鷹散步，一起吃早餐，晚上甚至還約了其他萍水相逢的太宰治粉絲一起在居酒屋喝了一整夜的酒，聊了一整夜的「生而爲人，爲何抱歉」，第二天各自準備散去的時候，妳在心裡暗罵了自己一句，糟，妳好像喜歡上他了——

之後你們經常在網上聊天，聊到後來他說想來京都看看，於是妳安排了行程，安排他可以節省旅費而住到妳家裡來，心裡當時已經隱約感覺到應該會有些什麼即將要發生，只是沒有想到的是，竟然因爲太宰治，他後來留在京都沒有再回去，也竟然因爲太宰治，你們後來結了婚，婚後妳告訴他，妳想開一家咖啡館，小小的，精緻的，也賣些蛋糕和太宰治的書本什麼的，讓喜歡太宰治的人都可以聚在一起，有點像紐約那種小資風情的書店，但是如果要開，妳堅持一定要在三鷹開，因爲那是太宰治扭轉了妳的人生，讓妳和他相遇的地方，太宰治應該也會喜歡的，而你——妳抬起頭來對我說，每年「櫻桃忌」，我們咖啡館都會辦活動，把來自各地的太宰治粉絲們都召集在一起，每個人輪流發表和太宰治相關的作品，或是歌曲，或是影片，又或是朗讀一篇太宰治的文章

也都可以，你會願意來參加嗎？妳說，也不是什麼了不起的事，就只是把「櫻桃忌」當作一個小小的文學周，至少讓大家正視「脆弱其實並不可恥」，脆弱也可以是一種魅力，太宰治實在沒有必要爲他脆弱地生而爲人感到抱歉。而我從一開始就很想當面告訴妳，我很是喜歡妳替咖啡館兼書店起了這個名字，「磷光花」，多麼冷僻又多麼美麗，其實那也是太宰治其中一則短篇小說的名字啊——妳喜歡太宰治，顯然是把他所有的缺點都喜歡進去的，包括他的懦弱他的自卑他的無賴，也包括太宰治老是自嘲說，他一直都只是一個髒兮兮的酒鬼，世上找不到任何一間沙龍的書架願意擺賣他的著作——

因此妳多麼希望我也可以飛過來和大家一起啊，妳不老是說，不是每一個人都會喜歡太宰治，但如果喜歡太宰治，那一生人總得參加一次的「櫻桃忌」才是，因爲不見得每個作家都可以和太宰治一樣，人走了，卻因此更清晰地活在人們的心裡，活成了一個儀式，活成了一個節日，並且從來都不會老去——尤其太宰治對人生的迷惘和對生命的質疑，無論他再怎麼努力都還是和這個世界格格不入，不一直都被當作是「青春文學」嗎？好幾次，我從書報上看見「櫻桃忌」來到太宰治墓前憑弔的，幾乎都是廿餘歲的年輕人，推擠著，激動著，擁抱著，滿滿的都是青春的躁動。當然也還有一些老一輩的太宰治粉絲，他們另有一種含蓄的表達方式，知道太宰治愛抽「金蝙蝠」的香菸，愛喝「麒麟」罐裝啤酒，於是他們都小心翼翼地買來擺放在墓碑前面，然後自己退到一旁去，可能因爲是夏天吧，我看過去，發現他們臉上漫漶著溫柔的、手帕抹不去的潮濕，好像在緬懷他們逝去的愛情，也好像在悼念他們曾經絕望的青春。

啊是，我一直很想告訴妳，並且相信妳也會認同的，太宰治的品味眞好啊，他雖然沒留過洋，卻渾身散發優雅的舶來紳士氣，首先當然是因爲出身名門，他父親是青森縣經營金融業的大資本家，也有一陣子長居東京，從過政，一家子人住在一所有十五間房和三個倉庫的豪華宅邸，多少養成了他眉眼間的名門公子氣息——後來家道沒落，房子也轉賣出去，那時候太宰治其實也已經辭世，而買家顯然衝著太宰治的名氣，房子一過手就改造成旅館，取名「斜陽旅館」，明目張膽地採用太宰治其中一本小說《斜陽》的書名作爲招徠，吸引了不少太宰治的書迷成群結伴過來居住，滿足了他們對於近距離窺探太宰治生活場景的好奇，後來不知怎麼的，縣政府輾轉接手，將旅館整修，這才建立起「太宰治紀念館」，完整地陳列出太宰治生前的生活用品和創作手稿，讓走進去的人，彷彿和太宰治靠得很近，可以看看他戴過的羊絨帽、他在裡面裝滿威士忌然後藏進斗篷口袋裡的水壺、他穿過的走過雪地去探望情人的雪地鞋、他繞在脖頸上的溫暖的灰色圖紋圍巾、他愛穿的褐色和服，還有他書桌上擱著的一個文具盒，裡頭還放著一張他打算寄給朋友的明信片——

我在想，我如果有機會到太宰治的紀念館去，我是不是應該把頭低下，跟所有注重禮數的日本人一樣，慢慢地半躬下身子走進去，而紀念館裡面的一景一物，感覺就像一個正在運轉的時光的磁帶，吱吱地在轉動著，彷彿一進去就聽見了昭和年代的風聲雨聲還有讀書聲，也彷彿聽見太宰治自嘲的在耳邊說，「我這一生，盡是可恥之事」，那感覺明明好不詭異，卻又流竄著讓人通體舒暢的溫馨情意，像個好久好久沒有碰面的老朋友突然捎來一句問候，那聲音熟悉得讓我渾身一顫，我很擔心我的眼淚就會馬上不受控制地流淌下來了。

記得嗎？太宰治說的：「所謂世間，不就是妳嗎？」也只有太宰治，才能夠說出這麼浮誇，這麼玩世不恭但又這麼可以讓人因此願意爲他鑽入地底三千尺的情話。至於愛情，到現在大家都還懷疑，太宰治懂不懂得什麼叫作愛？懂不懂得怎麼去尊重愛？而在他生命裡出現過的那些女人，甚至有些爲了他而殉情的，比如藝伎、女服務生、貴族和女學生，雖然背景和際遇都不盡相同，可是到最後，他們是不是都只是太宰治不同層次的愛情消耗品罷了？眞的是這樣嗎？愛情的正反兩面，除了纏綿和決裂，難道就沒有別的嗎？我記得太宰治說過的：「愛是捨生的事，我不認爲是甜蜜的。」因此太宰治一生人自殺超過五次，每一次都有著不一樣的理由，但每一個不一樣的理由，其實都回到他挑釁生命的本質，他說，他絲毫不理解，他爲什麼必須活下去，只要讓想活下去的人活下去不就得了嗎？其中三次，他帶著不同的女人基於愛情的緣故和她們說好了大家一起離開不打算活下去了，可廿一歲那年他和銀座酒吧的女服務生殉情，對方走了，太宰治卻被救了回來，這讓我想起我們熟悉的如花和十二少，結局幾乎是一樣的，不同的只是，十二少苟且偷生活至耄耋，太宰治卻鍥而不捨，不斷盤算著如何讓自己再次成功地死去；還有一次，是知道妻子出了軌，太宰治把她帶到水上村的谷川溫泉，打算服藥共赴黃泉，沒料到卻因爲藥力不足雙雙又留了下來；最後一次，那時太宰治的《人間失格》剛剛完成，他身上帶著病，屢屢咳血，和情婦在投河之前據說雙方死意堅決，還服了分量不輕的氰化鉀，而這一次，總算如太宰治所願，結束了他對生命的負疚和不安，也終止了他無處不在的孤僻和自我否定，人間終於失格，掠奪他在人世間的資格，關掉他生命的閥門。

我們常說，人身難得，人世不易，這都是一開始我們就預知的生而爲人的差距，所以當夢想面目全非，當志向寸步難移，有人身段靈活，游走從容，太宰治只是放棄了去對抗外力的裹挾，放棄了去扳回運命的戲弄，其實他一點都不需要抱歉，他這一生並不如他所說的，「盡是可恥的事」，他只是勇敢地讓自己一路脆弱下去——我一直覺得他書寫的格式，其實和他款待生命的方式根本就如出一轍，他的失敗和他的頹廢，一直都飽滿而多汁，纍纍地結滿了青春的果實，而且我記得他說過，在他還沒有建立起所謂的名氣，還沒有正式被知名文學刊物邀稿的時候，他把他在昭和七、八年期間寫的作品全裝在一個紙袋裡，只要有人邀稿，他就歡喜地從紙袋裡抽出一篇送過去，那時他才廿四、五歲吧，年輕得嚇壞人，創作力也十分旺盛，就算後來開始有知名的文藝雜誌向他邀稿，支付的稿費也十分低廉，頂多一張稿紙三十錢或五十錢，就算偶爾想慶祝一下，呼朋喚友到魚糕攤上喝兩杯，但收到的稿費根本就不夠付酒錢，可這一切也沒有動搖他繼續往文學這一條路匍匐——即便是後來，大家甚至都還在猜測他最後的殉情會不會是一場意外，他本意並不是眞的要死，只是想要更眞實地體驗自殺的最後一刻，那呼出最後一口氣的心情，到底是平靜還是焦慮，是解脫還是恐懼，然後寫進他的作品裡頭，他其實是想活下來的。

但瞻仰過太宰治遺容的都說，太宰治看起來自在而安詳，就像是排練多次之後最完美的演出終於謝幕了，他的表現其實他自己很滿意，甚至許多太宰治的粉絲們都說，他那一次的自殺成功，其實是順理成章的事，也是他們預期的最理想的結局，更是太宰治唯一留給這個世界最眞誠的情書，唯有這樣，太宰治才能把他最年輕的樣子定格，把他最張揚的文字緊緊扣在浪尖和風口，並且向喜歡和不喜歡他的人提出一個不容忽視的命題：人在紛亂的時代，面對雜亂無章的未來，每一個追尋生命意義的個體，究竟應當如何和這個世界相處，應當如何妥當地安置自己的人生才叫作不負衆望，才算是功成身退？

櫻花七日，我記得妳坐在妳的小書店的咖啡桌上，陽光頑皮地撒在桌面，彷彿給妳的咖啡澆上一圈金黃的奶油，妳笑著說，這挺好的，太宰治過世了，太宰治離開了，太宰治懷著歉意溺水而去了，總算圓滿了他生前的心願，「從此作息規律，完全不必看人臉色，躺在沒有酒精和尼古丁的潔白床單上」，所有的紛紛擾擾，從此都可以置之不理，至於妳，妳就可以守著爲太宰治而開的小書店，安心地天荒地老地把他喜歡下去，誰也別想干擾妳，誰也別想，誰也別。

輯四

雕

侯孝賢

Hou Hsiao-Hsien

我們都是風櫃來的人

安靜是一種邀請——就好像你驅車返鄉，碰巧經過一處僻靜的鄉鎮，你把車子拐了進去，鎮上有家樸素的老厝，你好奇伸頭一探，望見厝內有塊嫻靜的天井，天井邊上種了一棵樹，樹上安安靜靜地開了滿滿一樹轟轟烈烈的象牙色的花，而那扇半敞開的門板，你一直記得很清楚，它畢恭畢敬地，彷彿對你提出邀請，邀請你回到當年夢想還很柔軟、翅膀還沒長硬的時光。

侯孝賢的電影其實也一樣。常常，他把手掌鬆開，讓一個長長的空鏡頭滑出去，像一個心裡熬著半鍋心事的中年男人，跳上火車，轟隆轟隆地回到他小時候長大的地方，一個人，迎著驕陽，捋起衣袖，抿著嘴，靜靜地放了長長一個下午的風箏。電影沒有旁白，也沒有音樂，當然也沒有情節，只有椰樹頻頻擺動腰肢，樹葉沙沙作響，而電影裡頭的風啪啪啪啪地吹，吹得你也禁不住下意識地撥開額前的髮絲，彷彿你已經掀開銀幕的邊角，鑽進了電影裡頭的場景，和侯孝賢一起——戀戀年輕的風塵，再見久違的南國，南國再見。

因此每次看侯孝賢的電影，就好像靜靜地坐在空蕩蕩的暗室裡，眼睜睜地凝視著自己——明明那故事是別人的，明明那場景是陌生的，但那惘惘然撲面而來的感觸，那被削去了一層又一層修飾技巧的美學布局，美得那麼誠懇，美得那麼嫻靜，而電影裡的那個人，他腳步一高一低穿著校服背著書包走過的那條鋪滿道碴的火車鐵軌，他端起又放下的那只杯沿有一道短短裂痕的茶杯，漸漸你才發覺，其實你都認識，其實你都熟悉。

我記得朱天文說過，侯孝賢的電影最美的時候，是他用嘴巴說故事的時候，她和侯孝賢一起編了卅年的劇本，在不同的故事裡爬山涉水，到現在侯孝賢還是牛一樣的頑固，等到年紀開始大了，心漸漸柔軟了下來，表現得分外的寬容而大器。而侯孝賢的頑固是，一疊疊的劇本推到他面前，他根本翻都懶得翻，他就是自己的編劇，他只拍在自己腦子裡翻騰的故事，而且他永遠都是先認定一個演員，才有想頭，才搭故事，他的死穴是，他沒有辦法憑空去編一部劇情。

就好像《刺客聶隱娘》，這故事在侯孝賢的腦子裡翻騰了幾十年，每隔幾年就會蹦出來一次，直到他覺得時間對了，舒淇準備好了，舒淇的眼神開始有了刺客的彪悍和蒼涼，他才動手籌劃，並且那劇本一寫，就寫了三十八個版本，到最後電影拍了出來，朱天文苦笑著說，已經和劇本是兩回事了，但電影劇本終究不是文學創作，很多場景很多劇情拍不到就是拍不到，就算你手裡抓著最強的導演和演員也枉然，而電影最後教會了朱天文的是，你必須無奈地世故，你必須千瘡百孔地八面玲瓏——做人如是，編劇如是。

而這麼多年了，侯孝賢就只信任朱天文，如果他是棒球手，那麼朱天文就必須不斷地陪他發球、接球、罰球，眞正讓朱天文甘之如飴的是，侯孝賢就像個背著一面銅鏡在武林上行走的磨鏡少年，沉默但固執，安靜但老練，她喜歡侯孝賢雙眼發亮、迫不及待地要把故事亢奮地說出來的時候，臉上有一股神采飛揚的少年氣，而那其實也是電影受孕期間，編劇和導演獨處，個人在一起做著夢而夢永遠不會醒的最美好的時光。

至於朱天文和侯孝賢之間，說亦師亦友，乍聽之下，雖然得體，但難免有點敷衍，多少讓人感覺虛浮，他們之間肯定有比友情更深入一點的關係，一種生死與共的默契，而這種珍貴的關係，常常不能夠被取代，也往往不能夠被複製，不是撤掉一個編劇或換過一個夥伴就能夠重新建立起來的。她第一次見侯孝賢，是約在當時台北的文藝沙龍「明星咖啡館」，侯孝賢整個人看上去就是個不務正業的小混混，渾身草莽氣，談吐和打扮都「台」得不得了，當時侯孝賢看中朱天文寫的《小畢的故事》，打算買下改編版權拍成電影，朱天文的第一個反應是暗中鎖了一鎖眉頭：這個人懂文學嗎？完全不知道侯孝賢自小就把翻譯小說、日本小說、武俠小說都翻爛了，文字的消耗量十分驚人，遠遠超過我們這些擺明姿態混文字的，而這多少也給侯孝賢奠下了深厚的底氣，說起話來，詞句的運用和語氣的停頓，都特別的有詩韻，和李安那種學院派溫文爾雅的敍述方式完全是兩回事。

你也許會驚訝，侯孝賢讀得最完整的是米蘭．昆德拉和卡爾維諾，比他讀沈從文陳映眞張愛玲還深入，雖然侯孝賢也喜歡張愛玲慣用的「蒼涼」這一個詞，當大家說他的電影收尾的時候，總是收得人的心都被揪起來，很是悲傷，侯孝賢聽了就輕輕地糾正了一下，「應該說是蒼涼吧」，因此我們恍然大悟，蒼涼，其實才是侯孝賢想要映照在他的電影的底片上的底色——他曾經說過那麼一句，我不知怎麼的竟緊緊地給牢記，他說，人生短短長長，眞正嘗得到人生味道的時刻，是一個人最艱難的那個時候。

意外的是，張曼玉的前夫，法國導演奧利維耶·阿薩亞斯原來一直都很喜歡侯孝賢，甚至還特地拉了一支拍攝隊伍，飛過來台灣替侯孝賢拍了一部紀錄片，一直把侯孝賢當作台灣的小津安二郎，因爲他們兩人一樣追求簡單的畫面和安靜的、緩慢的、水一樣清澈的節奏。我想起侯孝賢喜愛的作家卡爾維諾說過，「深度是隱藏的，通過文字寫出來的，都只是表象——」這恐怕是眞的，侯孝賢的電影，已經慢慢的走到「去戲劇化」，在他的劇本和鏡頭底下，漸漸把具象化的「動詞」都抽掉，因爲他相信，愈乾淨的愈雋永，愈安靜的愈美麗。

所以我常常覺得，拍電影有時候跟人生很像，而且眞的太像了，常常很多鏡頭拍了下來，其實都是爲了準備後來給剪掉的——而我們誰不都是這樣？總得把冤枉路走通走

透，才會感慨原來這一生過得並不冤枉；也總得在愛情的陰溝裡翻過好幾次船，才會明白什麼叫青山依舊在幾度夕陽紅。尤其是，侯孝賢的風格是把故事敍述的音量調轉到最低最微最弱，他說，他是一個影像思考的導演，他講究的是意境，是氣韻。

就連蘇珊．桑塔格也說過，她特別喜歡侯孝賢長長的空空的鏡頭底下，節奏緩慢得近乎靜止不動的影像，這也是她最著迷的台灣印象。而鏡頭底下的靜，其實最不容易，侯孝賢電影最啄人的，就是那

一片漫山遍野的靜。他不喜歡用對白或情節承前後，像用一根蘸了口水的手指把寫在紙窗上的故事揬破，他喜歡把該說的都不說，把該交代的懸掛著，給戲留點餘韻，也給看戲的人留點遺憾。所以每每後期剪輯的時候，侯孝賢的手裡還是緊緊抓著剪刀，把礙眼的、不順的、太亮的戲都剪掉，他說，狠得下手剪掉的，基本上都不重要，對於侯孝賢來說，劇情順不順倒是其次，但如果在影像上看得出過分的鋪墊和裝飾，反而把那一份畫面以外的古意與詩韻都給破壞了。他一直都在說，他老早就擺脫了「劇情」的威脅和限制，他喜歡拍的，範圍其實很小，小得可能只是一個節選，一個人物，一個氛圍，就好像《刺客聶隱娘》，侯孝賢掙脫了對白的糾纏，把一篇只有千餘字的唐代傳奇拍成一百〇五分鐘「殺一獨夫」的長片，用詩經「明志」，而不是靠劇情來「敍事」，把武俠片用詩性來架構整部電影的骨架，把中國人的武俠片，還給中國人，拍出純東方的韻味，像一首蕭條肅穆但氣魄跋扈的唐詩。可我一直覺得，侯孝賢之前拍過的《風櫃來的人》、《童年往事》、《戀戀風塵》和《悲情城市》，在影像的營造和風格的修煉，都特別的「散文」，清麗，素簡，耐讀，比起那些野心太大，動輒千軍萬馬的大製作，無疑恬淡誠懇得多。

侯孝賢也熟姜文，但他完全不同姜文，姜文拍電影是給自己找碴，不糟心的事他還眞不幹，因爲姜文喜歡電影裡強烈的戲劇感，喜歡拍亂世，特別著迷亂世裡蹦出來的英雄，你給他一個劇本一場戲一幕景，他一定要在這一個劇本這一場戲這一幕景裡面拍出它的特殊性，要在有具體性的東西裡頭轟然塑造出它的具體，那鬧哄哄的作品才叫姜文。而侯孝賢是不同的，他的電影特別安靜，安靜得有時連演員們都慌了，頻頻問他，導演，眞的沒有對白？眞的不需要表情？他常常一整場戲就是一個鏡頭，而且鏡頭安靜得連演員眨一下眼睛都會發出聲音，他特別記得第一次拍舒淇，那時候舒淇開始走紅，張牙舞爪地美麗著，逢人就咬，但個性依然很衝很倔很硬很草莽，像一隻一有人靠近就隨時弓起背跳上屋頂飛簷走壁的街貓，人來到片場，完全就是一副「我是來和名導演飆戲」的心態，結果侯孝賢什麼也不說，因爲他看中的就是舒淇的這一股「剽悍」，他要把舒淇這一股「剽悍」磨出金黃的看上去猶如沙漠上閃閃發光又粒粒晶瑩的沙粒，於是他把舒淇丟到鏡頭面前，而他是出了名不教戲的，他只給內容，有了內容就讓演員自己去琢去磨去熬去演，他讓舒淇在鏡頭面前哭，一直哭一直哭一直哭，沒哭到他要的感覺，咔，再來，再一直哭一直哭一直哭，又咔，滴上幾滴眼藥水，又再來，哭得舒淇簡直整個人就快要崩潰下來——

後來電影拍好了，侯孝賢把電影捎去坎城影展參展時也把舒淇給帶上，讓舒淇以一個美豔莫名的東方女星的姿態，盛裝坐在全球頂級電影精英匯集的展館內看自己演出的電影首映，那是第一次，舒淇看見自己在侯孝賢的電影裡頭完完整整被當成一個眞正的演員來看待，戲裡頭幾乎沒有一個鏡頭不是眞心誠意地想把舒淇推上一個更高更險峻的位置，而不單純只是把她當作會念對白的銀幕充氣娃娃，結果舒淇一時沒忍住，眼淚啪啪啪地一路往下掉，把整張臉都哭花了。

侯孝賢不同王家衛，王家衛拍電影喜歡show-hand，把最當時得令的明星全都給抓過來再一把手撒出去，而侯孝賢則深情而專一，他愛一個人，愛很久，他喜歡一個演員，也不會朝秦暮楚，而是一路天長地久，讓演員跟隨他的鏡頭，一寸一寸，在他的電影裡，陪他慢慢地告別青春，就像風櫃來的人，在體驗過城市裡空洞的喧鬧和虛妄的華麗之後，終究還是要回到風櫃那兒去。

張藝謀

Zhang Yimou

妹妹妳大膽地往前走

天開始冷了。奇怪，天氣冷了，想念一個人，於是就變成一件理所當然的事了——聽張藝謀說，他在義大利導歌劇的時候接到消息，說父親下世了。父親下世了，我猜張藝謀的第一個反應應該是頓了一頓，把正在比劃著該如何讓攝影機的燈光降下來然後火速地用力推過去才可以讓丫環柳兒衝上前去拔起杜蘭朵公主的髮簪自盡時，台下的觀眾才會即時感受到劇情的迸發而掀起當晚高潮的那一雙手，突然就猶豫了一下，在半空中停了一停，然後他轉過頭，用兩根手指用力地搓了搓眉心，對助導說：「音樂太大聲了，我聽不清楚演員在唱什麼。」而那當兒劇組人員各就各位，依然在劇場裡戴著耳機奔跑著、叫喊著、張羅著，進入最緊張的最後一輪彩排，張藝謀站在原地，紋風不動，一臉的荒涼。

之後他從義大利回來，家裡已經替父親把喪事給辦了，但他因爲歉疚，堅持還是要給父親補辦一場。於是我想起《我的父親母親》裡頭一大伙人在漫天風雪裡給父親抬棺的黑白鏡頭，戲裡的母親說，她要把父親葬在井台，那地方是將來有一天她過去了，也要和父親葬在一起的——總是這樣的不是嗎？每個做兒子的，到最後對父親總有不同程度的歉疚，那歉疚裡頭，更多的是來不及表達的體諒，以及囁嚅著遲遲說不出口的尊敬和愛，大家都問張藝謀，這電影裡頭多少有你父親在裡邊吧？張藝謀抬起頭，山遙水遠地笑了笑：「是有的，但不多，我對父親母親年輕時候的事兒知道得特別少。」

可張藝謀後來在電影結尾的時候給男主角安排了一場戲，讓男主角突然想代替父親去給孩子們上一節課，教孩子們在孤伶伶建在白樺樹林裡的課堂念念書，男主角說，父親應該很高興聽見我和孩子們一起念書的聲音吧——而這，其實也是張藝謀一直都沒有在父親面前聲張的心願。因爲父親是出身黃埔軍校的國民黨軍官，從小給張藝謀烙下的印象都不苟言笑，很嚴厲，也很壓抑，張藝謀心底下一直想完成卻又來不及完成的，單純只是一個做兒子的心願，找一天，找一天回老家探望兩老的時候，半低下頭，搓著手，一聲不響地拉張竹椅子坐到父親身旁，陪父親在院子裡看著遠處的落日慢慢地、慢慢地跌落山頭，半句話都不說。

我最近重看《我的父親母親》，看到戲裡的母親步伐堅定地踩著厚雪領著衆人抬棺的那一幕，鼻子禁不住一酸，還是哭了。我想起了母親，想起了很多很多沒來得及圈著母親的手向母親問起的關於她年輕時候的生活，想起母親會不會也藏著一個父親送給她的紅色髮夾，想起母親年輕的時候，眉眼彎彎，笑起來酒渦淺淺的，該有多麼的美麗啊——不知道爲什麼，我總覺得章子怡在《我的父親母親》有一種一塵不染的美，美得像一串清水，靜靜地滴下來，可以滴穿歲月的磐石；也美得像早晨七八點鐘的陽光，可以把樸素的青春一次又一次地晾乾，然後隨手拍掉生命裡微不足道的灰塵，在粗糲的日子裡溫潤如玉，閃閃生輝——是的，縱然童年的記憶如何模糊如何殘破如何破碎，但母親在孩子們的印象裡始終如一的美麗，每個人的母親都是，都是，都是。

尤其張藝謀沒有賣弄張揚的美術，若無其事，拍出了章子怡初初出道的靈氣，讓她整個人看上去怯怯地，像一篇沒有經過潤飾的散文，一拆開來，掉了滿地的都是詩意，而這樣子的章子怡終究是可一不可再的，後來的章子怡，剩下的盡只是銳氣和霸氣，怎麼都回不去了——回不去她穿著紅色的棉襖在白樺樹林裡心急如焚的來回尋找掉失的髮夾；回不去爲了聽她暗戀的讀書人朗朗的讀書聲不惜繞遠路去挑水；回不去她神情呆滯地攔住鍋碗匠將她盛著蒸餃子卻沒能交得上給心愛的人反而因爲沿著斜坡追趕而給摔破了的青花碗，慢慢地鍋回去——

看得出來，張藝謀偏好用疊化景物的手法拍攝愛情，比如野地裡晃動的高粱，比如白樺樹林裡索索的樹葉，比如河水裡瘋了似冒長的蘆葦，他都虔誠地拍出了女人隨時會把酒碗往地上一摔然後任自己躺在高粱地裡豁出去和愛情野合的那一份滾燙的潑辣——因此我們在銀幕底下看上去，那山，那樹，那路，都是連綿不絕的，都是在和永恆較著勁的，張藝謀把電影的樸素，通過鏡頭，一幕一幕地漫過來，漫過來模糊了我們的眼睛，可那樸素裡頭，如果你看仔細了，還是看得出它其實埋著灶膛裡的柴火，隨時會劈哩啪啦燒開來的。我想起《紅高粱》九兒被抓進高粱地裡然後唰唰地在炎日底下往前跑，想起《我的父親母親》招娣在白樺樹林裡心焦如焚地追趕著逐漸遠去的載著她心愛男人的車子，那其實都是一種在愛情裡澆火自焚的蕩氣廻腸，只是陳述的手法不一樣罷了，偏偏到最後——我們難免低下頭來，所有眞正用過力去愛的愛，總是像灰燼一樣，在我們記憶裡緩緩地散落下來。

不知道爲什麼，我老覺得長得比農民還要粗糲還要隱忍的張藝謀，其實比誰都懂得愛情。張愛玲的愛，是低到塵埃裡開出一朵花。而張藝謀的愛，是只要認定了那個人，那愛可以翻江倒海，可以捨身求死，可以奮不顧身，可以低到塵埃裡，拉拔成一棵樹——可惜的是，我們常常和張藝謀一樣，之所以三番幾次被愛情絆倒，不是沒有遇上對的人，只是那個對的人偏偏沒有在對的時間出現——「前人種樹後人涼」，我特別喜歡用這句話形容愛情。而鞏俐和張藝謀之間的愛，更完全應了這句話背後的感慨和蒼涼。張藝謀願意給的時候，鞏俐已經轉身離開，等不到了。我忘了在哪讀過鞏俐寫給張藝謀的情書，寫得眞直接眞大膽，一點也不拐彎抹角，完全就是鞏俐山東女人的本色，她說，「我喜歡把你揣在懷裡，你在我懷裡左攢右動，頑皮得像個孩子似的」——但男人的頑皮，很多到最後都變成了遲疑。九年的愛情，抵不過張藝謀遲疑著不肯給鞏俐簽下的一紙婚書。他低低地吼了一聲：「不就是一張紙嗎？」我突然聯想起姜文曾經笑罵張藝謀，你這陝西人啊，一根筋！做人做事，咋就不懂得轉個彎呢？這是眞的。張藝謀對愛情也一樣，一根筋。雖然大家都盡量不提，但並不表示大家都諒解當初張藝謀爲什麼會鬆開鞏俐。消息據說是張藝謀自己放出去的。鞏俐提出分手那當兒，他完完全全難以置信，整個人愣住了，但他尊重鞏俐的決定，他知道鞏俐做這個決定並沒有比他容易，男人嘛，但凡咽不下去的，就要扛得起來。

我記得最後一次見到張藝謀和鞏俐公開的合照，是兩個人在拍《搖啊搖，搖到外婆橋》，那時張藝謀準備到太湖的蘆葦叢拍夜戲，外頭正下著雨，這雨剛巧對上了張藝謀當晚打算拍的一場大雨中黑幫殺人的戲，劇組已經安排了兩個大水龍頭會往演員的身上澆，和張藝謀一樣，鞏俐也喜歡穿軍綠色的軍人外套，雖然當晚沒有鞏俐的戲分，但她還是細心爲張藝謀打點出外景的需要，幫張藝謀穿上齊腰的雨靴套上雨衣，他們那時在太湖邊一個叫「北箭壺」的小島上，鞏俐還隨身帶著一個小答錄機，一邊播著她演歌女需要唱的那首〈花好月圓〉一邊練習，一邊聽張藝謀在臨時搭建起來的小茅屋給她說戲，鞏俐一臉認眞，聽得很仔細，而且那仔細裡頭，有一種很甜很膩，很是對未來特別依賴的纏綿，可誰也沒有想到，戲拍完了，他們竟也分手了——

分手之後的張藝謀和鞏俐，要到很後、很後來才恢復在電影裡合作的關係，鞏俐說，如果劇本吸引而張藝謀又希望她可以接下那角色的話，她一定會毫不猶疑地答應，因爲她知道，一定是張藝謀堅持這角色只有她拿下來才最合適，而她對張藝謀的依賴，到現在還在，到現在還不願意改。我隱約記起後來有一次張藝謀和鞏俐一起出席新片發布會之類的，張藝謀被記者問起和鞏俐的關係是否已恢復正常，張藝謀避重就輕，只說了一句，他說二十多年前，他曾經在長城上許過願，要讓鞏俐演一回皇后——而那時候他把鞏俐找回來拍的那一部《滿城盡帶黃金甲》，給鞏俐演的正好就是個皇后，這間中雖然隔了好多、好多年，但到底他在長城上許的願畢竟實現了，鞏俐一聽，才知道張藝謀一直把自己擺在心底，也一直爲自己承受著不少委屈，忍不住在記者會上扭過臉，飛快地拭掉唰唰地往下奔滾的眼淚。沒有人敢問張藝謀有多愛鞏俐。鞏俐也不。唯一可以確定的是，愛情裡所有的錯，不過是爲了證明一件事，錯的，永遠最美麗。

可惜的是，青春和理想，還有愛情和心性，其實都一樣，愈是純樸的，愈快就凋謝了去。好像聽過侯孝賢曾經感慨，現在的張藝謀和陳凱歌都只拍大片，心比狼還要野，非得要把電影拍進國際影展才肯開鏡，他哥兒倆當年拍《黃土地》和《活著》那種格局很小很含蓄但又特別生動特別大氣，並帶點實驗性的電影，恐怕是不會再有的了。而那個時代的導演，楊德昌不在了，吳念眞早就不拍電影了，就連田壯壯，也收復心性，回電影學院教書去了。張藝謀還記得當年侯孝賢出任《大紅燈籠高高掛》的監製，在拍戲現場問了張藝謀一個問題：「這院子裡這麼多人，還有一大堆僕人，他們吃飯在哪呢？水井在哪呢？僕人們在什麼地方洗腳？姨太太們平時還有些什麼愛好？」其實侯孝賢想拐個彎提醒張藝謀的是，中國電影如果一味拍攝東方的高牆大院和滿院子的大紅燈籠給外國人看，到頭來也未免太過形而上太過諂媚了，而侯導自己的電影習慣往內收，愛從微觀的角度去思量電影裡最根本的生命本事，而不是一味往最宏觀最壯麗的場景去調度——侯孝賢的這一番話，其實到現在還在張藝謀心裡一層層、一遍遍地發酵著，偶爾他還是會扭過頭去看一看，看一看當年那個爲了把自己的作品帶到「北京電影學院攝影系」西安考場而巴巴地衝著去賣血以便湊夠錢買下第一台海鷗牌相機的自己。

是阿城說的吧。如果沒有記錯的話。阿城和張藝謀是很老很老的朋友了，因爲年歲久遠，因爲識於微時，這樣子的老朋友，已經不是老出一種交情，而是老出一種互相擔當的義氣了——眞正的朋友，光有默契有啥用？還要有一種不分青紅皂白的義氣，子彈飛過來，他會撲過身，反手把你推開去，那樣子的朋友，才會老了的時候靜靜地陪你爬上海角的尖岬，聽你一邊咳嗽一邊嘆息。我記得應該是阿城說過，創作嘛，不外兩種，一種是五臟六腑型，熱氣騰騰的，將身體裡面的五臟六腑都掏出來，一下子就把讀者和觀衆都感動了——另外一種則是老謀深算型，只肯取出一小段腸子，仔仔細細地切開來，然後隨手撒上備好的材料，拿捏好火候，老神在在地反手快炒，倒也炒出有色有香有味的一碟熱菜來。我因此在想，那張藝謀既是前者也是後者。他的電影可以華麗但空洞得讓人吃驚，也可以清秀但深邃得叫人落淚，我喜歡的張藝謀，是章子怡芳心竊喜地連夜爲心愛的男人織了一張最豔麗的「房梁紅」偷偷掛上去妝點他教書的課室的張藝謀，是竇驍遞過一根樹枝讓周冬雨心如鹿撞地握著渡過小河的張藝謀。我喜歡——那個懂得一拳兜過來就把我們的五臟六腑全都給掏出來的張藝謀。這樣子的張藝謀不是不在了，只是老到了，只是世故了，只是懂得謀算了。

把五臟六腑都給掏出來能掏上幾回呢？當一個人把藝術當作職業，把才華當作謀取名利而不是謀求藝術的時候，這背後的眞理我們其實一眼就看穿，只有把腸子分開來切，這樣子陸續端出來的菜式才不寒磣，這樣子才不會一下就耗盡才氣和元氣——只是在歲月昏沉的灰燼當中，我特別想念張藝謀在高粱地裡的豪邁與奔放，想念他通過鏡頭直勾勾地看著鞏俐，那眼睛裡頭，沒有世俗的負擔，也沒有男人的萎縮，只有最原始的「妳必須是我的」，把鞏俐割得遍體鱗傷，「妹妹妳放膽地往前走啊」，只要張藝謀一扯開喉頭唱，鞏俐騎在馬背上一顛一顛的，嘴角還殘留一抹在高粱地裡爬起來的微笑，沒有不往前走的道理——這一點我是相信的，因爲我相信，穿著大腰褲，露出光脊梁，並且把頭髮剃得光光的，爲了把《老井》那角色演得生生猛猛的張藝謀，可以每天光著膀子在烈日下曝曬，和農民一起上山幹活下溝挑水，每次攝製組開會，死活不肯坐板凳，硬是要學農民，垂下肩膀蹲在地上，而且還要不斷地隨手抓把砂土用力搓手背，就是要讓兩隻手看起來和農民一樣粗糙，他那股牛一樣的勁，特別對鞏俐胃口。

我也喜歡年輕時候的張藝謀。前陣子讀一本名不經傳的日本讀書人的傳記，他說他在九〇年代已經閉館的「日劇文化」藝術影院上見過三島由紀夫，形容三島的臉盤子出奇的大，每一寸都彷彿是一張塡滿細節的劇本，當時三島沿著樓梯慢慢地往上走，感覺上他的臉龐就好像在舞台上緩緩升起的布幕，安靜，厚重，並且神祕，像是一齣還沒有

開場的戲——最讓人驚訝的是，三島由紀夫的個子原來出奇的矮，和他擦肩而過，三島由紀夫老是對自己個子長得矮小微微地有點抱歉，神色有點不太自在，特別的害羞，這點在我看來，和年輕時候的張藝謀是多麼的相像，不同的只是，張藝謀的性格上多出來的謙卑和隱忍，恐怕是三島由紀夫所沒有的。

而張藝謀開頭並不知道有個三島由紀夫。也不知道日本有個跟他長得這麼相似的作家。更加不知道，當三島由紀夫自殺的消息在日本電視上播出的那個下午，據說無數的家庭主婦臉色蒼白地衝進書店，大聲地嚷嚷：「三島的書！三島的書呢？我全都要了！」而那些披散著頭髮衝進書店的主婦平時恐怕是不看文學書籍的，把更別說是三島由紀夫的作品了，可三島由紀夫當時是整個日本的文化象徵，所以她們才會像咱們現代搶購Uniqlo和名設計師跨界合作的最新系列一樣，瘋狂地搶購三島的書，志在把代表當代日本文化事跡的書本搶購下來，其餘的，比如讀不讀得懂，比如會不會打開來讀，比如明不明白三島由紀夫的自殺，記錄的其實是某個程度上日本的勇士精神史，根本都不是最重要的。

年輕時候的張藝謀個子不高，這點恰巧和三島由紀夫尤其相似，但他遠遠要比三島憔悴得多，也落寞得多，並且和人對望的時候，眼神有著典型西安人風塵僕僕的隱忍和誠懇，深深地陷進去，深得像一口老井，裡頭彷彿埋著一段怎麼都不肯對人說的過去——張藝謀說，年輕的時候背著相機在街上晃，國內常常有人沒來由地對他一臉蔑視，因爲他們說他看起來太像日本人了，會召喚起一小部分人的反日情緒，而這恐怕是眞的，八〇年代初期的張藝謀，當他還不是導演還不是演員，就只是陳凱歌那部《黃土地》的攝影師，隨陳凱歌到香港跑宣傳的時候，當時香港跑得特別前衛的《號外》雜誌有位我挺喜歡的特約作者兼攝影師李志超，簡直對他驚爲天人，怎麼說都要把張藝謀攔下來跟張藝謀拍照做專訪，而那動機只有一個——張藝謀身上有一股他自己恐怕也不知道的日本雄性魅力，特濃，特嗆，直抵進人的喉頭，那渾身躁動的漢子氣息，一靠近，就嗆得李志超渾身乏力，幾乎說不出話來。

其實就連張藝謀自己也很驚訝，他憋著眉頭看一張三島由紀夫練劍道的照片，忍不住說，「眞的有點像，不，眞的是很像」，並且要求李志超把書本送給他做紀念。李志超拒絕了，不行，書是借來的，不可以讓你帶著走。於是張藝謀有點失望地說，「那讓我多看幾遍」，臉上竟是一種莫名的依依不捨。後來照片拍了出來，張藝謀脫下襯衫，裡面什麼也沒穿，赤條條地露出瘦削的上身，陳凱歌看著看著，順手拎起三島由紀夫的照片，和張藝謀對照了一下，「還眞有點像。或許我們應該叫你三島藝謀，或者三島由藝謀，但你敢不敢切腹？」張藝謀聽了，一個勁兒傻笑，什麼話也答不上來。第二天李志超約張藝謀在麥當勞吃早餐，把沖洗好的照片遞過去給他看，張藝謀很認眞地每一張都看上好幾遍，然後指著最灰暗的那一張對李志超說；「這張挺好的。我喜歡灰灰暗暗的照片，我是個內向的人，我以前拍的照片都是灰灰暗暗的，我喜歡灰灰暗暗的感覺，很安全。」

現在的張藝謀，年紀多少也有那麼點兒了，那些爲夢想刀光劍影，爲生活躲閃騰挪的歲月，漸漸的，都有點遠了。張藝謀愛看書。肚子裡多少有點兒墨水。前妻肖華給他生了個女兒，張藝謀在外地拍戲，趕不回去，接到電話的時候開心得跳起來，交代要給孩子取名張末——因爲張藝謀說，女兒來了，意即他平凡的日子已經走到最「末」的一天了，以後再怎麼往下走，每一天都是意義非凡的。

人的一生，因果不一，哪有一氣呵成，一個長鏡頭直落就走完一生那麼幸運？總有些轉折。總拌點遺憾。總都會卡住一兩個還沒來得及完成的鏡頭。當有一天老得拍不動了，張藝謀說，他想回到當年他下鄉插隊的那個村落，坐在馬路牙子上，太陽將落未落，他會在膝蓋上攤開一本書，書面上的字，隨著日光的轉移，由銀白轉成金黃，到最後只剩下一片悄無聲息的黑白——有時候，當歲月不再獵獵作響，靜默，才是對生命的一種尊重。就好像拍完「紅高粱」的最後一個鏡頭，張藝謀把拍戲穿破的那雙膠鞋脫下來，恭恭敬敬地，埋進鎮北堡的一條黃泥路上，然後頭也不回地跳上車往前走，往前走，一路往前直走不回頭。

姜文 Jiang Wen

把最後一顆子彈留給姜文

鏡頭從背後推過去——姜文把頭都剃光了，背脊繃得像一張拉得滿滿的強弓，肩膀很寬，也很耿直，整個人不動的時候有點彪悍，動的時候反而有點羞澀。而姜文最神的地方是，他到今天看上去還挺爺們——將近六十的男人了，體內的荷爾蒙再怎麼力挽狂瀾，也難免要跌至危險水平，然後肌力開始下降；然後骨質慢慢流失；然後，性欲也明顯像一灘癱瘓下來的海水，已經許久不再興風作浪。可你打姜文身邊經過，還是會被他身上比硬鐵還要灼燙的氣味給嗆著，他身上到現在還是有股連男人也躲不過的費洛蒙——他顯然是一個可以讓另一個男人願意和他在精神上發生關係的男人。

因此女人們愛上姜文根本就不是一件太難的事。我記得阿城說過，姜文的電影好看，是因爲電影裡有他的體味兒，一股渾身燒得興起的荷爾蒙氣味。因此你從姜文的電影裡走出來，就好像剛剛和他睡了一覺，身上還隱隱帶著他壓在你身上的那股霸蠻的匪氣，嗅覺再遲鈍的女人都感受得到這種咄咄逼人的雄性氣息。我記得《讓子彈飛》裡面有一場戲，姜文一手抓槍，一手倏地抓著縣長夫人劉嘉玲的胸部，劉嘉玲抬起下巴，用兩隻胳膊撐著的身子微微往後仰，外頭剛巧有幾聲清晰可聞的貓兒在屋檐上春叫——

而無論這隻手在女人身上是前進還是遲疑，其實都握著女人滾燙的邀請，一橫一豎，或動或靜，一雙有氣息的男人的手，總有本事讓女人酥軟地平躺下來。因此我老覺得一個有雄性魅力的男人，最低限度，必須要有一對野蠻但誠懇的手，通過他的手傳達出去的，常常不單單只是激進的情欲，也完完全全無關他那一雙手的皮肉結構結不結實，而是一種願不願意和他一起槍林彈雨縱橫四海的約定——奇怪的是，女人可以一翻身就掙脫男人的懷抱，但女人比較難掙脫的，是男人那一雙手輸出的眷戀——女人的死穴女人自己最清楚，她們渴望自己被男人的手緊緊握著，也渴望自己不被男人的心草草鬆脫。

我記得姜文的法國前妻說，第一次見面，「是他的落寞吸引了我。」然後她主動走過去，向姜文介紹她自己：「巴黎大學的人類學博士，是舞者也是小說家，拿著獎學金，已經在北京研究了八年的中國哲學與道教文化。」那時候姜文應該剛剛結束和全中國沒有人不認識的女人劉曉慶八年的感情，一個人坐在酒會的角落，眼神安安靜靜地慢慢墜落下來，因爲戀愛資歷淺澀，姜文還沒有資格被稱爲屢屢作奸犯科的愛情慣犯，而且他因磨礪而堅韌的個性，基本上也根本容納不下太大篇幅的浪漫，他當時只覺得心裡頭空蕩蕩的，似乎被愛情耍了一記，有點難以置信，有點心神恍惚，有點無所適應。更何況他那時候其實已經摸清楚自己想要的是什麼，他一點也不著急，不著急跳上銀幕成爲一個臉譜化的電影明星，他只是鐵了心告誡自己，遲早要成爲一個像格瓦拉那樣的旗幟性人物，用導出來的作品而不是用出去的派頭修正中國電影的歷史，然後一往情深，然後翻山越嶺，堅定地圓滿他那像電線短路般，一路嘶嘶作響，隨時會爆炸開來的電影

夢想。

因此姜文和前妻一九九七年在法國註冊結婚，二〇〇五年，前妻就帶著八歲的女兒一起從法國回來和姜文解除婚姻關係——姜文何其幸運，他愛過的女人都把他當作一尊神聖的癡情司，虔誠地供奉在心裡，從沒有半句難聽的閒言碎語，甚至離散之後，前妻還說：「他是個天才，我們從沒有停止過相愛。」真正的愛情，就算彼此都不在身邊，愛情照常升起，「現在這個階段的愛情，其實最有魅力。」

我不是太確定在哪讀過曾經集

結一大票詩人和畫家，因推動超現實主義運動而風靡整個歐洲的法國詩人安德烈・布勒東寫的一首詩，短的，關於愛情的，依稀是這麼說的，「我已找到，愛妳的祕訣，永遠作爲第一次」——我當然不會被赤裸成這樣子的句子觸動，只是覺得這句子還挺管用，我猜姜文應該也讀過這首詩，並且偷偷給背熟了，因此他把每一個他愛著的女人都當第一個，他也把他和正在愛著的女人過的每一天，都當作第一天。至於情詩這東西，平時也都只是在閣樓上晾著，也沒啥特別功用，但必要的時候，還是可以拎出來，繞著蕎下來的愛情澆上幾圈水，活絡活絡愛情的血脈和筋骨——尤其是，粗糲的男人一旦溫柔起來，其效果之澎湃，猶如地動山搖。

而我也必須承認，我其實還挺喜歡姜文現在的山明水秀的妻子周韻瞅著姜文時的眼神，帶著一層一層疊高起來的仰慕與一圈一圈擴散開來的憐愛，像一隻貓，機靈地跳上主人的膝蓋，充滿著依戀與溫存，並且你可以從她眼中讀到滿得就快溢出來的幸福和那簡單的四個字：託付終生。歲月幽篁，姜文正好就是周韻愛情裡飛簷走壁，邪不壓正，帶點俠氣和隱韻的終生。一個幸福的女人，最幸福的不是撞上山河壯麗的愛情，而是遇上歲月無驚的終生。

至於歲月，有時候歲月就像一個敞開來的大澡堂，裡頭擠滿了來路不明各門各派的人，大家都有著不想再想起的過去，都倉惶地急著要找一個沐浴噴頭，把自己慘綠的過去統統給沖刷得一乾二淨，然後草草地擦乾身子即轉過身各奔前程。我記得姜文拍過王朔寫的《動物兇猛》，書裡頭有一段，描寫赤手空拳的野孩子們在柏油馬路上把一垛紅磚摔成兩半，然後衝到居民院落，向幾個正在沙堆上練摔跤的敵手復仇，並且團團圍住一個來不及往院子裡的孩子，用手裡的紅磚往孩子的顱頭使勁一拍，那孩子都已經貼著牆根癱倒在地上了都不肯歇手，還把那塊已經粘上血腥的磚頭垂直拍在那孩子的後腦門上，這才一聲不響的扭轉身拔腿狂奔——

我讀著的時候，整個人楞怔成一塊冰涼的木頭，那樣子的青春多麼兇猛，多麼殘酷，多麼驚心，多麼動魄，可青春有時候偏偏就是那樣，因爲暴烈所以美麗，因爲墮落所以回憶，每一段騷動的青春就像燥熱的夏天，陽光直直地打下來，燦爛得讓人神志不清，直到後來我們回頭看，所有少年時的意氣，就好像有誰拿著一塊磚頭往我們腦門上用力一砸，砸碎所有的憤怒和迷惘，也砸碎所有的甜美和夢幻，然後我們在打完群架之後穿著校服衝進瓢潑的大雨中，一心要飛撲到馬兒身上，想要擄走馬兒身上那一枝血一

般瀲灩的紅玫瑰——而群架終歸是要打完的。就好像青春，終歸也是要被世俗蒸發的。我們都是在破敗的青春當中蕩起淒然的笑意，慢慢沉澱，冉冉昇華。

姜文說過，如果他大半生的經歷裡頭眞有失敗這回事，他最失敗的恰恰與王朔一樣，就是一直都和母親處不好，王朔甚至到了和母親見上最後一面，還是沒有辦法在母親面前把堵在心裡的話一刀戳開來汩汩地說出口。而姜文雖然一直都沒有放棄過嘗試，卻一直尋不著可以下針去縫補的缺口，就像一個導演，不斷地修改劇本，不斷地調校燈光，不斷地遷就演員的個性和特質，老是耿耿於懷，非得把那場戲拍好不可，可到頭來還是沒有辦法把他和母親的關係給捋順。姜文特別困惑的是，接到中央戲劇學院的錄取通知書的那一天，他開心得翅膀都長出來了，騰雲駕霧地向母親報訊，母親卻瞄也不瞄那封信一眼，指著院子裡的洗衣盆說：「你那盆髒衣服還沒洗呢。」兩年前母親去世，臨走前把一個快撐破的信封交給姜文，裡面滿滿的都是之前姜文孝順她的錢，姜文手裡握著那信封，心酸得彷彿心裡頭的屋瓦不知被誰一片一片的掀了開來——那筆錢到底是母親不捨得用，還是母親根本就不樂意用？姜文不敢問，姜文也沒有勇氣知道。

姜文的母親是個教師，性子特別倔，母子倆的關係一直都繃得有點緊，就算後來姜文拍電影有了名氣成了大腕攢了點錢，趕緊給母親買套房子，可母親也不見得高興，甚至至寧可住在內分部街十一號——建於清朝的胡同裡的軍屬大院，也不搬過去住，姜文說：「咱胡同老家這麼老舊了，萬一下大雨塌了咋辦？」母親聽了，慢條斯理地回答：「這屋子木頭蓋的，不會塌。」即便是後來母親下世了，姜文還是掂量不著母親對他的愛，老覺得自己在這事上徹徹底底的失敗，以致原本沾沾自喜，以爲也就接近了圓滿的人生，偏偏就給絆倒在這一道坎上。

偏偏人啊，誰不都是按著上頭發下來的腳本過日子？情節是預先設置好的；場景也是提前部署妥當的；就連搭戲的演員，可以選的和不可以選的，其實都幽幽冥冥，暗地裡把誰將會是誰生命裡的塵埃，都給落定了。而我終究也將活到接近姜文的年紀，終究也將坐著把杯子裡的茶握著握著都給握涼了，思考著剩餘的人生——其實不一定是挑起生活的擔子才是勇氣，有時候，敢於摔下生活的擔子，去遛一遛自己想要的日子，其實更需要翻江倒海的勇氣。而姜文的電影之所以迷人，是因爲他的電影不講究技巧，講究的是策略，是野心，是氣魄，冷靜地把電影裡的場景一塊塊地切割開來，切得工工整整的，用豪邁的犀利的刀法，把生命裡比比皆是的傷口切開來再縫回去——而電影，恰巧是姜文生命裡最僥倖的相遇，也是姜文生活中最驚險的布局。

所以我特別喜歡姜文說的，「人生都是誤讀」，每個人都一樣——所有人眼裡看見的我們，很多時候都是他們沒有看見的他自己，因此誰又耐煩去招呼外頭的流言蜚語？又或許年紀慢慢大了，那些曾經火燒圓明園也似的藝術野心，也都漸漸蔫了下來，姜文說過，將來眞個老得七零八落了，也就該撤退了，把位子空出來好讓年輕一輩的爬上來，不再去蹚名和利的汙泥濁水了，就只一心一意，料理好自己「晚來風欲雪」的老年。或者就寫部小說吧，胡寫亂編，用三個不同的角度給自己立傳，虛虛實實，愛怎麼寫就怎麼寫，誰管得著呢？然後再譜首曲子，姜文雖然不諳樂理，可這麼些年來，腦子裡不斷有音樂在翻滾在旋播，有些唱得出來，有些唱不出來，就好像他自己說的，他的每一部電影，都是先有氣味，再有音樂，然後才有劇本。再不然就畫畫，畫自己眼前看見的東西，那時候，年紀大了，愈久遠的事情反而愈清晰，眼前樂意看見的，很多都是從前放不開擱不下的，因此特別想把從前辜負的虧欠的，都攬到眼前重新暖一遍。而姜文的晚年要眞能過成那樣子，大致上也就把這一世人給活滿了，但我其實還希望可以把口袋裡按著的最後一顆子彈留給姜文，我很想再看看姜文如何扣響槍碼，讓發出的子彈呼嘯著擦過我們耳際，狠狠地再飛一次，再飛一次，再飛一次。

關錦鵬 Stanley Kwan

——兩個男人一個靚一個唔靚

竟然連阿關也六十了——他站起身，靦腆地笑著。靦腆一直都是關錦鵬的抗氧化劑，讓他看起來特別年輕，特別有一種不介意讓別人從他身上攫走幾錢便宜的稚氣。而他明顯清減了許多，精神了，好看了，整個人也放鬆下來了，並且開始散發出人活到了一定的年紀才會有的那一副大概把世情都已經看穿看透的目光，炯炯的，矍鑠的，什麼都無所謂的，但依然不失溫柔的。

阿關的溫柔，是一種巧奪天工的溫柔，總是在最關鍵的時刻，電光火石，輕輕一閃，對情人，對朋友，對每一個演他的戲的演員，都是——尤其對梅艷芳。到現在提起梅艷芳，他眼裡常常還是水一片霧一片，我記得他說，梅艷芳彌留的時候，他到醫院，一看到躺在床上的阿梅那麼瘦那麼弱，彷彿隨時頭一側就會過去了，一時沒有忍住，嗚一聲哭了出來，結果還是劉德華趕緊捂住他的嘴巴，低聲對他說，「別這麼大聲，她還聽得見」。後來他提起，他和梅艷芳的交情，遠遠不是演員和導演之間的互惠互利，也遠遠超越朋友之間的吃飯喝茶聊天，那時候他計劃拍《阮玲玉》，第一人選天打雷劈都指定要梅艷芳，可阿梅天安門民運之後發誓不踏足大陸，而阮玲玉有大半部的戲必須在上海取景，因此眼看著投資方在催，眼看著開鏡在即，阿梅不得不狠下心把戲給推掉的時候，關錦鵬說，他和阿梅兩個人，緊緊抱在一起，哭成了一團——直至梅艷芳離開之前，其實心底下總還是遺憾沒把阮玲玉給演成，她有一次在派對上喝高了，整個人掛在關錦鵬身上說，不是獎不獎的問題，而是她覺得，阮玲玉有一部分的靈魂，一直都寄居在她身體——何謂人言可畏，何謂冷眼橫眉，梅艷芳從出道到走紅，一路上厲風疾雨寒霜，她所經歷和體悟的，肯定是張曼玉遠遠都比不上的。後來吧，梅艷芳離開有十年了，朋友們幫她辦了一場紀念會，關錦鵬不唱歌，光是上台讀一封他寫給梅艷芳的信，關錦鵬才開始念第一句，「咁多年一直掛住妳，一直唔捨得妳」，就差點泣不成聲，幾乎念不下去——關錦鵬一直覺得，是梅艷芳演的如花，成就了那個時期剛剛嶄露頭角的他，而梅艷芳和每個女明星一樣，都把關錦鵬當作最可以敞開心說話的朋友，許多堵在心口不怎麼想和姊妹們分享的，都會在半夜三四點鐘一個電話把他吵醒，然後問他，「你睡了嗎」，阿關就說，「沒事，我睡夠了，妳說」，隨即坐起身拉開窗簾，一路聽阿梅絮絮叨叨，說她拍戲遲到導演一整天拉長臉的事說她還是爲胸部太過扁平而煩惱的事說她好像愛上了一個人又不敢聲張的事，一直說到天快亮了，阿梅說，「我瞓了」，他才輕輕把電話掛上，定定地看著窗外，一寸一寸慢慢亮開來的香港——而當年的香港該是多麼的傲氣淩人啊，舉目四望，都是熠熠星光，都是洶湧人才，當時誰會想得到，那其實是香港留下來的，最後的星塵和灰燼？

那時候的香港是眞的好，好在大人們都趾高氣揚，好在孩子們都對未來摩拳擦掌，主要肯拼肯搏肯捱，香港不會辜負每個想要往上爬的市民，關錦鵬小時候雖然住在九龍一條龍蛇混雜叫作東京街的街上，但住家附近有一家叫作「新舞台」的老戲院，平時播的都是粵語片，只有在公餘場才偶爾播西洋片，但關錦鵬不怎麼愛西洋片，反而把母親給的早餐錢和搭車錢都偷偷攢起來，攢夠了就買張幾毛錢的票，溜進戲院看謝賢陳寶珠和蕭芳芳演的電影，那時候的關錦鵬，完全沒有意識到他和電影將來會展開一段驚心動魄的不離不棄，他只記得，他住的公寓好小好小，吃飯寫字做什麼都好，都只在一張桌子上，而桌子前有個窗戶，一望出去，剛好可以隔著一條後巷望見「新舞台」戲院的二樓男廁，關錦鵬老愛把眼睛睜得大大的，緊盯著二樓男廁隔著百葉磨砂玻璃的男人們身影晃動，隱隱約約的，打從那時候開始就替自己撲朔迷離的性取向拉開一條窄窄的門縫，而他從門縫偷偷望進去，裡面彷彿水光粼粼，彷彿風光明媚——而關錦鵬和所有的同志一樣，背後都有一個其實一眼洞悉但一直佯裝自己什麼都不知悉的母親，她有意無意地，總是把一堆衣服晾在那窗戶前，企圖阻斷少年關錦鵬眼波兒流連忘返的男色風景，可心底下難免暗自著急，不知道該如何兜進話題，把孩子帶回她認爲那才是正常的軌道上去。

而年輕時再怎麼大鳴大放的同志，偶爾一個人，被歲月輕輕摁在一張椅子上安靜下來的時候，難免也會悵然若失——王家衛借宮二說過一句話，「人生如果無悔，那該多無趣」，想想也不是不眞確的。一個人的人生，註定要有遺憾，註定要有一個遠在天邊的人，也註定要有一兩句卡在喉嚨來不及說出去的話，否則一切太圓滿，其實也就不圓滿了——就好像關錦鵬拍《藍宇》的時候，戲拍完了，他發現自己竟無可救藥地愛上了胡軍，當然他明白，他跟胡軍之間既然沒有種過蘭因，也就不可能落下絮果，他只不過是在自己部署的劇情裡頭，不小心讓自己掉了進去，久久地爬不上來，也久久地賴著不肯走開，一直到後來場記都過來清場了，他還杵在門邊，像個沒有人認領的憂傷的影子，隔著攝影機，來來回回看著胡軍和劉燁在戲裡彼此撕裂又彼此拼接，始終還是不敢輕舉妄動——而《藍宇》小說裡有一段，電影是沒有拍進去的，有一次悍東開車去接藍宇，藍宇遲到了，悍東臉色微微一沉，有點不是那麼高興了，可藍宇不懂得觀顏察色，對他說：「我剛看見那邊掛了個彩虹，大得不得了，我趕緊倒回去拿相機，可出來的時候，彩虹已經不見了。」藍宇太年輕，還沒有摸清愛情的脾性，彩虹易散琉璃脆，愛情常常不都是這樣子嗎？要不其中一個早了一步，要不另外一個遲了一步，要兩個人剛剛好，沒有早一步也沒有遲一步地碰在一起，其實是多麼不容易的事。

我記得我讀過中國影帝黃渤的一篇訪問，他說那時候他卅歲了，還拖拉著老大不小

的孩子氣，日子過得前不著村後不著店的，滿肚子都是委屈，常常躲起來哭，常常躲起來生自己的悶氣，有一次有個要好的同學上他租來的地方吃飯，飯後同學準備穿鞋離開，黃渤看中了同學穿的那雙鞋，同學體貼，馬上說，「好啊，我也喜歡你腳下這雙，咱們就換著穿唄」，黃渤聽了，眼眶一紅，不知怎麼的，突然問了一句：「咱倆把這鞋換了，命運會不會也跟著就對換了？」我也時常在想，如果將一個直男的生活和一個同志的生活掉了包，他們兩個人當中，誰會因

此而變得更溫柔一些或更焦慮一些？誰又會因此覺得把B餐換成C餐靈魂其實還是一樣孤苦無依？

愛情有多難？愛情其實不難，愛對了人才難。而能夠一寸一寸把一個人水深火熱消耗殆盡的，那才叫作愛情。至於口口聲聲說愛一個人卻愛得隨時可以全身而退並且毫髮未損的，那樣子的愛情，充其量不過是廚房裡熱著的一壺水，用來泡茶，用來暖胃，用來春去冬來，而不是用來記認風火交錯的人生——當然關錦鵬不同，他太懂女人了，也太知道女人對愛情有太多不明確但滾燙著的渴望，可到最後拆開來，才發現裡面裹著的原來全是一層一層的絕望——《胭脂扣》的如花，如果不是疑慮十二少或許會反悔，她餵進十二少口裡的鴉片裡不會摻進安眠藥；《藍宇》的陳捍東，如果不是以爲逢場作戲的那一段男男關係不會置他下半生對任何愛情都了無生趣，他也就不至於對得手後的藍宇差來遣去——關錦鵬對於愛情的處理，洗練而細膩，常常在戲裡面補個鏡頭，就像女媧補天，馬上爲愛情濺了一地的亮光，熠熠生輝。而關錦鵬整個人，其實一直都是和愛情相等的符號，誰都知道他尤其擅長拍那些在愛情裡撒野打滾，然後生生不息地繼續傷痕纍纍下去的女人，而他在他拍攝的電影裡頭，常常不由自主地把自己也滑進劇情裡當成了局內人，將自己對愛情的冷眼旁觀全替戲裡面的女主角添磚加瓦，反而在自己架構起來的愛情廳房，倒成了名副其實的局外人，像個客氣而禮貌的租戶，連半夜上個洗手間，也主動把手腳躡輕，生怕吵醒了不相干的人。

是羅蘭．巴特說的吧，我老記不清哪個名家說過那句名言，他說，純粹的愛情裡頭，沒有性別，有的只是「戀愛的主體」以及「被愛的客體」，因此兩個相愛的人，實在不需要害怕面對性別認同的困境，反而更應該注重的是愛情的意境而不是處境，是愛情的品質而不是性質。但再怎麼說，關錦鵬到底還是幸運的，一鑽出衣櫃就遇上一個和他一樣，在愛情裡不聒噪不炫耀的男朋友，他們兩個人的愛情沒有太大的起承轉合，像一篇言不及義的散文，淸淸的，淡淡的，可是一看上去就知道可以走得很遠的。早年吧，男朋友提過想領養個孩子，可關錦鵬說，不合適吧，香港的法例，對同志的接受和包容，終究不比台灣，唯一一次讓關錦鵬幾乎驚狂駭叫的是，男朋友告訴他說，爲了讓家裡安心，或許會考慮和合夥做生意的女人假結婚，關錦鵬是個拍電影的，再荒謬的劇本都看過，可一旦愛情的考驗和變遷發生在自己身上，他還是整個人怔住了，雖然最終男朋友還是過不了自己那一關，選擇了放棄，卻也讓他明白下來，就算兩個人在一起快卅年了，那卅年的愛，明明就快可以風乾下酒了，卻原來也只是一段陰的、暗的、不可能通過時間的長度可以去估量的關係，到頭來原來還是岌岌可危的，到頭來原來還是不堪一擊的——愛上任何一個人，其實都必須要有一定的危機意識，這世上哪來這麼多的一生一世？

有一次他問母親，其實有沒有懷疑過他和男朋友的關係，母親在廚房的水槽裡洗菜，頭也不抬的說：「挺好啊，我不就多了一個兒子嗎？」關錦鵬聽了，輕輕摘下眼鏡，眼淚唏哩吧啦的，不知道什麼時候全落了下來。他還記得，他打算搬出去和男朋友住的時候，他母親遞了一個特別給他縫好的單人被套，故意閒話家常似的說，「同睡一張床可以，同用一個被套就不好，不衛生」——關錦鵬聽了，笑著從背後給母親一個緊緊的擁抱，其實每一個靈巧的母親把一切都收在眼底，都知道孩子們過得好或不好，也都知道孩子走在一條什麼樣的路上。常常，是我們自己慌亂著反手把眞相藏到身子背後，害怕她們經受不起打擊，害怕她們被我們追求的愛給傷害，老以爲先把這一段告白給扣押起來，等到時機成熟了才攤開，結果這一賒這一欠，就賒欠成這一輩子都沒有辦法再親自向她們攤還的遺憾——

至於我們，也許要等到很久很久的將來，歲月割恩斷愛之後，才會發現愛情留下來的，很可能就只是一個長長的空鏡頭，然後我們把臉湊過去，把時間過濾，把細節刪除，把人物移動，原來僅僅是一個沒有回憶的回憶，以及一個不値得眷戀的眷戀，纏繞出半生歸來亦少年的餘韻，冉冉的，裊裊的，像一根燒了一半的香菸，怔怔地夾在手指中間，往後餘生，再也沒有誰可以遞過去。

伍迪・艾倫

Woody Allen

可以麻煩你再大聲一些嗎伍迪・艾倫先生

是一場神祕的儀式嗎？伍迪・艾倫偶爾會想念海。會想念一個人掙脫紐約的都會感，在沒有人騷擾的午後，開車來到距離紐約最近的海灘，然後低著頭，走進堤防邊濃密的防風林。而風眞大。眞大。大得簡直要將他整塊頭皮掀起來似的，也大得把他灰白的頭髮，吹得格外的心事重重。伍迪・艾倫老了，眞的老了，老得不那麼尖酸刻薄，也老得不那麼劍拔弩張了，然後他找一個面向海水退潮的地方，揚開手帕鋪在沙堆上坐了下來——

他還是穿著拘謹的卡其色長褲，還是老老實實的將襯衫端端正正地塞進褲頭裡，還是看上去，衣服老是有點無精打采的，彷彿一直都沒有誰願意替他把衣服熨得神氣並且筆挺一些，實在叫我懷疑，他怎麼愈來愈像個膽小的被家裡咄咄逼人的老婆欺負的老頭子了——

而坐著看海的伍迪．艾倫，他的神情有時候有點憂傷有點落寞，像個過氣的文藝片小生，把優柔寡斷的自己遺落在老土的劇情裡一直叫喚不出來；有時候，他可能眞的累了，於是索性躺下來小睡一陣；也有時候，他什麼也不做，光坐著，坐到夕陽眼看著都快被他坐老了，這才背轉身走進林子裡，匆匆忙忙撒了一把野尿，然後折回頭抽起鋪在沙灘上的手帕，用力揚乾淨手帕上的砂礫，急急循著原路，帶著千帆過盡的滄桑，步履蹣跚地離開長長、長長的沙灘，把車開回燈火闌珊的紐約。

伍迪．艾倫是寂寞的。而他的寂寞是紐約的。倒是我，我沒有到過紐約。沒有到過紐約一直是我最耿耿於懷的一件事——今年春天，在紐約住了卅年的朋友傳了張他家院子裡鋪滿一層厚厚白雪的照片過來，然後說，「買張機票就行，帶你跑」。我讀了之後，笑著按熄了電話躺回床上，夜有點深了，但那個晚上我睡得特別好。我想我必須承認，我對紐約一直有著某種既強烈又朦朧的嚮往。嚮往紐約的躁動和不安，也嚮往紐約的繁華和落寞。紐約可以是讓一個人安身立命的城市，也可以是讓一個人粉身碎骨的城市。就好像我坐在電影院裡，架著眼鏡，靜靜地看著伍迪·艾倫鏡頭下的紐約，永遠都是那麼的熱鬧，那麼的熾熱；但也永遠都是那麼的荒蕪，那麼的寒涼，而那日光明媚節奏歡快的曼哈頓街景，你應該也懂，背後其實隱藏著極其深邃的憂傷和惆悵。在紐約，他們說，你必須經歷過好一些明明張開口卻一個字也說上來的什麼，最終才能夠在飽受挫折之後才明白下來，那一些已經不想再去說明的什麼，其實正好是紐約教會你的——你想像的世界，往往不是你見到的那個樣子。尤其是紐約。

我想起伍迪·艾倫曾經說過，在紐約，「沒有恐懼，你根本無法生存」，而卽便紐約是爲他度身訂造的城市，在某程度上，依然是個讓他戰戰兢兢的城市。就好像我們每個人誰不都一樣呢，我們對自己生活的城市總有著特別矛盾的愛恨交織，愛它的特質，又恨它的特質裡面充滿咬嚙人心的沙石，生活得簡單，其實並不如你想像中那麼簡單。我突然起高行健說的，很多時候，「失去了圖像，便失去了空間，失去了音響，便失去了語言」，特別是當你是個所謂的藝術工作者，是個需要你的作品替你發聲的匠人，你恐怕要到很後很後來才漸漸看出個譜，原來伍迪．艾倫拍出來的電影，都是影射所謂紐約知識分子的「金玉其外，敗絮其中」——他們的破敗，他們的萎靡，眞實得那麼讓人震驚，也眞實得那麼讓人難以置信，而他們的精緻，原來是背面被蝨子咬破了無數個破洞的精緻——我想起《藍色茉莉》一下飛機就裝腔作勢妄想寄生上流的Cate Blanchett，她的虛僞，是所有紐約客厚厚地塗在臉上防曬的正當行爲。

有時候我懷疑，伍迪．艾倫會不會也讀過莊子？他說過的好一些話，其實多麼地接近莊子。他說，如果可以，就盡可能在生活裡頭安排多一些瑣碎雜事讓自己分心吧，這樣至少就不會對人生這事兒那麼斤斤計較了。而這話的意思再明顯不過。到最後，我們誰不都是過客？誰不都是留不住最珍貴的此時此刻？所以爲什麼不像莊子那樣，既然明白以有限的生命去追求無限的欲望是一件多麼危險的事，何不盆鼓而歌，乾脆淡漠而豁達地從容面對一切禍福哀樂？

我特別喜歡在伍迪．艾倫電影裡頭來來去去，經常交替著重疊著出現的經典場面，一對在愛情還沒有成型之前互相猜測的男女，在瀰漫著霧氣的布魯克林大橋邊的椅子上坐下來，有一搭沒一搭地聊著各自孵在心裡的心事，聊著聊著，當愛情漸漸有了些眉目，那男的——通常是伍迪・艾倫本人，總在關鍵時刻忽然急急忙忙地想盡辦法要抽身而退，並且說，「不，那是不對的，當妳發現開始愛上我的時候，我們一定有某些地方出了差錯」——而包裝精緻的利己主義者，是伍迪・艾倫電影裡男主角們的特質，更是所有知識分子最善於隱藏的特質。他們懦弱而自私，他們渴望被愛燃燒但又自命清高，並且，他們會千方百計尋找各種不同的理由和方式，來捍衛自己的自由和孤獨——

我總覺得，孤獨是一個人最昂貴的財產，而伍迪・艾倫的電影最讓人惆悵的是，生活本來就充斥著無所不在的自圓其說的謊言，有些是爲了瞞騙生活瞞騙別人，但更多是爲了瞞騙自己。這世界上還有什麼比最終還得瞞騙自己才能把日子過下去更悲哀的事？他在電影裡創造的世界，從來改變不了這個世界——因此伍迪・艾倫曾經囁囁嚅嚅，慚愧地說，「我人生的一大遺憾是，我沒有辦法成爲別人，我只是伍迪・艾倫，我沒有辦法給你們更多——」但這又有什麼關係呢？我一直很想對伍迪・艾倫喊一句，你到底在說什麼？你可以再大聲一些嗎，伍迪・艾倫先生？你電影裡留下的遺憾其實已經安頓了我們的缺憾，誰稀罕你是不是懂得魔法的哈利波特？誰在乎你是不是被狐狸馴養的小王子？我畢生最鄙視的就是童話故事，而我喜歡伍迪．艾倫，就是喜歡他的懦弱他的自私，以及他面對愛情時有著知識分子的包袱卻沒有碼頭工人把什麼都扛起來的氣魄——這不都是生活生動地把每一個人都剪貼成形然後讓我們站起來在人世間走動的人性嗎？

我們當中誰也不是天使，我們都有不被看見的千瘡和百孔，我們都應當慚愧，在愛情面前，我們愛自己的名聲，愛自己在別人眼中的形象，愛自己的自由，愛自己的將來，勝過愛一段明明有機會修成正果的愛情。所以他又何必向誰抱歉？就算眞的有一天坐下來面朝大海，我們終究會明白，其實春不再暖花不再開，曾經我們水深火熱地追求過的夢想和愛情，到最後，都會被滄海抹平，都會被桑田殲滅，因爲我們都太擅長找藉口原諒貪念紅塵舒適，就這樣在原地茁壯也在原地枯萎的自己。

而從巴黎，巴塞隆納，羅馬，再撐著傘回到下雨的紐約，我忍不住好奇，作爲一個矮個子的猶太人，伍迪．艾倫源源不絕的浪漫和幽默，怎麼好像沒有更年期？而且很明顯伍迪．艾倫的童年並不如大家想像中過得那麼快樂。父親性格懶散，賺得不多，日子總是要省著來過，而母親則通過嚴厲的紀律把家裡打理得無微不至，並且還得時時憂慮所有和錢財有關的煩惱事，可伍迪．艾倫有憂鬱症傾向的母親很多時候比他還要樂觀，總是教他要發揮正能量，要努力工作，不可以虛擲光陰，並且一刻都不可以懈怠地過日子。

我記得伍迪．艾倫淡淡地說，他和父親的緣分不深，父子之間的感情很生分，有一次我在他的訪問裡讀到少年的伍迪．艾倫，「父親甚至沒有教會我怎麼刮鬍鬚，在我剛發育的青春期，是一位素昧平生的計程車司機教會了我怎麼刮鬍鬚」，他說。因此伍迪．艾倫的人生觀很大部分都是從母親身上直接承繼過來，他不相信天才，尤其不相信自己是個天才，他只相信母親告訴他的，「孩子，別天眞了，一個人只要做得夠多，才會搶得到機會，才會得到幸運之神眷顧。」這也是爲什麼，伍迪．艾倫的自卑感打從他很小的時候就粘嗒嗒地貼在他身上，怎麼甩都甩不掉，他有一次有機會和英格瑪．伯格曼一起坐下來吃飯，那頓飯他吃得又興奮又傷心，因爲他始終覺得，那感覺就好像是幫人粉刷房屋的油漆匠坐在畢卡索的旁邊——兩個人的距離實在太迢太遠，而他對英格瑪．伯格曼的欽佩是五體投地的，也是奮不顧身的，伍迪．艾倫曾經說過，「伯格曼是個天才，天才完全沒有辦法被複製。我們其實都希望可以重拍伯格曼的影片，任何一部都好，可我們明白，那根本是不可能的。」

類似的話李安也說過。第一次看伯格曼導演的《處女泉》，李安事後形容起那感覺時，垂下了眼睛靦腆地說：「就好像被奪走了處子之身。」而我們當年揮霍著一卡車卽用卽棄的青春看伍迪・艾倫的電影，那感覺不也一樣嗎？他教會我們瓊瑤的台灣三廳文藝片和亦舒的香港都會言情小說以外，其實愛情還有另外一個樣貌，如果我們不介意將來會看不起從前的自己，我們大可道貌岸然地唾棄承諾，也大可理直氣壯地辜負愛情——伍迪・艾倫可能不知道，他那喋喋不休，一系列對愛情充滿愧疚的電影，其實在我們還沒來得及發生初戀，還沒來得及明白什麼叫作愛情，就已經在黝黑的電影院內，輕輕伸過手，奪走了我們情感上的處子之身。

而後來陸陸續續看到、聽到和讀到伍迪・艾倫，才讓我驚訝地知道，原來伍迪・艾倫一直都活得那麼無味也無趣，他說他已經接近五十年沒有把醃牛肉三明治或一條法蘭克福燻腸放進嘴裡。我從來不知道這麼一個喜歡卽興脫線講演，把生活啊人生啊女人啊婚姻啊完全不當一回事的伍迪・艾倫，竟然把自己活得這麼了無生趣，他說，「就算再怎麼美味的食物我都不吃，我不吃只爲解饞的食物，我只爲自己的健康而吃」，乍聽之下，多麼像一個戒律嚴謹的修道士啊，可修道士總也會在一些特別值得慶祝的宗教節慶裡吃得比較豐富吧？

而說到吃，紐約人最不喜歡在餐廳裡被當作鄉下人來看待，特別是紐約那些熱愛法國美食的所謂高尚美食圈子裡的人，我在Anthony Bourdain寫的書裡讀到，作爲一個廚藝美食作家，他和伍迪．艾倫一樣，特別痛恨那些故作高深的高級餐廳，說他們簡直像野蠻的黑店，一手摧毀了美食的精髓，卻又一味講究品味和氣派，一坐下先讓貴婦們在設計師設計的名牌椅子上置放她們的名貴手袋，然後再請穿戴白色手套的服務生展示一系列的牛排刀讓食客挑選，隨後便恭敬地站在餐桌邊，現場替你添加新鮮的黑松露，甚至最後，更讓美麗的女服務生捧著一整排的萬寶龍名筆讓客人挑選，以便客人們可以優雅地在收費傲慢的收據裡簽單——

可伍迪．艾倫要的不是這一切。他要的只是保持原始風味的日常鄉村美食。擺盤粗糙，但口味誠懇，這才是他的舌和胃所需要的，他的精明和細緻不是用來對付盤子裡的那一餐食物。當然後來他補充了一句，以一個小男人的口吻強調說，「結了婚的男人，爲了對婚姻表示忠誠，其實最好還是在家裡用餐」——這是對的。遠離曼哈頓的奢華，遠離布魯克林區的步步驚心，遠離皇后區的雜亂，在家裡用餐的伍迪．艾倫，其實最是契合他體內知識分子的孤僻性和憤慨感，一旦走在街上，走進人群，就好像看什麼都不屑，也好像看誰都不順眼，而眞正的原因其實是，伍迪．艾倫的身分是一個結了婚家裡還有妻小的猶太人，他寧可把錢偸偸私藏起來，然後找個機會花在一間情調不錯的小酒吧，聽聽爵士，喝喝小酒。

而奇怪，適當的神經質，幾乎是每個藝術家的基本特質。伍迪．艾倫當然也是。他和小他卅五歲的養女結婚，外界看過去，就好像年長的猥瑣的男性在剝削年輕的女性，因爲從一開始這就被當作是違反道德的亂倫之戀，而不是一場公平的男女愛情競賽——至於宋宜，宋宜根本只是伍迪．艾倫的前女友米亞．法羅和她前夫領養的韓裔養女，而伍迪．艾倫在法律上根本連自認是宋宜養父的權利也沒有，所以伍迪．艾倫一點也不覺得被外界誤解他的愛情情操是一種委屈，也不介意大家開始質疑他拍了這麼多和愛情相關的電影卻原來完全繳不出對愛情和婚姻的誠意——

倒是結了婚之後，伍迪．艾倫好幾次忍不住對一起玩音樂的朋友說，宋宜徹底剝奪了他當導演的權利，他開始失去每每拍完一天的戲之後摩拳擦掌準備待會和女演員約到小酒吧繼續談劇本說人生的欲望和興趣，他只想第一時間趕回家裡去——唯一讓伍迪．

艾倫覺得婚姻給了他的最大收穫是，「我再也不需要依賴精神病醫生的治療，擺脫了神經質的問題」。

尤其現在兩個女兒都到外地讀大學了，之前可是他每天準時把她們叫醒然後親自開車送到學校去的，或許在女兒眼中，伍迪．艾倫看上去有點太老了，不是一個在學校運動會上看上去風流倜儻高大結實可以讓同學尖叫的父親，可天知道他多麼享受這個遲到的父親身分，他也愈來愈享受被老婆管制，愈是嚴厲他愈是覺得甜蜜，太自由了反而有點悵然若失。尤其是現在，宋宜基本上已經拔掉之前植入他體內的追偵晶片，把所有的自由都捲起來一股腦兒丟還給他，讓他可以每周出門四五次，也不再威脅要把他鎖在屋外如果發現他又再偷偷生嚼洋蔥片——婚姻很奇怪，有時候它徹底毀滅了一個男人，有時候它卻又成功催生了一個全新的男人，雖然伍迪．艾倫結了婚之後還是不敢開車進隧道，還是害怕被困在狹小的空間裡，並且一見到樓梯，還是一樣會讓伍迪．艾倫害怕。

另外，我其實想提醒你，有機會的話，你也許應該仔細看看伍迪．艾倫的眼睛，雖然他那一頭半禿的灰白頭髮看上去很有點自艾自憐的意味，可他有一雙特別清澈的眼睛，晶藍晶藍的，像一片善良的海洋，到現在他都已經八十多歲了，那眼睛看上去還是好像剛剛對世界充滿好奇的少年，釋放出滿滿的善意，一點雜念一絲欲望都沒有。我看著他坐在攝影棚裡接受訪問，說他完全不會爲自己被指控性侵另一位養女的醜聞打亂他的生活節奏，他還是照樣寫他的書，還是照舊拍他的戲，而他在鏡頭面前不卑不亢的風度，完完全全就是在示範一個老派知識分子的氣度，只是他的魅力，在鏡頭前面根本揮發不出來，你只有在他十五歲就開始書寫的專欄，和他一年一部四十多年從來沒有間斷過拍攝的電影才能夠見證，他爲什麼可以把好萊塢的一線美女都迷住——唯一可取的是，他的襪子和皮鞋的顏色搭配得眞好，米色襯淺褐，的確賞心悅目。而作爲被歐洲人公認爲美國電影圈碩果僅存的知識分子，伍迪．艾倫其實比誰都明白，通常在電影裡面看不到的，那才叫作生活，那才稱爲人生，而日子和女人一樣，太姣好太嫵媚，其實都不太好，眞的，一點都不太好。

我記起很多年前在書展大拋售一本三十塊錢並且買二送一的書堆裡買過一本伍迪．艾倫寫的《門薩的娼妓》，剛開始眞的讀不出箇中神髓，到後來慢慢開了竅，知道伍迪．艾倫的好到底好在哪裡，原來是好在他十五歲就開始在報章上撰寫專欄練就的，又荒誕又荒謬又荒唐的筆調，並且我絕對相信他插科打諢的幽默，全是與生俱來的，還有他入木三分的尖酸，他不留餘地的刻薄，都是上帝偷偷塞進他口袋裡——讓他可以對社會對人性盡情反諷然後毫無節制地消耗自己的幽默天賦。我喜歡伍迪・艾倫，就是喜歡他的不故作高深不賣弄學識，而他那雙憨直的眼睛，其實一眼就可以刺穿刁鑽的人生，並且是嚇壞人的高深，很少人可以不被他鋒利得接近詭異的文學天賦擊倒——文字到了伍迪・艾倫手裡，常常，他的幽默就是一支精悍的轉輪短槍「沙漠之鷹」，一拔出來，彷彿帶著笑，把人掃射得渾身穿洞，五雷轟頂。

而到現在伍迪・艾倫還是保持每年拍一部片的習慣，這習慣已經維持了四十多年，唯獨今年因爲新冠肺炎，全球封鎖，一切變得不一樣，連伍迪・艾倫也有一點點懊惱和一點點不耐煩起來，他討厭無所事事，也討厭聽天由命完全不知道接下來會發生什麼事，「你可以想像嗎？我每天起床，然後做運動，然後練習單簧管，然後接下來的一整天就對著一些空無一物的地方發呆——」拍慣了電影的人，一開口就是精簡的對白，一張眼就是定格的場景，最害怕的就是和這世界切斷關係並且被人群遺棄。所以伍迪・艾倫還是堅持每天戴著口罩出門散步，就算空蕩蕩的城區關門的關門逃離的逃離，像死城一樣，讓人有一種窒息的末日感，他還是要拉開門出去走一走，而他最焦慮的是，他今年已經八十好幾了，他怕來不及在他有生之年，拍出一部像費里尼或者英格瑪．伯格曼這樣偉大的電影——雖然我一直覺得，伍迪．艾倫的電影，即便只是電光一閃，也已經是最離奇最沉重的人間喜劇。

還好伍迪．艾倫依然喜歡爵士音樂，依然在疫情爆發之前和好朋友組成爵士樂隊固定到一間酒吧駐場演出表演單簧管，一駐就駐了二十五年。喜歡爵士的男人又怎麼會有暴力和侵略的傾向呢？直到那家酒吧結業，隨後伍迪．艾倫又去了曼哈頓七十六街的一家餐廳表演，每周就一個晚上，客串演出一個半小時，那餐廳的食客都特別的彬彬有禮，並沒有因爲突然發現在台上穿著燈芯絨褲子演奏黑管的是伍迪．艾倫而表現得特別雀躍。而相比起受邀在奧斯卡頒獎典禮一踏上紅地毯就被攝影機的鎂光燈施暴的星光熠熠場面，看得出來，伍迪．艾倫更喜歡在這裡接受疏疏落落的禮貌的掌聲，然後隔天醒來，他還是過著一個遲暮的、有點才華的老人平時過的日子——看看球賽，見見朋友，陪陪家人。也只有伍迪．艾倫才懂得，其實做一個平凡人是多麼的不容易。就好像稍微懂得紅酒的男人不少，少的只是，懂得爵士音樂又愛跑步並且網球打得好同時會弄幾個小菜配紅酒偶爾會在家常對話中套一兩句波特萊爾或艾略特的詩的男人而已——

良辰美景奈何天，我們忙亂半生，平白失去的，除了時間，應該就是心裡面那一格一度別有洞天，可惜到最後卻只留下嘆息的房間。紐約下雨了，如果有機會到紐約，不知道爲什麼，我希望是雨季。

鏤空與浮雕 II

看世界的方法 197

作者　范俊奇
內頁插圖　農夫（陳釗霖）

封面設計　朱疋
版型設計　吳佳璘
責任編輯　魏于婷

董事長　林明燕
副董事長　林良珀
藝術總監　黃寶萍
執行顧問　謝恩仁

社長　許悔之
總編輯　林煜幃
主編　施彥如
美術編輯　吳佳璘
企劃編輯　魏于婷
行政助理　陳芃妤

策略顧問　黃惠美・郭旭原・郭思敏・郭孟君
顧問　施昇輝・林子敬・謝恩仁・林志隆
法律顧問　國際通商法律事務所／邵瓊慧律師

出版　有鹿文化事業有限公司
地址　台北市大安區信義路三段106號10樓之4
電話　02-2700-8388
傳眞　02-2700-8178
網址　http://www.uniqueroute.com
電子信箱　service@uniqueroute.com

製版印刷　沐春行銷創意有限公司

總經銷　紅螞蟻圖書有限公司
地址　台北市內湖區舊宗路二段121巷19號
電話　02-2795-3656
傳眞　02-2795-4100
網址　http://www.e-redant.com

ISBN：978-626-95316-3-9
初版一刷：2021年12月

定價：430元

國家圖書館出版品預行編目（CIP）資料

鏤空與浮雕 II

范俊奇著 . —— 初版 . —— 臺北市：有鹿文化，2021.12

面；公分 . —（看世界的方法；197）

ISBN 978-626-95316-3-9（平裝）

855　　110019423